Giacomo Leopardi

Dichtungen

Giacomo Leopardi

Dichtungen

ISBN/EAN: 9783743657199

Hergestellt in Europa, USA, Kanada, Australien, Japan

Cover: Foto ©Andreas Hilbeck / pixelio.de

Weitere Bücher finden Sie auf **www.hansebooks.com**

Giacomo Leopardi's

Dichtungen.

Deutsch

von

Gustav Brandes.

Mit einer Einleitung
über das Leben und Wirken des Dichters.

Neue Ausgabe.

— — — —◦❖◦— —

Halle.

Hermann Gesenius.

1883.

Vorwort.

Leopardi!... Leopardi? Wer ist Leopardi? — so
höre ich hie und dort einen meiner Leser sprechen. Wir haben
wohl von Dante, Petrarca, Ariost und Tasso und von
einer klassischen Periode der italienischen Literatur gehört,
aber Leopardi ist nicht unter den großen Namen jener Epoche.
— So ergieng es auch mir, als ich vor Jahren zum
ersten Male über die Alpen kam, und als mir auf meine
Klagen um die untergegangene literarische Größe Italiens
wieder und wieder der Name: Leopardi entgegengehalten
wurde. Ich fieng also an seine Schriften zu lesen, zu
übersetzen. Mein guter Stern brachte mich bei meinem
wiederholten Aufenthalte in dem schönen Lande mit
Männern in Berührung, welche das Studium des Dich=
ters als Herzenssache betrieben, seine Schriften für die
neue Ausgabe des Wörterbuchs der Crusca in allen

Richtungen durchgearbeitet, sowie mit solchen, die ihn noch
persönlich gekannt hatten und ihm in inniger Freundschaft
ergeben gewesen waren. Unter diesen muß ich in erster Linie
Antonio Ranieri, Professor an der Universität zu
Neapel und Abgeordneten zum italienischen National-Parla-
mente, und dessen edle Schwester Paolina erwähnen, die
Pflegerin des kranken Dichters, mit denen ich in Florenz
und Neapel in täglichem Verkehre zu leben das
Glück hatte, sowie meinen liebenswürdigen Freund,
den Advokaten Rafaello Ambrofi zu Rom, mit
welchem ich, während ich in dieser Stadt krank lag,
manche trauliche Stunde bei der Lectüre des geliebten
Autors verbrachte. Es ist eine Pflicht der Dankbarkeit,
die mich treibt, hier öffentlich Zeugniß von der freund-
schaftlichen Unterstützung abzulegen, die sie meinem Unternehmen, Leopardi diesseits der Alpen bekannter zu machen,
geliehen, und zwar mit jener Hingebung geliehen haben,
wie sie edlen Naturen eigen ist, die Anderen auf dem
Wege zu gleichen Zielen begegnen.

Aber der Leser möchte wissen, wer Leopardi war. Ich
kann ihn auf das vorliegende Buch verweisen, und will
deshalb hier nur anführen, was der unter der Vorhalle der Kirche S. Vitale in Fuorigrotta bei Neapel
über seinen irdischen Ueberresten errichtete Grabstein
von ihm meldet. Derselbe sagt uns, Leopardi sei ein

auch außerhalb Italiens bewunderter Philologe und einer
der hervorragendsten Philosophen und Dichter gewesen,
den alten Griechen an die Seite zu setzen, der noch
nicht 39 Jahre alt sein durch unausgesetztes Krankfein
höchst elendes Leben beschlossen.

Hier berühren uns vorzugsweise sein Leben und seine
Dichtungen, weniger seine philologischen und philosophischen
Arbeiten. Ein Urtheil über seine Dichtungen kann sich
der Leser nur im Zusammenhange mit der Kenntniß von
seinem Leben bilden. Ein Freund Leopardi's, der
als Professor in Halle verstorbene Alterthumsforscher
H. W. Schulz, characterisirt den Dichter kurz und treffend
mit folgenden Worten: „Ihm verlieh die Natur mit
einem gebrechlichen verbildeten Körper, der von Jugend
auf den Keim des Todes in sich trug, einen reichen Geist
und eine edle Seele, die eine glühende Liebe für sein
Vaterland erfüllte. Ausgehend von einem durchaus
antiken Standpunkte, sprach er als Jüngling, wo die
Kraft der Jugend noch die Leiden seines Körpers überbot,
Worte der feurigen Begeisterung an sein gesunkenes Volk.
Dann mehr und mehr hinwelkend, ward ihm sein eigenes
Leid identisch mit dem der Nation. Wehmüthig klagt er
über die verlorene Blüte der Jugend, die er nie gekannt,
und spricht das strenge Urtheil über die tiefe Sitten=
losigkeit seines Volkes. Dann, verzweifelnd an dessen

Wiederaufleben und an seinem eigenen Schicksale, ver=
zweifelt er am Leben und an der Menschheit selbst.
Der Tod wird ihm ein freundlicher Engel, wie die Liebe,
die seine Leiden unterbricht, wie jener sie endet. Ihm
lächelt kein Glaube einer Fortdauer nach dem Tode, ihn
erquickt kein Gedanke einer höheren Leitung. Zwischen
dem Spott der Verzweiflung umschweben seine Gedichte
die lieblichen idyllischen Gebilde der Liebe seiner Jugend
und die großen Erinnerungen der Vorwelt seines Volkes."

Man hat Leopardi's Dichtungen höchst verschieden
beurtheilt. Jedenfalls ist es aber verkehrt, dieselben mit
den Maßen zu messen, welche früheren Perioden der
Poesie, von der modernen ganz abweichend, entnommen
sind, und welche die Kritiker anlegend, gewohnt sind zu
sagen: dies ist gut und jenes ist schlecht. Leopardi muß
aus dem Bewußtsein seiner eigenen Zeit gewürdigt wer=
den, wie ich es in der nachfolgenden Einleitung versucht
habe. Der Leser mag auf einem andern Standpunkte
stehen. Es ist dies glaublich und wahrscheinlich nach dem
Umschwunge, den die neuere Zeit all unseren Anschauungen
und Urtheilen gegeben hat, jedenfalls ist es aber ver=
kehrt, den Dichter moralisch zu verurtheilen, wenn wir in
Bezug auf seine philosophischen Ansichten auch anderer
Meinung sind. V. Gioberti, ein grundsätzlicher Gegner
Leopardi's, läßt ihm in dieser Hinsicht doch alle Ge=

rechtigkeit widerfahren, indem er sagt: „Ich habe ihn
gekannt und habe in innigem Verkehr mit ihm gestanden;
ich glaube nicht, daß jemals eine reinere, edlere, hoch=
herzigere Seele über diese Erde gewandelt ist. Seine
Irrthümer entsprangen in verhängnißvoller Weise aus
den Zeitumständen und aus den Verhältnissen seines
Lebens, und von wenigen Menschen kann man mit solcher
Wahrscheinlichkeit behaupten, wie von ihm, daß sein Herz
daran nicht schuld war." Wenn Leopardi uns anfangs
befremdet, so zieht er uns doch bald in hohem Grade
an, und wenn er uns abstößt, so müssen wir doch wieder
und wieder zu ihm greifen. Seine Muse hat etwas
Dämonisches und gemahnt mich immer an das Antlitz
der Medusa Rondanini. Neben dem Trotz gegen die
Götter und dem starren, versteinernden Entsetzen tritt
uns ein namenloser Jammer aus diesen Zügen entgegen,
ein Schmerz, der das tiefste Mitgefühl im Busen wach=
ruft und uns zwingt, immer wieder die Blicke auf diese
schmerzlich süßen Züge zu richten.

Nicht jeden wird die Muse Leopardi's so anmuthen,
ich weiß es; aber ich hoffe, ihr wenigstens einige neue
Freunde zu werben, deren Zahl bei den Nichtkennern des
Italienischen nur gering sein kann, solange ihre Kunde
von ihm lediglich auf den bisher im Deutschen vorliegenden
Uebersetzungen beruht, die meiner Meinung nach manches

zu wünschen übrig lassen. Möge diese neue Uebersetzung aufmerksame und kundige Beurtheiler finden. Ein strenges Urtheil soll mich nicht schrecken, wie ich denn glaube, an mich selbst die höchsten Ansprüche gemacht zu haben.

Hannover, 1. November 1868.

G. B.

Druckfehler.

S. 141 Vers 138 statt geehrt lies geehret.
„ 165 „ 60 „ einst „ nicht.
„ 190 „ 28 „ schnürt' „ schnürt.
„ 231 „ 72 „ ewgen „ ewgem.
„ 266 „ 153 „ dieser „ diesen.
„ 269 „ 252 „ diese „ dieses.

Inhalt.

Giacomo Leopardi's

Leben und Werke.

Das Leben des Grafen Giacomo Leopardi *), des größten italienischen Dichters der Neuzeit, ist der Inbegriff alles Unglücks, von dem der Mensch heimgesucht werden kann. Aus einem vornehmen Geschlechte entsprossen, reichten die Mittel der Familie doch nicht hin, den Dichter vor der bittersten Noth zu schützen; mit seinem Vater, einem bizarren, von jesuitischen Einflüssen beherrschten Manne, lebte der Sohn in argem Zwiespalt; von Kindheit an siech und mit einem rhachitisch verbildeten Körper ausgestattet, hatte er nie weder das Glück der Jugend, noch das der Gesundheit kennen gelernt; mit einer von Einheimischen und Fremden angestaunten Gelehrsamkeit ausgerüstet, einer der tiefsten Kenner des Alterthums,

*) Die Hauptquelle über Giacomo Leopardi fließt in seinen Schriften, namentlich in seinem Briefwechsel (Epistolario. 2 Vol. Firenze. 3. Auflage 1864). Sein Bruder Carlo schreibt: „Das Wesen des armen Giacomo erscheint klar in seinen Schriften, und wer ihn gekannt hat, weiß, daß er sich hier ganz dargestellt hat, wie er war." Demnächst ist von Wichtigkeit: Notizia intorno agli scritti, alla vita ed ai costumi di Giacomo Leopardi von Antonio Ranieri, der ersten Gesammtausgabe der Werke Leopardi's von 1845 und allen folgenden vorgedruckt; auch in Ranieri Opere. Vol. III. Milano 1864. S. 125, daselbst auch S. 161: Supple-

war es ihm doch nicht gelungen, sich eine seinen Fähig=
keiten entsprechende öffentliche Stellung, ja überhaupt nur
eine Stellung zu erringen; berufen einer der größten
Dichter der Neuzeit zu werden, versank er infolge
seiner mit den Jahren noch immer wachsenden Leiden in
Mißmuth und Verstimmung und endete in schneidendem
Widerspruch gegen die Richtung seiner Zeitgenossen; mit
einem glühenden Herzen und dem heißen Verlangen nach
Liebe, glaubte er nur kalte Gemüther um sich zu sehen,
so daß ihm als einzige Rettung „aus diesem Meer der
Schmerzen" der Tod erschien. Diesen begrüßt er als
lieben, langersehnten Freund in dem Gedichte „Liebe und
Tod" mit den Worten:

mento alla notizia u. s. w. Ferner: P. Giordani, Proemio
zu den Studi giovanili Leopardi's, auch in Giordani Opere
Firenze 1846. Vol. II. p. 375. Außerdem siehe: Giacomo Leo=
pardi, sein Leben und seine Schriften von H. W. Schulz in
A. Reumont's Italia, 2. Jahrgang. Berlin 1840. S. 237 und:
Giacomo Leopardi von A. von Reumont in dessen Beiträgen zur
italienischen Geschichte. 2. B. Berlin 1853. S. 357. Dies sind
die Quellen für Leopardi's Leben. Die Verfasser schöpften sämmt=
lich noch aus persönlicher Bekanntschaft und zum Theil fast täg=
lichem Umgange mit dem Dichter. C. Witte, der den Dichter in
Florenz flüchtig kennen lernte, bringt in den Blättern für liter.
Unterhaltung Jahrg. 1837, Nr. 152, 153 unbedeutende, zum Theil
irrthümliche Mittheilungen über denselben; K. Meyer, der durch
Platen mit Leopardi in Neapel bekannt wurde, theilt in der Bei=
lage zur Augsburger Allg. Zeitung 1840. Nr. 251—254 schon
anderwärts Berichtetes mit. Giotti, N. Giacomo Leopardi, rac=
conto. Torino 1862, ist mehr Dichtung als Wahrheit.

Hier werf' ich von mir jeden Hoffnungsschimmer,
Womit die Welt sich kindisch
Beschwichtgen läßt, verlange
Vom Schicksal weiter nichts auf dieser Erde
Als dich nur, jetzt und immer,
Und schaue froh entgegen
Dem Tag, da ich zur Ruhe meine Wange
An deine Brust darf legen.

Endlich erreicht ihn der ersehnte Tod, fern von der Heimat, aber in den Armen eines treuen Freundes, der ihn die letzten sieben Jahre seines Lebens gepflegt und getröstet, ihm die Augen zugedrückt, ihn begraben, ihm einen Denkstein gesetzt, sein Leben geschrieben und seine Schriften gesammelt hat. Er war bei seinem Tode fast 39 Jahre alt, ein Alter, welches schon vielen großen Geistern verderblich geworden ist.*)

Giacomo Leopardi wurde am 29. Juni 1798 zu Recanati in der Mark Ancona, in der Nähe des berühmten Wallfahrtsortes Loreto geboren. Sein Vater war der Graf Monaldo Leopardi, bekannt seiner Zeit, wie Reumont sich mild ausdrückt, durch verfehlte ökonomische Speculationen und verschiedene politische Schriften, in welchen sich der schneidendste Gegensatz gegen die Anschauungen seines Sohnes zu erkennen gibt. Seine Mutter

---

*) Raphael starb im Alter von 37, Mozart von 35, R. Burns von 37, Byron von 36, Mendelssohn von 38, Platen von 39 Jahren.

war eine Marchese Adelaide Antici, eine Frau, die nach dem Briefwechsel zu urtheilen, in der Familie eine ganz secundäre Stellung einnahm und auf den Sohn offenbar keinen Einfluß in irgend einer Richtung ausübte. Den ersten Unterricht erhielt der junge Giacomo im väter= lichen Hause von zwei Geistlichen. Vom 14. Jahre an war er unabhängig seinen eigenen Studien überlassen; die reiche Bibliothek seines Vaters, die noch im Hause Leopardi zu Recanati mit der über der Thür befindlichen, vom Vater herrührenden Inschrift: Filiis, amicis, civibus Monaldus de Leopardis bibliothecam a. MDCCCXII vorhanden ist, war die Hauptquelle seines bald unge= heuren Wissens. Hier lernte er ohne Lehrer Griechisch und Hebräisch und von den neueren Sprachen das Fran= zösische, Spanische und Englische. Ein besonders eifriges Studium wandte er aber dem Griechischen zu. Manche schlaflose Nacht seiner Jugend saß er lesend und schrei= bend über seinen geliebten Autoren: sein Bruder Carlo sagt in einem Briefe an den Herausgeber des Epistolario di Giacomo Leopardi, Vol. I. S. 12: „Gewiß kann Niemand besser Zeugniß ablegen von seiner Arbeit, als ich, da ich in unserer Jugend stets mit ihm in derselben Kammer schlief. Wenn ich spät in der Nacht aufwachte, sah ich ihn oft knieend vor seinem Schreibtisch arbeiten, um des schon verlöschenden Lichts sich bis zum letzten Augenblicke bedienen zu können." „Er hatte sich, sagt der väterliche Freund seiner Jugend,

Pietro Giordani *), in dem Vorwort zu Leopardi's ge=
sammelten philologischen Studien (Firenze, Le Monnier
S. 14), nicht allein alles das angeeignet, was die Alten,
namentlich die Griechen wußten, er kannte auch alles,
was die unbedeutendsten Einzelheiten ihrer Sitten, ihre
geheimsten Gedanken und Empfindungen betraf, so daß
er uns einer der Ihren und zwar einer der größten zu
sein scheint. Oefter ist mir der Gedanke gekommen, daß
wenn wir noch an die Träume des Plato denken dürften,
ich sagen würde, er sei eine von jenen Seelen, von der
Natur bestimmt, sich in Griechenland zu der Zeit des
Perikles und Anaxagoras zu verkörpern, nun aber, ich
weiß nicht, durch welchen Irrthum, verspätet bis zu diesen
letzten traurigen Tagen Italiens." Seine ersten Arbeiten
handelten von Gegenständen des griechischen Alterthums
und der griechischen Literatur und erschienen in einer zu
Mailand von F. A. Stella herausgegebenen Zeitschrift,
dem Spettatore italiano e straniero vom Jahre 1816
an. Großes Aufsehen erregten zwei griechische Gedichte,
von ihm verfaßt und im Alter von 18 Jahren zuerst
publicirt. Sie athmen ganz die Weise des Anacreon
und galten für Originale, bis er selbst die Gelehrten
aufklärte, daß er der Verfasser derselben sei. Das erste
dieser Gedichte ist an Amor gerichtet und lautet in der
Uebersetzung:

---

*) Von demselben wird weiter unten noch die Rede sein.

Einst fand ich Amor schlafend
Im dicht belaubten Walde.
Ich naht' ihm leis' und band ihn,
So daß er's nicht bemerkte,
Mit zarten Rosenbanden.
Doch da erwacht' der Knabe,
Zerriß das Band und sagte:
So möcht'st du nicht entrinnen,
Wenn ich dich binden würde.

Das zweite „an den Mond" lautet in der Ueber=
setzung:

Den Mond will ich besingen.
Wir wollen Mond dich preisen,
Dich strahlend Silberantlitz.
Du waltest hoch am Himmel,
Die stille Nacht beherrschst du,
Sowie das Reich der Träume.
Dich feiern die Gestirne,
Denn du erhellst den Himmel.
Du führst den Strahlenwagen,
Davor die weißen Rosse,
Wenn sie dem Meer entsteigen.
Und wenn ringsum die Menschen
Ermüdet ruhn und schweigen,
Da wanderst du am Himmel
Allein und still des Weges
Und gießt auf Höhn und Wipfel
Und auf der Dächer Giebel,
Auf Straßen und auf Seeen
Dein weißes Licht hernieder.
Es fürchtet dich der Räuber,
Weil alles du durchdringest.
Doch preisen Nachtigallen
Dich Nachts zur Zeit des Lenzes;

Ihr süßes Lied ertönet
Hin durch des Waldes Dickicht.
Auch bist du Freund dem Wandrer,
Wenn du entsteigst den Wogen.
Es lieben dich die Götter,
Es ehren dich die Menschen,
Du strahlend Silberantlitz,
Du schöne Himmelsleuchte.

Zugleich mit diesen griechischen Texten theilte Leopardi die Uebersetzung eines Hymnus an Neptun mit, dessen Original er in Aussicht stellte. Es war die Arbeit von einem Commentar begleitet, der selbst diejenigen, welche die Täuschung durchschauten, durch seine Gelehrsamkeit in Erstaunen setzte.

Im folgenden Jahre (1818) erschienen zu Rom seine ersten beiden Canzonen: An Italien und an Dante. In beiden klagt er über die politische Versunkenheit seines Vaterlandes. Italien erscheint ihm als schöne Frau, aber, sagt er:

Ich seh' dich wehrlos Haupt und Busen tragen,
Italia, so voll Wunden,
Voll Blut und Striemen! Wie muß ich dich schauen,
O schönstes Weib! Zum Himmel richt' ich flehend
Den Blick zu allen Stunden:
Sag' an, wer that dir dies? Und — welches Grauen! —
Ich sehe Ketten ihren Arm umziehen,
Und schleierlos, das Haar im Winde wehend,
Sitzt sie am Boden da, in Schmerz verloren,
Und birgt auf ihren Knieen
Das Angesicht und weinet.
Ja, wein', Italien! Du hast Grund zu klagen,

Zum höchsten Glanz erkoren,
Mußt du nun auch die tiefste Schmach ertragen.

In der zweiten Strophe singt der Dichter dann:

Ist Niemand von den Deinen mehr zu finden,
Der für dich kämpft? Ha, Waffen, gebt mir Waffen!
So will allein ich kämpfen und verbluten!
Wenn nur mein Blut wach riefe
In unsres Volkes Herzen neue Gluten!

Dann klagt er, wie Italiens Söhne für eine fremde
Sache in fremden Heeren kämpfen und erinnert in natür=
lichem Uebergange an die schönsten Zeiten des alten
Griechenlands, als die Hellenen gemeinschaftlich den
Persern siegreichen Widerstand entgegensetzten. Endlich
führt er den Dichter Simonides ein, wie er (nach dem
Zeugniß des Diodor) auf dem Schlachtfelde von Ther=
mopylä bei der Siegesfeier von den Thaten der für ihr
Vaterland gefallenen Helden singt:

Eh werden, stürzend von des Himmels Höhen,
Verlöschen in des Meeres Schlund die Sterne,
Als daß von euch wird schweigen
Der fernsten Zeit Gedächtniß.
Dies Grab ist ein Altar; die Mütter gehen
Hieher mit ihren Söhnen, möchten gerne
Die Spuren eures Blutes ihnen zeigen. —
Seht mich am Boden liegend,
Ihr Theuren! seht mich küssen diese Steine
Und Schollen, deren Preis rings wird erschallen,
Von Pol zu Pole fliegend.
O dürft' ich doch mit euch hier im Vereine
Dies theure Land mit meinem Blute färben!
Doch da mir nicht das schöne Loos gefallen,

Für Griechenland im offnen Feld zu streiten,
Zu bluten und zu sterben,
So fleh' ich zu den Göttern,
Daß eures Sängers Name sei geehret
Für alle künftge Zeiten,
Und sein Ruhm währt, so lang der eure währet.

Das zweite Gedicht „an Dante" ward durch den
Umstand veranlaßt, daß sich zu Florenz ein Verein bildete,
der sich die Aufgabe stellte, dem größten Dichter Italiens
daselbst ein Denkmal zu setzen. Leopardi schildert den
Verfall seines Vaterlandes seit den Tagen Dante's,
namentlich, an die letzten Ereignisse anknüpfend, die
Schmach der Napoleonischen Herrschaft, wie die Söhne
Italiens auf den Eisfeldern Rußlands schaarenweise
dahinsinken, wie die Meisterwerke der italienischen
Künstler fortgeschleppt werden über die Alpen u. s. w.
Dann sich an Dante wendend, schließt er:

Ruhmreicher Geist, o sage:
Starb für Italien alle deine Liebe?
Sag, starb die Flamme, die einst in dir sprühte?
Sag, kehren nie der Myrthe Blütentage
Zurück, die unsre Väter froh gesehen,
Und sollen unsre Kränze all' erbleichen?
Wird Keiner mehr erstehen,
Der nur in einem Punkt dir zu vergleichen?
Sind ewig wir verloren? Wird die Schande
Nie finden ihre Grenze?
Ich will, so lang' ich lebe, diesem Lande
Zurufen: Feige Brut, denk deiner Ahnen,
Schau jene Siegeskränze,
Die Dichterwerke, Säulen, Bilder, Tempel,

Denk, wo du weilst und kannst du nicht besinnen
Dich eines bessern, schauend solch Exempel,
So hebe dich von hinnen!
Soll dieses Land, der Heldengeister Amme
Und Pflegerin, als Wohnplatz offen stehen
Nur diesem Feiglingsstamme,
Da mag es lieber öd' und wüst vergehen!

Zwei Jahre später (1820) veröffentlichte er seine
dritte Canzone, an Angelo Mai gerichtet, den berühm=
testen Philologen Italiens, den Entdecker zahlreicher
Ueberbleibsel aus den alten Schriftstellern, die er aus
Palimpsesten wieder lesbar zu machen verstand, den
Wiederhersteller des Eusebius, namentlich aber berühmt
durch die Wiederauffindung und Herausgabe der Bücher
Cicero's de Republica. Diese Canzone, nach A. v. Reu=
mont, das schönste Gedicht unter den Poesieen Leopardi's,
ist eine Klage um die untergegangene literarische Größe
Italiens. Die Alten, Dante, Petrarca, Tasso läßt er an
uns vorüberziehen; unter den Neueren läßt er nur Alfieri
gelten. Dann sagt er von der Gegenwart:

.... Es kann in diesen Gauen,
In dieser Zeit kein großer Geist erblühen.
Jetzt lockt der Ruhehafen
Der Mittelmäßigkeit: zu gleichem Grunde
Sank mit dem Pöbelschwarm der Weise nieder.

Zum Schlusse wendet er sich dann an den großen
Gelehrten, an welchen die Verse gerichtet sind, mit den
Worten:

Sei, kühner Forscher, glücklich dein Bemühen;
Da die Lebendgen schlafen,

Weck' auf die Todten, gieb dem stummen Munde
Der alten Helden ihre Sprache wieder,
Daß dieses Schandjahrhundert auferstehe
Zu edlem Thun — wo nicht, vor Scham vergehe.

Diese Gedichte, in einer wuchtigen Sprache und in höchster Formvollendung recht in die Zeitstimmung mit flammender Begeisterung hineingesungen, erregten allgemeinen Jubel in Italien. Man fragte sich neugierig, wer der bis dahin unbekannte Jüngling sei, der es verstanden, in der trüben Zeit der Restauration, unter dem Drucke der Priester- und der Fremdherrschaft, das Nationalgefühl zu entflammen und den Italiener auf sich selbst und seine einstige Größe zu verweisen, anknüpfend an die politischen Canzonen Petrarca's: „O aspettata in ciel", „Spirto gentil" und „Italia mia".

Hören wir, wie es um diese Zeit um den gefeierten Dichter stand! Er lebte damals noch und zwar bis zu seinem 24. Lebensjahre im väterlichen Hause in Recanati, wo er unter dem Drucke der häuslichen Verhältnisse, umgeben von kleinlichen Naturen, die ihn nicht verstanden, seufzte, wo seine Gesundheit, wie er glaubte, zum Theil unter dem Einflusse eines für Italien rauhen Klimas, litt, wo ihm alles fehlte, wonach er sich sehnte, namentlich die Mittel, um das väterliche Haus zu verlassen. Schon im April 1817 schreibt er an Giordani (Epistolario Vol. I. S. 33), der Recanati gegen ihn vertheidigt hatte: „Ihr habt gut sprechen: Plutarch und Alfieri liebten ihr

Chäronea und ihr Asti. Sie liebten sie, ohne dort zu leben. Auf diese Weise werde auch ich meine Heimat noch lieben, wenn ich fern sein werde; jetzt hasse ich sie, weil ich dort lebe; denn diese arme Stadt hat mir, wenn ich meine Familie ausnehme, keine Wohlthat auf der Welt erwiesen." Dann von der geistigen Phy=siognomie seiner Heimat redend, sagte er: „Hier ist alles Tod, Thorheit, Dummheit. Literatur ist ein uner=hörtes Wort. Die Namen: Parini, Alfieri, Monti, Tasso, Ariost und alle die andern müssen erst erläutert werden. Es gibt Niemanden, der sich bemüht, etwas zu sein, Niemanden, den der Name eines Ignoranten unangenehm berührt." Und weiter unten: „Gott hat diese unsre Welt so schön gemacht, die Menschen haben so viel Schönes gemacht, es gibt so viele Menschen, welche jeder, der nicht sinnlos ist, kennen zu lernen verlangt; die Erde ist voller Wunder; und ich mit 18 Jahren muß sagen: in dieser Höhle soll ich leben, und soll ich sterben, wo ich geboren bin? Die Luft in dieser Stadt ist höchst ver=änderlich, feucht, verderblich für die Nerven und wegen ihrer Feinheit für gewisse Naturen schädlich. Außerdem bedenket noch diese hartnäckige, schwarze, fürchterliche, grausame Melancholie, welche mich verzehrt und verschlingt und von der Arbeit sich nährt und ohne Arbeit nur wächst. Wohl weiß ich, was jene süße Melancholie ist, welche so schönes erzeugt, sie ist süßer als Lust und Fröhlichkeit, wohl habe ich sie empfunden, aber ich empfinde sie nicht mehr."

Aehnliche Klagen finden sich an vielen Stellen seiner
Briefe. Von der Art und Weise, wie man ihn im
Hause hält, sagt er (Epistolario I. S. 86): „Ich bin
ein Knabe und werde als solcher behandelt, nicht etwa
bloß im Hause, wo ich nur wie ein Kind angesehen
werde, sondern auch außerhalb desselben. Wenn Jemand
einen Brief von mir erhält und dann diesen neuen
Giacomo erblickt, so hält er mich entweder für die Seele
meines vor 35 Jahren verstorbenen gleichnamigen Groß-
vaters oder für eine Hauspuppe, glaubt, er thue mir eine
besondere Ehre an, wenn er, ein Erwachsener, einem Knaben
antwortet, und macht die Sache mit zwei Zeilen ab, von denen
die eine Grüße an meinen Vater enthält. In Recanati
betrachtet man mich als das, was ich bin, als einen
rechten Jungen, und die meisten fügen noch die Titel
hinzu: ein Superkluger, ein Philosoph, Pedant, Einsiedler
und was weiß ich sonst.“ Ferner: „Wisset, daß ich
nicht einen Bajocco auszugeben habe. Aber mein Vater
versieht mich mit allem, um was ich ihn bitte, und will,
daß ich ihn um alles bitte. Und zwischen dem Nicht-
haben und dem Bitten schwankend, ziehe ich das Nicht-
haben vor, ausgenommen, wenn das Bedürfniß meiner
Studien oder das zu heftige Verlangen irgend ein Buch
zu lesen mir Gewalt anthun. Ich sage: Verlangen nach
irgend einem Buche; denn nie habe ich nach etwas
Anderm als nach Büchern verlangt, ausgenommen einmal
nach einem Paar Postpferden, die er mir nicht gibt,

weil er sich eine Sache eingeredet hat, die ich mir nicht einreden kann: daß ich in seinem Hause den Biedermann spielen soll." Dazu kommt die durch unausgesetztes Arbeiten und durch ein langsam seit Jahren schon sich entwickelndes Leiden tief erschütterte Gesundheit. Im Jahre 1817 schon schreibt er darüber oft an Giordani. So Epistolario I. S. 61: „Was mich in erster Linie unglücklich macht, ist der Mangel an Gesundheit; denn abgesehen davon, daß ich nicht der Philosoph bin, der sich nicht um das Leben kümmert, ich sehe mich auch genöthigt, meiner Liebe, dem Studium, fern zu bleiben. Was glaubt Ihr, theurer Giordani, das ich treibe? Ich stehe des Morgens auf und zwar spät, weil ich um diese Zeit lieber schlafe als wache. Dann wandre ich hin und her, und zwar ohne je den Mund zu öffnen oder ein Buch anzusehen, bis zum Mittagsessen. Nach dem Mittagsessen wandre ich wieder hin und her, immer in derselben Weise bis zum Abendessen. Dabei wenn ich überhaupt esse und zwar mit häufigen Unterbrechungen, eine Stunde Lectüre. So lebe ich und habe ich gelebt seit etwa 6 Monaten. Das Zweite, was mich unglücklich macht, ist das Denken. Ich glaube, daß Ihr wisset, aber hoffe, daß Ihr nicht selbst erfahren habt, in welchem Grade der Gedanke den martern kann, der ein wenig verschieden von den Andern denkt, wenn er ihn in der Gewalt hat, ich meine, wenn ein solcher Mensch gar keine Zerstreuung oder Ableitung hat, oder nur das

Studium, welches, weil es den Geist fixirt und unbe=
weglich festhält, mehr schadet als nützt. Mir hat der
Gedanke seit langer Zeit derartige Qualen verursacht und
verursacht mir solche noch, weil er mich immer und ganz
und gar beherrscht hat, so daß es mir höchst nachtheilig
gewesen ist und mich tödten wird, wenn sich meine Ver=
hältnisse nicht ändern. Die Einsamkeit ist nicht für die,
die sich in sich selbst verzehren." In einem andern Briefe
(Vol. I. S. 66) sagt er: „Der Gedanke ist stets mein
Henker gewesen und wird mich vernichten, wenn ich in
dieser Einsamkeit in seiner Gewalt bleibe." Das Schlimmste
war, daß sich zu seinen übrigen Leiden noch eine Augen=
krankheit gesellte, die ihm ein ganzes Jahr (1819) das
Arbeiten unmöglich machte. Er schreibt darüber: „Lange
Zeit glaubte ich fest, daß ich in einigen Jahren sterben
würde. Seit ich aber den Fuß in mein zwanzigstes gesetzt,
habe ich mich davon überzeugen können (ich sage nicht: mir
schmeicheln können, da ich dazu keinen Anlaß finde), daß
die Nothwendigkeit eines solchen frühen Todes nicht in
mir liegt, und ich mit unendlicher Sorgfalt noch leben
kann, und zwar ein Leben, das man so mit genauer
Noth hinschleppt und das nicht zur Hälfte von dem taugt,
was die Menschen gewöhnlich thun, wobei ich mich immer
noch vorsehen muß, daß nicht der geringste Zufall oder
die kleinste Unvorsichtigkeit mir schade oder mich tödte.
Denn durch sieben Jahre wahnsinnigen und verzweifelten
Studiums, in dem Lebensalter, in welchem meine Con=

stitution sich hätte bilden und kräftigen sollen, habe ich mich gänzlich zu Grunde gerichtet. Ich habe mich unselig und für mein ganzes Leben zu Grunde gerichtet, habe mein Aussehen elend gemacht und jenen ganzen wesentlichen Theil des Menschen vernichtet, auf den allein die Menge, mit der man auf dieser Welt umgehen muß, achtet. Nicht die Menge bloß, sondern jeder, der den Wunsch hegt, daß die innere Begabung nicht allen äußeren Schmuckes entbehre, und wenn er dieselbe so ganz nackt und schmucklos findet, sich betrübt, und dem Naturgesetz nachgebend, von welchem alle sogenannte Weisheit machtlos abprallt, kaum den Muth hat, den zu lieben, an welchem nichts schön als die Seele. Mit solchem und anderem Elend hat die Natur mein Dasein umgeben, indem sie mir den Verstand offen genug gelassen hat, daß ich klar sehe und erkenne, was und wie ich bin, so offen das Herz, daß es inne geworden, ihm stehe Freude nicht an, es müsse Trauer tragen und die Melancholie zur ewig unzertrennlichen Gefährtin wählen. So weiß und sehe ich denn, daß mein Leben nicht anders als elend sein kann; doch ich verzage nicht. Möchte dies Leben nur irgend etwas nütz sein, wie ich ohne Feigheit durch dasselbe zu wandern bemüht sein werde. Ich habe so bittere Zeiten erlebt, daß mir scheint, Schlimmeres könne mir noch bevorstehen. Darum aber verzweifle ich nicht, auch Schlimmeres zu erdulden. Ich habe die Welt noch nicht gesehen; wenn ich sie nun sehe und die Menschen kennen lernen werde,

dann werde ich mich gewiß voll Bitterkeit in mich selbst
verschließen müssen, nicht etwa des Unglücks wegen,
das mich betreffen könnte, und wogegen ich mich mit
zäher Hartnäckigkeit gewappnet zu haben glaube, auch
nicht wegen der zahllosen Anlässe, die meine Eigenliebe
verletzen werden, da ich entschlossen bin, mich vor Niemanden zu beugen, und da mein Leben Verachtung für
Verachtung, Hohn für Hohn zurückgeben wird, sondern
jener Dinge halber, welche, was nicht ausbleiben kann,
mein Herz verletzen werden."

Diese Gemüthsverfassung des unglücklichen Dichters
wird nach und nach immer trübsinniger und bitterer und
steigert sich zu einer wahrhaft herzbrechenden Verzweiflung.
Im März 1820 schreibt er an Giordani (Epistolario I.
S. 180): „Auch ich seufze mit heißer Sehnsucht nach
dem schönen Frühling, von dem ich allein noch hoffe,
daß er mir Arznei sein wird für die Erschöpfung meines
Geistes. Vor einigen Abenden, ehe ich mich zur Ruhe
legte, hatte ich das Fenster meines Zimmers geöffnet;
ich sah den klaren Himmel, den schönen Mondenschein,
empfand die lauen Lüfte und hörte von ferne die Hunde
bellen — da erwachten in mir alte Bilder, und mir
schien es, als fühlte ich eine Regung im Herzen, so daß
ich zu schreien begann wie ein Wahnsinniger: um Erbarmen flehte ich die Natur an, deren Stimme ich wieder
zu hören glaubte nach so langer Zeit. Und als ich nun
einen Blick auf meinen früheren Zustand warf, einen

2*

Zustand, in den ich gewiß war, sogleich wieder zu ver=
fallen, da erstarrte ich vor Entsetzen, unfähig zu begreifen,
wie es möglich sei, das Leben zu ertragen ohne Illu=
sionen, ohne lebhafte Empfindungen, ohne Phantasie und
ohne Enthusiasmus, die noch vor einem Jahre das=
selbe ausfüllten und mich beseligten trotz meiner Leiden.
Jetzt bin ich verdorrt, wie ein trocknes Rohr, und keine
Leidenschaft findet mehr Zugang zu meinem armen Herzen,
und selbst die ewige und allgewaltige Macht der Liebe
ist in diesem meinen Jugendalter vernichtet." Die Idee
des Selbstmordes kehrt öfter in seinen Briefen und Ge=
dichten wieder. So in einem Schreiben vom April 1820
an seinen Freund, den Advokaten P. Brighenti in Bologna,
der sich wegen des Druckes und der Herausgabe der ersten
Canzonen des Dichters bemühte. Er sagt (Epistolario I.
S. 185): „Denken Sie nur noch an mich als den ver=
zweifeltsten Menschen, den es auf dieser Erde gibt, und
der nur ein Haar breit davon entfernt ist, sich für immer
dem unausgesetzten Elend seines fluchbeladenen Lebens zu
entziehen." Der Vater widersetzte sich dem Druck der
fraglichen Canzonen, er widersetzte sich aber namentlich
dem Wunsche des Sohnes, das väterliche Haus zu ver=
lassen, wenigstens wollte er keine Mittel dazu hergeben;
und so seufzte der unglückliche Dichter in der häuslichen
Bevormundung, unter dem Drucke der geistigen Ver=
einsamung und der schrecklichsten körperlichen Leiden bis
zum November 1822. Der Vater hatte endlich den

Plan des Sohnes, nach Rom zu gehen, genehmigt, wie es scheint, in der Hoffnung, daß dieser sich dort werde bewegen lassen, den geistlichen Stand zu wählen, für welchen ihm glänzende Aussichten gemacht waren, die er aber bisher unerschütterlich zurückgewiesen hatte und auch später trotz seiner traurigen Lage stets energisch zurückwies.

So sehen wir ihn nun im November 1822 in Rom, wo er bis zum Mai des folgenden Jahres verweilte. Er war von seinem Aufenthalte daselbst wenig befriedigt. Die Größe der alten Welt, deren Trümmer ihm hier entgegentraten, scheint keinen gar großen Eindruck auf ihn gemacht zu haben, wenigstens findet sich davon in seinen Briefen ebensowenig eine Spur, wie in seinen Gedichten. Für ihn lag die Größe des Alterthums in den Werken der alten Schriftsteller aufgedeckt, nicht in den Ruinen der ewigen Stadt. Die Alterthumsforscher verleideten ihm mit ihrer Detailkrämerei und ihrer Verachtung jeder anderen Richtung der Philologie, sowie der Literatur im allgemeinen den Eindruck, den Rom grade in dieser Beziehung auf jeden macht, der seinen heiligen Boden betritt. Um so tieferen Eindruck machte auf ihn das Grab Tasso's, das er im Kloster St. Onofrio aufsuchte. Er schreibt darüber an seinen Bruder Carl (I. S. 292): „Freitag den 15. Februar 1823 besuchte ich Tasso's Grab und weinte daselbst. Dies ist das erste und einzige „Vergnügen", das ich in Rom empfunden habe. Der Weg ist weit, und man geht dorthin nur, um das Grab zu sehen. Aber würde man nicht auch von Amerika kommen können, um die Wonne der Thränen, wenn auch nur für zwei Minuten, zu empfinden? Viele haben ein Gefühl des Unwillens, indem sie die Asche Tasso's betrachten, bedeckt und bezeichnet nur mit einem Steine, etwa 1½ Palm lang und breit, in dem Winkel einer elenden Kirche. Ich möchte unter keiner Bedingung diese Asche unter einem Mausoleum suchen. Du begreifst die Menge von Empfindungen, welche der Gegensatz zwischen der Größe Tasso's und der Dürftigkeit seines Grabes hervorruft. Aber Du kannst Dir keine Idee von einem andern Contraste machen, von dem nämlich, welchen ein Auge wahrnimmt, das an die ungeheure Pracht und Großartigkeit römischer Denkmäler gewohnt ist und diese mit der Kleinheit und Nacktheit jenes Grabes vergleicht. Man fühlt einen trüben und erschütternden Trost, wenn man bedenkt, daß diese Armuth dennoch genügt, die Nachwelt zu interessiren und zu beleben, dort, wo man die stolzesten Mausoleen, die Rom enthält, mit vollkommener Gleichgültigkeit für die Person, welcher sie errichtet wurden, betrachtet, für die Person, nach deren Namen man nicht einmal frägt, oder nach dem man frägt nicht als Namen der Person, sondern nur des Denkmals." Fühlte Leopardi die Aehnlichkeit seines Schicksals mit dem Tasso's, ja die noch größere Schwere seines Looses, als er dies schrieb? Giordani vergleicht das Loos der beiden Dichter mit folgenden

Worten (Proemio zu den Studi filologici S. 23):
„Das Unglück Tasso's ist weltberühmt; ihm, so groß er
in jenem Jahrhundert der Großen, und so riesenhaft er
in diesem Zeitalter der Zwerge erscheint, ist doch Leopardi
sowohl als Dichter, wie als Philosoph überlegen (eine
Ansicht, die wir hier unbedenklich dahingestellt sein lassen
können). Tasso war schmählich mißhandelt von den
Menschen, Leopardi grausam geknickt, gekränkt durch die
Natur; daher die vielen Klagen Tasso's gegen die Menschen,
und bei Leopardi die unausgesetzten Beschwerden gegen
die Natur; jener nach einem Alter von 30 Jahren nicht
unglücklich, obwohl arm; dieser von seinem 20. Jahre an
bis zu seinem Tode zugleich arm und krank. Tasso's
Leben erscheint beherrscht von der Phantasie, die ihn
unklug machte und beredt; Leopardi dagegen, der nicht
weniger gewaltig und weit fruchtbarer im Reiche der
Phantasie war, verschloß sich fest hinter der Vernunft
und ließ sich niemals hinter ihr heraushohlen. Und grade
sie peinigte ihn, indem sie ihn des Trostes beraubte, den
andere aus ihren Illusionen schöpfen. Der große Epiker
setzte dem Neide, der ihn verfolgte, und dem stolzen
Tyrannen das Gefühl der eigenen Ueberlegenheit entgegen,
welches die Verfolgung als Stoff und Beweismittel gegen
ihn gebrauchte; der Dichter der Philosophie empfand Ekel
und Bitterkeit über das Dunkel, in welchem er lebte
und erkannte es vielleicht nicht als einzige Ursache seiner
Sicherheit. Tasso schmerzte sein eignes Unglück, so daß

er nicht an das allgemeine dachte; das Herz Leopardi's wurde unheilbar getroffen von der starren Härte der Natur, die gegen ihn nur verschwenderisch war wie gegen das ganze Menschengeschlecht in trügerischen Hoffnungen."

Die Römer und Römerinnen der Neuzeit imponirten ihm ebensowenig. Er klagte wiederholt über ihre Unwissenheit, ihre alberne Unterhaltung, über den Neid und die Eitelkeit der Literaten und spricht dagegen voll Anerkennung über die Fremden, namentlich die Deutschen, die er dort kennen gelernt hatte und über den Umgang im Hause des Holländischen Gesandten, des Cavaliere Reinhold. Zu den Deutschen, deren Bekanntschaft er dort machte, ist in erster Linie Niebuhr zu zählen, der damals als Preußischer Gesandter in Rom weilte. Dieser empfahl ihn dem Cardinal-Staatssecretair Consalvi zu einer Anstellung, die ihm in Aussicht gestellt wurde, falls er in den geistlichen Stand übertreten wolle. Da Leopardi dies verweigerte, so schwand ihm jede Aussicht. Niebuhr versuchte später ihm eine Professur für alte Philosophie in Berlin zu erwirken; die Sache zerschlug sich indessen. Niebuhr verließ Rom, blieb dem Dichter und großen Philologen aber immer herzlich zugethan.

Er schickte ihm durch Bunsen ein Exemplar seiner Ausgabe des Merobaude. In der Vorrede zur 2. Auflage dieses Schriftstellers (Bonn 1824) legt Niebuhr vor Deutschland Zeugniß ab über die Bedeutung des jungen Italieners, indem er sagt: „Comes Jacobus Leopar-

dius, recanatensis picens, quem Italiae suae jam
nunc conspicuum ornamentum esse popularibus
meis nuntio, in diesque eum ad majorem claritatem
perventurum esse spondeo, ego vero qui candi-
dissimum praeclari adolescentis ingenium non secus
quam egregiam doctrinam valde diligam, omni ejus
honore et incremento laetabor"*).

Leopardi beschäftigte sich in Rom vorzugsweise in den
Bibliotheken, fertigte einen Katolog über die griechischen
Handschriften der Barberina an und veröffentlichte einige
Aufsätze philologischen Inhalts in den römischen Epheme-
riden. Sein Plan, mit irgend einem vornehmen Engländer, Deutschen oder Russen ins Ausland zu gehen
und dort sein Glück zu versuchen, zerschlug sich, und so
kehrte er, an Enttäuschungen reicher, im Mai 1823 in
die Heimat zurück. Seine melancholische Gemüthsstimmung
hatte sich nicht gemindert, die Klagen in den Briefen an
seinen Bruder Carl geben vielfach davon Zeugniß. Was
Rom in dieser Beziehung gewirkt hat, spricht er in den
Worten aus (Epistolario I. S. 285): „Obgleich ich
unfähig bin mich zu freuen, und zwar unfähig für immer,
so hat Rom mir wenigstens den Vortheil gebracht, daß
es meine Unempfindlichkeit in Bezug auf mich selbst ver-

---

*) Vgl. über die Zeit in Rom und sein Verhältniß zu Niebuhr
und Bunsen: Christian Carl Josias Frhr. v. Bunsen. Aus seinen
Briefen und nach eigener Erinnerung geschildert von seiner Witwe.
1. B. Leipzig 1868. S. 224.

vollkommnet hat, so daß ich mein ganzes Leben, mein Glück und Unglück wie das Leben, das Glück und Unglück eines Andern ansehe."

Er kehrte in das väterliche Haus nach Recanati zurück, wo er wiederum zwei Jahre in Schmerz und Einsamkeit verbrachte.

In diese Zeit fällt die erste Sammlung seiner Gedichte (Canzoni. Bologna 1824), die er von Recanati aus besorgte. Dieselbe enthält die ersten 9 und das 18. Gedicht dieser Sammlung mit Widmungen und Anmerkungen meist sprachlicher Natur. Ueber den Inhalt dieser Gedichte will ich mich hier nicht weiter auslassen, ich will nur hervorheben, daß abgesehen von den schon publicirten und bereits oben erörterten, in den übrigen jene verzweifelte Stimmung, jener Pessimismus und die gründliche Verachtung der Gegenwart schon ziemlich unverholen hervorbrechen, Stimmungen, die wir aus seinen Briefen zur Genüge kennen gelernt haben. In den Formen herrscht die strenge petrarkische Canzone vor, während in der Sprache sich eine unverkennbare Einwirkung seiner classischen Studien zeigt, indem Wortfügung und Ausdrücke nicht selten dem Lateinischen entnommen sind. In einer offenbar von ihm selbst herrührenden, anonymen Recension (im Nuovo Ricoglitore, Mailand 1825) sagt er darüber: „Es sind hier zehn Canzonen, aber mehr als zehn Extravaganzen. Erstens: unter den zehn Canzonen ist auch nicht eine Liebescanzone. Zweitens: nicht alle und

nicht in allem sind sie petrarkischen Styles. Drittens:
sie sind weder im Style der Arkadier, noch in dem des
Testi oder Filicaja, noch des Guidi oder Manfredi, noch
in dem der lyrischen Gedichte des Parini oder des Monti
— kurz sie haben mit der übrigen lyrischen Poesie Sta-
liens keine Aehnlichkeit. Viertens: Niemand würde den
Inhalt der Gedichte aus ihren Titeln errathen; ja
meistens läßt sich der Dichter schon im ersten Verse auf
Gegenstände ein, die von demjenigen durchaus verschieden
sind, was der Leser glaubt erwarten zu dürfen. So
spricht er z. B. in einem Hochzeitsgedichte weder von
dem Brautgemache, noch von dem Gürtel der Venus,
noch von Hymen. Eine Canzone an Angelo Mai spricht
von allem andern, nur nicht von Codices. Eine, an
einen Sieger im Ballspiel gerichtet, ist keine Nachahmung
des Pindar. Eine andere an den Frühling spricht weder
von Wiesen, noch von Büschen, noch von Blumen, noch
von Gras und Blättern. Fünftens: nicht weniger extra-
vagant sind die Behauptungen in den Canzonen selbst.
Eine, welche die Ueberschrift trägt: Letzter Gesang der
Sappho, will das Unglück eines zarten, gefühlvollen,
edeln und warmen Gemüths darstellen, welches in einem
häßlichen und jungen Körper wohnt. Es ist dies ein so
schwerer Gegenstand, daß ich mich weder unter den Alten,
noch unter den Neueren eines Schriftstellers zu erinnern
weiß, der gewagt hätte, darüber zu schreiben, ausgenommen
Frau von Stael, die diesen Stoff in einem Briefe zu

Anfang der Delphine behandelt, aber in ganz anderer
Weise. Eine andere Canzone: Hymnus an die Patri-
archen oder von den Anfängen des Menschengeschlechts,
enthält im Wesentlichen eine Lobrede auf die Sitten der
Wilden Californiens und behauptet, daß das goldene
Zeitalter keine Fabel sei. Sechstens: alle sind voll von
Klagen und Trübsinn, als ob die Welt und die Menschen
ein Elend seien und das menschliche Leben unglücklich.
Siebtens: wenn man sie nicht aufmerksam liest, versteht
man sie nicht, als ob die Italiener aufmerksam läsen.
Achtens scheint es, als ob der Dichter den Lesern Stoff
zum Nachdenken hätte geben wollen, als ob demjenigen,
der ein italienisches Buch liest, etwas davon im Kopfe
bleiben müßte, oder als ob es schon Zeit wäre, seine
Gedanken zu sammeln, ehe man anfängt zu schreiben.
Neuntens findet man ebensoviel Sonderbarkeiten als
Aussprüche, z. B. daß nach der Entdeckung von Amerika
die Erde uns kleiner scheint, als vorher; daß die Natur
zu den Alten sprach, d. h. sie inspirirte, ohne sich ihnen
zu enthüllen; daß je mehr Entdeckungen man in den
Naturwissenschaften macht, desto mehr die Nichtigkeit des
Universums in unsrer Einbildungskraft wächst; daß alles
in der Welt eitel ist, außer dem Schmerz; daß der
Schmerz besser ist als die Langeweile; daß unser Leben
zu nichts gut ist, als es zu verachten; daß die Nothwendigkeit eines Uebels die gewöhnlichen Geister über
die Existenz desselben tröstet, aber nicht die großen; daß

alles im Universum Geheimniß ist, außer unserm Un=
glück. Zehntens, elftens, zwölftens ꝛc.

Ueber sein damaliges Leben und seine Hoffnungs=
losigkeit, ja Unmöglichkeit, sich demselben zu entziehen,
schreibt er im Mai 1825 an Giordani (Epistolario I.
S. 352, 353): „Ich studire Tag und Nacht, soviel als
meine Gesundheit es zuläßt. Wenn diese es nicht mehr
gestattet, so wandre ich wieder einen Monat im Zimmer
auf und ab; dann kehre ich zu den Studien zurück; das
ist mein Leben. Was die Art meiner Studien betrifft,
so sind dieselben nun andere geworden, da ich selbst ein
Andrer geworden bin. Alles, was an das Empfindsame
oder Pathetische streift, langweilt mich und erscheint mir
als Scherz und lächerliche Kinderei. Ich suche nur die
Wahrheit, die ich früher so sehr gehaßt und verabscheut
habe. Ich erfreue mich daran, mehr und mehr das
Elend der Menschen und der Dinge aufzudecken und mit
der Hand zu betasten und von kaltem Schauder ergriffen
zu werden, indem ich dieses unselige und furchtbare Ge=
heimniß des Lebens durchforsche. Ich bemerke jetzt wohl,
daß mir, nun die Leidenschaften erloschen sind, in den
Studien keine andere Quelle des Vergnügens bleibt, als
nur eine eitle Neugier, deren Befriedigung auch ergötzt,
ein Umstand, den ich, so lange mir im Herzen noch der
letzte Funken übrig geblieben war, nicht begreifen konnte.
Ich lebe hier ohne Hoffnung zu entrinnen. Gern würde
ich mich dem Zufall in die Arme werfen, indem ich mir

in irgend einer großen Stadt ein wenig Brot mit der
Feder verdiene; aber ich sehe keinen Weg, so viel zu
erwerben, daß ich nicht Hungers sterbe den Tag, nach=
dem ich von hier fortgegangen. So also finde ich mich
darin, nichts zu thun und nichts zu hoffen.“

Als er nach dieser Zeit im Juli 1825 über Bologna
nach Mailand, wohin ihn der Buchhändler Stella behuf
Herausgabe und Uebersetzung des Cicero berufen hatte,
reiste, glaubte er den Krallen des Todes zu entrinnen.
Aber schon Anfang October finden wir ihn wieder in
Bologna, nachdem er sich von dem Auftrage in Bezug
auf die Herausgabe und Uebersetzung des Cicero los=
gemacht hatte, einem Auftrage, der ihm nicht zusagte.
In Bologna nährte er sich von Unterrichtgeben und
erhielt außerdem von Stella monatlich 10 Scudi als
Anzahlung auf diejenigen Werke, die er verfassen und
bei diesem in Verlag geben würde. Er blieb dort mit
Ausnahme eines kurzen Besuchs in Ravenna bis zum
November des folgenden Jahres und verfaßte während
seines dortigen Aufenthalts eine Uebersetzung des Mar=
tyrium der heiligen Väter vom Berge Sinai und zwar
in der Sprache des 14. Jahrhunderts, die er so genau
in Styl und Haltung, in Ausdruck und Wortformen
nachzuahmen verstand, daß die Arbeit für ein Werk aus
dem Zeitalter des Dante galt. Außerdem besorgte er
eine neue Ausgabe des Petrarca mit Anmerkungen, die
durch ihre treffende Kürze und durch das richtige Urtheil

des Herausgebers eine eben so große Meinung von seiner Kenntniß des Italienischen erweckten, wie er früher schon den Ruf eines der ersten classischen Philologen sich er= worben hatte. Diese Ausgabe ist später bei Le Monnier in Florenz öfter erschienen und sehr verbreitet. Endlich fällt in diese Zeit eine neue Sammlung von Gedichten und Uebersetzungen Leopardi's, die in Bologna 1826 erschien (Versi del Conte G. Leopardi), worin das schöne Gedicht an Carlo Pepoli, und eine Anzahl von kleineren prosaischen Schriften, die theils in der Antologia, einer Florentiner Revue, theils im Raccoglitore, einer Mailänder Zeitschrift, gedruckt waren.

Während dieses Aufenthalts in Bologna machte Leo= pardi die Bekanntschaft der Gräfin Malvezzi, einer Dame von vielem Geist und ungewöhnlicher Bildung, die selbst die lateinischen Schriftsteller studirte und eine Uebersetzung des Somnium Scipionis von Cicero an= fertigte. Leopardi stand ihr nahe und das leicht erregte Herz des unglücklichen Dichters ist in hellen Flammen, wenn er über dieses Verhältniß an seinen Bruder Carl schreibt (Epistolario I. S. 456): „Ich bin mit einer Dame in ein Verhältniß getreten, welches jetzt einen großen Theil meines Lebens ausfüllt. Sie ist nicht jung, aber sie besitzt eine Grazie und einen Geist, welche (glaub' es mir, da ich dies früher nicht für möglich ge= halten habe) die Jugend ersetzen und eine wunderbare Illusion hervorbringen. In den ersten Tagen, als ich sie kennen lernte, lebte ich in einer Art von Wahnsinn und von Fieber. Wir haben stets in Scherz von Liebe gesprochen, aber wir leben zusammen in einer zarten und gefühlvollen Freundschaft mit einem gegenseitigen Interesse und einer Hingabe, welche eine Liebe ohne Unruhe scheint. Sie schätzt mich hoch; wenn ich ihr irgend etwas von mir vorlese, weint sie oft von Herzen ohne alle Affectation; die Lobeserhebungen der Andern sind mir gleichgültig, die ihrigen gehen mir ins Blut über und haften mir in der Seele. Sie liebt und kennt die schönen Wissenschaften und die Philosophie; es fehlt uns nie an Stoff zur Unterhaltung und fast jeden Abend bin ich bei ihr von Ave Maria bis nach Mitternacht, und es scheint mir nur ein Augenblick. Wir vertrauen uns alle unsere Geheimnisse an, wir tadeln uns einander und machen uns gegenseitig auf unsere Fehler aufmerksam. Kurz, diese Bekanntschaft bildet für mich eine bemerkbare Epoche in meinem Leben, weil sie mich von einem Irrthum befreit, weil sie mich davon überzeugt hat, daß es noch Freuden auf der Welt gibt, die ich für unmöglich hielt, und daß ich noch dauerhafter Illusionen fähig bin, trotz der Erkenntniß und trotz der so eingewurzelten entgegengesetzten Angewöhnung. Sie hat mein Herz wieder erweckt nach einem Schlafe, ja nach einem vollständigen Tode, der so viele Jahre schon gewährt hat."

Trotz dieser Emphase scheint indessen die Neigung nicht tief gegangen zu sein. Wir erfahren später wenigstens nichts darüber aus dem Briefwechsel noch aus der Lebensbeschreibung von Ranieri.

Nachdem Leopardi den Winter 1826/27 wieder im älterlichen Hause zugebracht hat, sehen wir ihn schon im Beginn des Frühlings auf dem Wege nach Florenz. Nach kurzem Aufenthalt in Bologna trifft er im Juni daselbst ein. Aber ein hartnäckiges Augenübel quälte ihn während des ganzen Sommers, so daß er fast immer das Zimmer hüten mußte und wenig arbeiten konnte. Nur die Besuche der hervorragenden Männer der Stadt, einheimischer wie fremder, eines Niccolini, Gino Capponi, Frullani, Giordani, Colletta, Manzoni, der von Mailand dorthin kam, und Bunsen's, der sich auf der Durchreise nach Rom in Florenz aufhielt und sich für seine Anstellung in Rom interessirte, trösteten ihn und scheuchten wenigstens zeitweilig die schwarzen Geister seiner einsamen, melancholischen Stunden, die er in unfreiwilliger Muße hinbrachte. Den Winter 1827/28 lebte er in Pisa, wohin das milde Klima dieser Stadt ihn lockte. Es gieng ihm erträglich und in allen seinen Briefen rühmt er die Vortrefflichkeit der Luft, den warmen Sonnenschein, die Schönheit der Stadt und die Freundlichkeit ihrer Bewohner. Außer mit einigen kleineren Arbeiten in Prosa beschäftigte er sich in dieser Zeit vorzugsweise mit der Compilation einer italienischen Chrestomathie, die in zwei Bänden (einer für die Prosaschriftsteller, einer für die Dichter) in Mailand bei Stella herauskam (1827. 1828). — Den Sommer 1828 lebte er wieder in Florenz; es gieng ihm beſſer, wenn auch die Klagen über ſeine ſchlechte Geſundheit faſt in jedem Briefe laut werden. Er verkehrte wieder mit den alten Freunden, die hauptſächlich in dem Leſecabinet des Buch= händlers Vieuſſeux, dem Verleger der Anthologie, ihren Ver= einigungspunkt fanden. In dieſem Kreiſe wurde der Grund gelegt zur Regeneration Italiens, namentlich durch das Studium der hiſtoriſchen und der Rechts= wiſſenſchaft und durch Bildung einer nationalliberalen Mittelpartei, die, feind den geheimen Geſellſchaften und den Conſpirationen, das Recht der freien Entwicklung, liberale Inſtitutionen und die Beſeitigung der Fremd= herrſchaft verlangte und endlich erreichte. Leopardi ver= kehrte in dieſem Kreiſe, verhielt ſich den Beſtrebungen dieſer Männer gegenüber indeſſen kühl, nicht weil er einer abſolutiſtiſchen Denkungsart huldigte (wie dies nach den Aeußerungen Witte's *) und Ruth's ſcheint), ſondern weil er aus peſſimiſtiſchen philoſophiſchen Anſchauungen von der Natur des Menſchen und der Geſellſchaft nicht an eine Perfectibilität weder im Einzelnen noch im

---

*) Witte, der Leopardi in dieſem Kreiſe kennen lernte und der einige Jahre ſpäter bei Gelegenheit der Recenſion einer Ueber= ſetzung Leopardi's von Kannegießer, die ihm gewidmet war, von ſeinen Beziehungen zu dem Dichter ſprach (Blätter für liter. Unterhaltung 1837. Nr. 152, 153), verwechſelt die politiſchen Schriften des Vaters Monaldo mit denen des Sohnes Giacomo.

Ganzen glaubte. Ueber die Bestrebungen des erwähnten Kreises schreibt er an Giordani (Epistolario II. S. 98): „Ich sehe nur Vieusseux und seine Gesellschaft; und wenn diese mir fehlen, was sich oft ereignet, befinde ich mich wie in einer Wüste. Uebrigens beginnt die hochmüthige Verachtung, welche man hier für alles Schöne und für jede Literatur zur Schau trägt, mich zu ärgern, besonders weil es mir nicht in den Kopf will, daß das höchste menschliche Wissen in der Politik oder in der Statistik gipfele. Ja, indem ich die fast vollkommene Nutzlosigkeit der seit dem Zeitalter des Solon bis jetzt für die Verbesserung der Staaten und das Glück der Völker gemachten Studien philosophisch erwäge, bringt mich jene Leidenschaft für Zahlen und politische wie legislatorische Grillen oft ein wenig ins Lachen; und demüthig frage ich, ob man das Glück der Völker ohne das Glück der Individuen zu machen im Stande ist. Diese sind von der Natur zum Unglück verdammt und nicht von den Menschen noch vom Zufall; und als Trost für dieses unvermeidliche Unglück scheinen mir das Studium des Schönen, die Affecte, die Phantasie und die Illusionen einigen Werth zu haben. So glaube ich, daß das, was ergötzt, nützlich ist vor allem Nützlichen, und die Literatur in Wahrheit nützlicher, als alle diese höchst trockenen Wissenschaften, welche, wenn sie auch ihren Zweck erreichten, sehr wenig zum wahren Glück der Menschen beitragen würden, welche Individuen sind und nicht Völker. Aber wann erreichen jene ihren Zweck? Ich möchte, daß einer unserer Professoren der „histo= rischen Wissenschaften" mir dies klar machte." Noch ausführlicher und deutlicher spricht sich der Dichter in den an Gino Capponi gerichteten Versen (Nr. XXXII dieser Sammlung) über diese Richtung aus. Er be= lächelt den Bienenfleiß der Statistiker, die Wandelbar= keit politischer Anschauungen, wie sie in der Tagespresse zum Vorschein kommt, die Reden von Freiheit und Brüderlichkeit, den Fortschritt der Industrie, wie jede Art von Weltverbesserung. Dann sagt er:

Stets werden wahrer Werth und Tugend, Treue,
Bescheidenheit, Rechtslieb' in jedem Staate
Dastehen fremd und fern den öffentlichen
Geschäften, oder immer unglückselig,
Gedrückt sein und im Kampfe unterliegen;
Denn ihnen gab Natur, im Hintergrunde
Zu stehen. Freches Wagen, Trug, vereint
Mit Mittelmäßigkeit, sie herrschen ewig,
Stets obenauf zu schwimmen auserlesen.
Herrschaft und Macht, vereinigt oder einzeln,
Wird stets mißbrauchen, wer sie hat und unter
Beliebgem Namen. Dies Gesetz schrieb voreinst
Natur und Schicksal in demantne Tafeln.
Stets wird der Gute elend sein, im Glanze
Der Schuft und der Gemeine, alle Welt
Wird gegen edle Seelen stets verschworen
In Waffen dastehn; wahrer Ehre folgen
Verläumdung, Haß und Neid; stets wird der Schwache
Des Starken Beute sein, des Reichen Bauer
Und Knecht der Bettler, in jedweder Staatsform,

Ob nah wir wohnen oder fern den Polen
Und dem Aequator; ewig wird's so bleiben,
So lang als Aufenthalt uns bleibt die Erde
Und uns des Tages Fackel nicht erlischt.

Diese Ansicht von dem hoffnungslosen Zustande der Welt ist eine Folge der Einwirkung des eigenen Elends, in welchem der arme Dichter lebte und wohl erklärlich in dem Zeitalter der Restauration und in einem Lande, wie Italien, das unter dem Drucke des Metternich'schen Systems seufzte, zu dessen Handhabung in der eigenen Nation die gewissenlosesten Werkzeuge sich bereit finden ließen. Es ist aber ein Irrthum, darum Leopardi zu einem freiheitsfeindlichen Menschen zu stempeln; sein Fehler war, daß er einen absoluten, unpraktischen Standpunkt einnahm, von welchem aus betrachtet die näheren, erreichbaren Ziele seiner Freunde ihm in nichts verschwanden.

Im Sommer dieses Jahres starb sein jüngerer Bruder Luigi. Dieser Todesfall und das erklärliche Verlangen der Familie, den Sohn nach langer Abwesenheit wieder bei sich zu haben, hauptsächlich aber der Mangel an Mitteln, um sich selbstständig in der Ferne zu erhalten, veranlaßten ihn, im Herbst nach Recanati zurückzukehren. Was er dort finden würde, drückt er in den wenigen an eine Freundin gerichteten Worten aus: „Die schauervolle Nacht von Recanati erwartet mich." (Epistolario II. S. 91.)

Und so war es wirklich: er blieb vom November 1828 bis zum Mai 1830 in der Heimat und verließ dieselbe dann, um nie wiederzukehren.

Diese Zeit gehört zu den trübsten Perioden seines Lebens: er war nicht im Stande zu produciren, seine Gedanken aber verzehrten ihn; in seinen Briefen nennt er Recanati sein Gefängniß, seine Hölle, das Leben daselbst ein Fegefeuer; er sagt: „Ich würde vor Wuth, Ekel und Trübsinn sterben, wenn man an solchen Uebeln sterben könnte." Er sucht nach allerlei Auskunftsmitteln, um sich seiner Heimat zu entziehen; aber das große Vaterland hatte für ihn keinen Platz. Endlich bot man ihm eine Professur in Parma an, aber — klingt es nicht wie eine Verhöhnung? — eine Professur für Naturgeschichte! Am schlimmsten war für ihn der Winter 1829/30, durch eine anhaltende und heftige Kälte ausgezeichnet. In diesen Winter fällt das Gedicht: „Erinnerungen" (Nr. XXII. dieser Sammlung), wo er über seine Heimat und sein verlorenes Leben in heftige Klagen ausbricht:

„Auch ahnt' ich nicht, daß ich verurtheilt sei,
In diesem rauhen Heimatdorf, bei diesem
Gemeinen Volk die Jugend hinzubringen,
Bei diesem Volk, dem fremde Namen Wissen
Und Bildung sind und oft selbst Gegenstand
Des Spottes und Gelächters, das mich haßt
Und flieht, aus Neid nicht eben (denn es achtet
Mich höher nicht als sich), nein, deshalb nur,
Weil es vermeint, daß ich mich höher achte,

Obwohl ich äußerlich es Niemand zeige.
Hier bring' ich meine Jugend hin, verlassen,
Verborgen, ohne Liebe, ohne Leben
Und werde roh im Schwarme roher Menschen.
Hier leg' ich Kindesliebe ab und Tugend
Und werde zum Verächter aller Menschen
Um dieser Rotte willen, drin ich lebe.
Indessen flieht dahin die theure Jugend,
Mir theurer noch als Ruhm und Lorbeer, als
Das reine Licht des Tages und das Leben.
So freudlos, nutzlos schwindest du dahin
An diesem Jammerorte, unter Schmerzen,
Du einzge Blume dieses welken Daseins."

Er glaubte, er singe sich selbst seinen Grabgesang; doch
der wiederkehrende Frühling belebte ihn aufs neue, und
so sang er das schöne Auferstehungslied (Nr. XX.):

Doch wer weckt mich jetzt aus tiefem Schlummer,
Drin ich längst vergessen Lust wie Kummer?
Welche Kraft wird mir aufs neu gewährt?
So seid ihr mir, holde Bilder, Sehnen,
Selger Wahn, des Herzens Pochen, Thränen
Doch für immerdar noch nicht verwehrt?

Bist du's wieder, Stern von meinem Leben;
Leidenschaft, verloren längst gegeben
Schon seit meiner ersten Jugendzeit?
Ja, wohin nur meine Augen schauen,
Auf zum Himmel, auf die grünen Auen,
Alles athmet Schmerz und Seligkeit.

Nun erwachen Berg und Flur, die Bäume
Schütteln wieder ab die starren Träume,

Mit mir spricht die Quelle, spricht das Meer.
Wer befeuchtet mir die Augenlider
Nun mit längst vergeßnen Thränen wieder?
Ist die Welt verwandelt um mich her?

Die Aussicht, nach 18 monatlichem Aufenthalt in
Recanati seinem „Gefängniß" zu entkommen, mochte
nicht wenig dazu beitragen, seine Stimmung zu heben
und ihm neuen Muth einzuflößen. Der Unglückliche
sucht ja stets die Gründe seiner Leiden außer sich und
glaubt, denselben entfliehen zu können, wenn er den
Aufenthalt wechselt. So verließ Leopardi denn zum
letzten Male seine Heimat und seine Familie, um sie
nie wieder zu sehen. Er ging im Mai 1830 über
Bologna nach Florenz.

Er lebte nun wieder unter den alten Freunden bis
zum 1. October 1831. Da er eingesehen hatte, daß er
nicht mehr zu produciren im Stande sei, namentlich daß
er seine zahlreichen philologischen Manuscripte selbst nicht
mehr zu verarbeiten noch zu ordnen vermöchte, so über-
gab er dieselben einem Freunde, dem Schweizer Philologen
Ludwig von Sinner, der eine Auswahl derselben unter
dem Titel: Excerpta ex schedis criticis Jacobi Leopardi, comitis. Bonnae 1834. veröffentlichte. Auch die
Bearbeiter der neuen Didot'schen Ausgabe des Thesaurus
linguae graecae von Henricus Stephanus hatten Gelegenheit, die philologischen Manuscripte Leopardi's bei
ihrer Arbeit zu benutzen. Nach dem Tode Sinner's

kamen diese Manuscripte in die Biblioteca Maglia-
becchiana zu Florenz, wo sie sich noch befinden.

Während seines Aufenthalts in Florenz veröffent=
lichte Leopardi eine neue Ausgabe seiner Gedichte
(Canti del Conte Giacomo Leopárdi. Firenze, per
Guglielmo Piatti 1831), welche 23 Gedichte ent=
hält, darunter einige neue, welche seit den Ausgaben von
Bologna (1824 und 1826) entstanden waren. Er widmet
sie „Seinen Freunden in Toscana" und nimmt in dieser
Widmung Abschied von den Wissenschaften und den
Studien, indem er sagt: „Ich hoffte, daß diese theuren
Studien mich in meinem Alter würden aufrecht erhalten
haben und glaubte, nach dem Verlust aller anderen Freuden
und aller anderen Güter meiner Kindheit und Jugend einen
Schatz erworben zu haben, der mir von keiner Gewalt,
keinem Mißgeschick würde geraubt werden können. Aber
kaum 20 Jahr alt, wurde mir dies mein einziges Gut
durch eine Schwäche der Augen und der Eingeweide,
welche mich zwar des Lebens beraubt, mir aber keine
Hoffnung gibt zu sterben, um mehr als die Hälfte ge=
schmälert und dann, kaum 28 Jahr alt, gänzlich und,
wie ich glaube, für immer genommen. — Ich darf nicht
klagen, meine theuren Freunde, das Bewußtsein der
Größe meines Mißgeschickes gestattet mir nicht zu jammern.
Ich habe alles verloren; ich bin ein dürrer Stamm, der
aber noch empfindet und leidet. Nur euch habe ich in
dieser Zeit gewonnen; und eure Gesellschaft, welche mir

die Studien und jede andere Freude ersetzt, würde fast meine Leiden aufwiegen, wenn eben meine Leiden mir nur gestatteten, mich derselben so zu erfreuen, wie ich möchte, und wenn ich nicht wüßte, daß mein Geschick mich auch dieser berauben wird, indem es mich zwingt, die Jahre die mir bleiben, verlassen von jedem Troste der Bildung, an einem Orte zu weilen, wo die Todten sich besser befinden als die Lebenden. Doch eure Liebe wird mir bleiben und wird vielleicht noch fortdauern, wenn dieser Körper, der schon nicht mehr lebt, in Asche verwandelt sein wird."

Unter diesen Freunden standen ihm, abgesehen von Ranieri, von welchem sogleich die Rede sein wird, in geistiger Beziehung zwei besonders nahe, Giordani und Colletta. Zur Charakteristik des fraglichen Kreises und des Dichters selbst, sowie auch zur Würdigung wenigstens der einen durch diese Männer vertretenen Richtung der Literatur wird es erforderlich sein, von diesen etwas ausführlicher zu sprechen. Schon die nicht unerhebliche Anzahl von Briefen beider an Leopardi und umgekehrt, welche sich in dem Briefwechsel abgedruckt finden, wird die Frage nach diesen in der italienischen Literatur hervorragenden Geistern auch an dieser Stelle begreiflich machen.

Pietro Giordani war bereits 43 Jahr alt, hatte viel erlebt und sich einen angesehenen Namen in Italien erworben, als der 18jährige Leopardi sich von Recanati aus brieflich an ihn wandte, um ihm einige seiner ersten

philologischen Arbeiten durch den Buchhändler Stella in
Mailand zu übermitteln, wo auch Monti, der damals
bedeutendste Dichter, und Mai, der erste Philologe Italiens, lebten, und wo auch Giordani sich aufhielt, um
sich an der Herausgabe der Biblioteca Italiana, einer
der Literatur, den Künsten und Wissenschaften gewidmeten
Zeitschrift, zu betheiligen. Giordani hatte damals schon
ein bewegtes Leben hinter sich. Er war zu Anfang des
Jahres 1774 in Piacenza geboren, hatte seine ersten
Studien daselbst in dem Collegio S. Pietro gemacht,
wo er sich durch seinen Eifer und seine Kenntnisse in
den alten Sprachen ausgezeichnet hatte. Auf der Universität Parma hatte er diese Studien fortgesetzt; er
doctorirte daselbst und erwarb das Diplom eines Advokaten. Um dem Einflusse, den seine Mutter auf ihn
ausübte und der ihn sehr beengt zu haben scheint, zu
entgehen, war er ins Kloster getreten und Benedictiner
geworden 1797. Nach der Schlacht von Marengo und
der Errichtung der französischen Herrschaft in Oberitalien
war er aus dem Kloster (1800) geflohen und nach Mailand gegangen, wo man ihn zum Secretair der dort
errichteten provisorischen Regierung machte. Er hatte sich
in seiner Stellung als sehr brauchbar erwiesen und avancirte
in seiner administrativen Carriere bis zum Generalsecretair
der Präfectur des unteren Po-Gebietes 1802. Aber die
anfangs von allen dem Fortschritt und den modernen
Ideen zugewandten Geistern mit Freuden begrüßte Um-

gestaltung der Dinge in Italien schien unter den Händen
der neuen Machthaber zu verkümmern, und dieser Umstand,
wie das Verlangen des jungen Gelehrten nach wissen=
schaftlicher Thätigkeit hatten ihn veranlaßt, seinen Posten
aufzugeben, um sich nach einer seinen Wünschen und
Fähigkeiten entsprechenden Stellung umzusehen. Nachdem
man ihm den Lehrstuhl für Naturwissenschaften am Lyceum
zu Como angewiesen, den er natürlich nicht hatte an=
nehmen können, war ihm 1803 die stellvertretende Pro=
fessur der lateinischen und italienischen Eloquenz an der
Universität zu Bologna und die Stelle eines Coadjutors
an der dortigen Bibliothek übertragen worden. Die
Geringfügigkeit der Besoldung hatte ihn aber genöthigt,
sich nebenbei als Abschreiber zu beschäftigen, eine Er=
werbsquelle, auf welche er noch mehr angewiesen war,
als man ihm die eine seiner Anstellungen unter dem
Vorwande entzogen hatte, daß es gegen die Grundsätze
der Verwaltung sei, daß eine Person zwei Stellen inne
habe. Im Jahre 1803 hatte er von Rom aus die
Genehmigung zum Austritt aus dem geistlichen Stande
erhalten. Er hatte bald darauf Bologna verlassen und
trotz geringfügiger Hülfsmittel eine Wanderung durch Italien
angetreten, um sich mit den Zuständen des Landes ver=
traut zu machen. Schon seit dem Jahre 1802 hatte er
angefangen zu schriftstellern, aber erst bei Gelegenheit
einer am 16. August 1807 in Cesena, wo er damals
lebte, gehaltenen Lobrede auf Napoleon war er allgemeiner

bekannt geworden. Für sein Geschick hatte indessen diese Rede keine Wendung zum Besseren zur Folge gehabt, weil er nicht in jene servile Schmeichelei des Macht= habers eingestimmt hatte, welche damals zum Fortkommen unumgänglich nöthig war. Vom Mai 1808 bis zum August 1815 war er Untersecretair der Akademie zu Bologna gewesen, wo er manche vortreffliche Abhandlung, namentlich auch seine bekannte Lobrede auf Canova ver= faßt hatte. Nach dem Sturze der Napoleonischen Herr= schaft war er durch die päpstliche Regierung, und zwar infolge einer Rede, die er bei der Feier der Uebernahme der päpstlichen Gewalt durch den apostolischen Delegaten, Fürsten Giustiniani, in Bologna gehalten hatte, unter dem Vorwande, daß er nicht in den päpstlichen Staaten geboren sei, von dort vertrieben worden. Dies war die Veranlassung zu seiner Uebersiedelung nach Mailand, wo ihn die ersten Briefe Leopardi's trafen. Er verließ aber schon bald die Stadt, um sich nach Parma zu begeben, wo ihm der Lehrstuhl für griechische Sprache und Literatur und das Secretariat der Universität übertragen war, und ließ sich dann nach dem Tode seines Vaters 1817, nachdem er durch diesen Todesfall so viel Vermögen ererbt, um unabhängig leben zu können, in Piacenza nieder. Er hielt sich nun abwechselnd in Venedig, Bologna, der Schweiz und der Romagna auf und begab sich 1822 nach Turin, wo ihn die Nachricht traf, daß ihm, als der Theilnahme an den Bestrebungen der Carbonari

verdächtig, die Rückkehr in die Lombardei verboten sei.
Später (1824) traf ihn dasselbe Verbot in Bezug auf
Parma. Er gieng nun nach Toscana, der Zufluchtsstätte
so vieler Verbannter, und arbeitete fleißig an der von
Vieusseux herausgegebenen Antologia, deren wir schon
öfter erwähnt haben. Von hier aus verkündete er der
Welt den Namen und die Größe Leopardi's mit beredten
Worten, hier war es auch, wo er im Jahre 1827 als
Freund täglich mit ihm in dem Kreise der oben namhaft
gemachten Männer verkehrte. Im November 1830 wurde
Giordani dann aus Toscana verbannt; da aber inzwischen
das Verbannungsdecret für Parma zurückgenommen war, so
begab er sich dorthin. Hier war es, wo den körperlich und
geistig gebrochenen Mann am 1. Sept. 1848 der Tod ereilte.

Giordani steht seiner ganzen Bildung und all seinen
Anschauungen nach im 18. Jahrhundert und wurzelt in
den der Aufklärungsperiode eigenen Grundsätzen der
Encyclopädisten. Er besaß eine ungewöhnliche Gelehr=
samkeit und erinnert in Bezug auf seine Universalität
und die Richtung seiner Studien an die Gelehrten des
Alexandrinischen Zeitalters. Seine Schriften mahnen
theils an Lucian, theils an Seneca. Am glänzendsten
erscheint er in jenen kleineren Aufsätzen vermischten In=
halts, während er ein großes und tiefes Werk nicht
geschaffen hat und sich nur sein ganzes Leben hindurch
mit den Entwürfen zu solchen trug. Für die im Beginn
der zwanziger Jahre des Jahrhunderts sich entwickelnde

Literaturrichtung der Romantik, von der wir weiter unten ausführlicher handeln werden, hatte er kein Verständniß, er verhielt sich derselben gegenüber vielmehr ablehnend. Sein Talent war hauptsächlich ein formelles: sein Styl ist elegant, die Sprache rein und einfach. Er schließt sich den antiken griechischen Mustern an und ist ein abgesagter Feind der in den letzten beiden Jahrhunderten eingerissenen Französirung der italienischen Sprache. Obgleich er sein ganzes Leben hindurch den nationalen und liberalen Ideen ergeben gewesen war und für dieselben gearbeitet und gelitten hatte, scheint er doch keine Sympathie für die Bewegung der Jahre 1847 und 1848 gehabt zu haben. Entweder war er schon zu alt und stumpf geworden, oder er durchschaute ihre Erfolglosigkeit, da sie das Papstthum an die Spitze Italiens stellen und dies reformiren wollte. Ueber seine literarischen Leistungen sagt er in einem Briefe an einen Freund: „Was Ihr von mir leset, sind Kleinigkeiten. Studirte man ernstlich, so würde man an dies Zeug nicht so viel Lob verschwenden. Ich hoffe, Ihr werdet einmal etwas Besseres lesen; aber es wird immer ein Nichts sein für denjenigen, der schaffen will und kann, was Natur und Umstände mir versagt haben"*).

———————

*) Die vollständigste Ausgabe seiner Werke wurde von A. Gussalli besorgt, Mailand 1854 ff. in 13 Bänden mit einem Anhange. Die ersten 7 Bände umfassen sein Leben und den ausgedehnten Briefwechsel, welcher einen tiefen Einblick in die damaligen literarischen

Seine Freundschaft zu dem 24 Jahre jüngeren Leopardi ist rührend, wenn auch etwas wortreich und über-
schwenglich. Doch müssen wir in der Ausdrucksweise
vieles auf Rechnung der zärtlicheren Formen, wie sie im
Süden auch unter Männern gebräuchlich sind, setzen.
Giordani's Freundschaft zu Leopardi beruht vorzugsweise
auf der menschlich schönen Sympathie für die Leiden des
unglücklichen Dichters, der fast noch ein Knabe dem
älteren Manne sein Herz geöffnet hatte, bei dem er ein
Verständniß für seine Studien und seine Leiden fand,
während er in Recanati von seiner Umgebung nicht verstanden wurde. Leopardi schreibt im Mai 1828 (Epistolario II. S. 80) an Giordani: „Dies letzte Jahr
hast Du mich besser kennen lernen als früher (sie hatten
in Florenz zusammen gelebt); Du hast sehen können, daß
ich nichts bin: ich hatte Dir dies schon öfter gepredigt;
es ist das, was ich allen denen predige, die danach verlangen, etwas von meinem Leben und Wesen zu erfahren.
Aber Du darfst mir deshalb Dein Wohlwollen nicht
schmälern, welches auf die Eigenschaften meines Herzens
gegründet ist und auf jene alte und zärtliche Liebe, die
ich Dir in der ersten Blüte meines armen Lebens geschworen und welche ich Dir nachher immer bewahrt
habe und bewahren werde bis zum Tode. Und wisse

und politischen Bewegungen gestattet. Eine Auswahl seiner Schriften
war schon bei seinen Lebzeiten in Florenz 1846 publicirt. 3. Aufl.
Firenze, Le Monnier 1857 in 2 Bänden mit einem Anhange.

(oder erinnere Dich), daß, meine Familie ausgenommen, Du der einzige Mensch bist, dessen Liebe mir immer als eine Zufluchtsstätte, als eine Säule erschienen ist, um daran mein müdes Leben zu stützen." Anderntheils beruht aber dies innige Verhältniß auf der gleichen philologischen Grundlage ihres Wissens und Könnens, endlich bei Giordani auf der Erkenntniß von der Größe des dichterischen Genius bei Leopardi und von der fehlerhaften Richtung der Romantik, welcher in dem jungen Recanatesen nach Giordani's Meinung ein gewichtiger Gegner erstehen sollte. —

Auch Colletta's Freundschaft für Leopardi hatte dieselben Wurzeln, wie die Giordani's. Er war 23 Jahre älter als Leopardi, hatte ein bewegtes Leben als tapferer Feldherr, als Civil-Ingenieur, constitutioneller Kriegsminister zur Zeit der Bewegung von 1820 in Neapel, Staatsgefangener im Castell St. Elmo und in Brünn hinter sich und lebte zu der Zeit, von der wir hier sprechen, wie so viele andere hervorragende Italiener, als Verbannter in Florenz. Seine politischen Anschauungen und literarischen Bestrebungen wurzeln in den Principien der großen Revolution, die er zum Theil wenigstens noch erlebt hatte und in deren für Italien folgeschweren Ereignissen er thätig gewesen war. Den Bestrebungen der Restauration und der in ihr erblühenden Romantik feind, sah er doch den größten Theil der jüngeren Generation nicht auf seiner Seite, und nur in

Leopardi glaubte er, wie auch Giordani, den Stern einer neuen Zeit zu erkennen. Selbst durch das praktische Leben und durch das Studium der mathematischen Wissenschaften und des Tacitus gebildet, konnte er an den mittelalterlichen Neigungen der Romantiker, an ihrem schwülstigen und affectirt alterthümlichen Style, wie an dem wiederausgegrabenen Phrasen= und Wörterkram derselben kein Gefallen finden. Er war, selbst krank und gebrochen, diese letzten Jahre seines Lebens damit beschäftigt, die Geschichte des Königreichs Neapel vom Jahre 1734 bis 1825 zu schreiben. Ohne Vermögen lebte er in stiller Zurückgezogenheit nur seiner Arbeit hingegeben, die ihm als Lebensaufgabe erschien, und der kein Anderer so gewachsen war, wie er, da er seit dem Einmarsche der Franzosen bis zu seiner Verbannung entweder an allem, was er erzählt, und zwar in hervorragender Stellung Theil genommen, oder doch den Ereignissen als Beobachter sehr nahe gestanden hatte. Leopardi war, wie es scheint, zuerst im Jahre 1828 in Pisa mit Colletta in persönliche Berührung gekommen. Die unerträgliche Lage, in welcher sich jener während des Winters 1828/29 in Recanati befand, war die Veranlassung, daß er sich an Colletta wandte, sich über die Unmöglichkeit, eine Unterstützung von seinem Vater zu erhalten, sowie über das Ende seines Verhältnisses zu dem Buchhändler Stella in herben Klagen ergießend. Er sagt dann (Epistolario II. S. 122): „Wenn

ich nur irgend eine Anstellung fände, bei der ich wenig
zu arbeiten brauchte, ich meine eine öffentliche und ehren=
volle Anstellung (denn die öffentlichen Anstellungen er=
fordern gewöhnlich nicht viel Arbeit), ich würde eine
solche gern annehmen; hier im Kirchenstaate, wo alles
nur für die Priester und Mönche ist, kann ich aber
dergleichen nicht finden; und außerhalb Landes, welche
Hoffnung auf Anstellung kann ein Fremder haben?"
Dann spricht er von seinen literarischen Plänen und
sagt: „Schon die Titel der Werke, die ich schreiben
möchte, nehmen mehrere Seiten ein, und für alle habe
ich Material in großer Menge, theils im Kopfe, theils
so auf das Papier hingeworfen." Colletta spricht dagegen
die Hoffnung aus, ihn bald in Toscana wieder zu sehen,
spricht von seiner Geschichte, die bis zum sechsten Buche
fertig sei, und daß er die noch übrig bleibenden vier Bücher
innerhalb zwei Jahren zu vollenden denke. Er hofft viel
von Leopardi's Rathschlägen in Bezug auf Verbesserungen
bei Durchsicht seines Werkes und schreibt dann (Epistolario II. S. 414): „Ich hoffe, daß Ihr schreiben,
die Freunde mit diesem Zeichen gebesserter Gesundheit
beglücken und Italien erfreuen und unterrichten könnt.
Niemals ist der schöne Styl so nothwendig gewesen, als
jetzt; denn selbst die, welche in einer reinen Sprache
schreiben wollen, glauben, sie sei in den Autoren des
Trecento zu finden und die Sprache sei um so besser,
je mehr sie Wörter und Wendungen aus jener Zeit ent=

halte. Diese Ansichten in Verbindung mit der Liebe für
das Schwierige und für die Anwendung von Ausdrücken,
die man in der gesprochenen Sprache nicht hört, bringen
Verdrehungen hervor, die uns täglich Ohren und Gehirn
peinigen. Ihr, Giordani und noch einige Andere verstehet,
mit der Reinheit die Klarheit und den Adel des Styls
zu verbinden. Giordani ist bankerott, auf die Anderen
wollen wir uns nicht verlassen; wer bleibt uns, wenn
Leopardi uns verläßt? Schreibet, mein Freund, tödtet
nicht den Keim des Schönen, den die Natur und die
Studien in Euch gelegt haben." Welche Vorstellung
Colletta von der Bedeutung Leopardi's hatte, geht
aus einem anderen Briefe hervor (Epistolario II.
S. 418), wo er sagt: „Ich möchte mein Werk nicht
veröffentlichen, ehe Ihr es nicht gelesen und corrigirt
habt. Hundertmal habe ich den Gefahren für mein
Leben ohne Furcht die Stirn geboten, aber zehn Bücher
Geschichte dem Publikum vorlegen, macht mich zittern.
Jetzt, wo ein gewisser Geschmack, so fremd meinem Style,
hochmüthig und siegreich Italien durchzieht, können meine
Schriften nicht gefallen. Ich habe immer gehofft, daß
der Geist Giordani's und Leopardi's, den Thorheiten der
Mode Trotz bietend, sich in zwei Monumenten erheben
würde, und daß wir kleinen Schriftsteller im Schatten
dieser Denkmäler ruhen könnten; die wenigen und schwachen
werden den Pfeilen des Romanticismus bloß gestellt
bleiben."

Leopardi gibt nun ein Verzeichniß der Schriften, die er noch zu schreiben beabsichtige (Epistolario II. S. 128), Colletta räth ihm, ähnlich wie Botta, eine Subscription auf die noch von ihm zu schreibenden Werke zu eröffnen, ein Vorschlag, den Leopardi zurückweist. Colletta brachte dann durch seine Freunde eine Summe auf, die es dem unglücklichen Dichter möglich machte, Recanati zu verlassen und nach Florenz überzusiedeln. Leopardi begrüßt diese Aussicht mit Entzücken und schreibt darüber an Colletta (Epistolario II. S. 144): „Euer Brief ist nach sechszehn Monaten einer entsetzlichen Nacht und nach einem Leben, vor welchem Gott meine ärgsten Feinde bewahren möge, für mich wie ein Lichtstrahl gewesen, gesegneter als der erste Schimmer der Dämmerung in den Polargegenden."

Wir haben oben bereits gesehen, daß die Hoffnung Colletta's, Leopardi werde sich zu neuen Leistungen aufraffen, nicht in Erfüllung ging, er konnte nur die neue Ausgabe seiner Gedichte (1831) vorbereiten und mußte sogar die Durchsicht und die Correctur seinen Freunden überlassen. Colletta war selbst leidend, die „Widmung an die Freunde in Toscana" soll ihn nicht angesprochen haben, weil Leopardi ihn unterschiedslos mit den übrigen Freunden zusammen geworfen. Er konnte den armen Leopardi, weil er selbst schwer leidend war, nicht oft sehen und starb bereits am 11. November 1831. Sein berühmtes Werk: Storia del reame di Napoli dal

1734 sino al 1825 hatte er noch vollenden können. Es erschien aber erst nach seinem Tode; der diesem ganzen Kreise befreundete Gino Capponi setzte ihm in der Ausgabe der Geschichte, Florenz 1849, ein biographisches Denkmal.

Nach dieser Abschweifung, veranlaßt und, wie mir scheint, gerechtfertigt durch die Frage des Lesers nach den „Freunden in Toscana" kehren wir zur Betrachtung der neuen Sammlung der Gedichte zurück, welchen die fragliche Widmung vorausgeht.

Wir bemerken in derselben einen wesentlichen Unterschied zwischen den Gedichten seiner Jugend, die schon früher veröffentlicht waren, und den neu hinzugekommenen. Die strenge, petrarkische Canzonenform ist gänzlich verlassen. An deren Stelle tritt eine freiere Form, in welcher die Strophen ungleich und von beliebiger Länge sind, und Reime nur zur Anwendung kommen, wo sie sich leicht und natürlich darbieten. Immer aber findet sich der Reim am Ende der Strophe, während der Binnenreim (rimalmezzo, das Reimen des Versausganges nicht mit dem Schluß, sondern mit der Cäsur des folgenden Verses) nicht selten hervortritt, wodurch ein gewisser melodischer Tonfall, eine nachdrückliche Kraft der Sprache und eine zarte Verkettung der Gedanken gebildet wird, Feinheiten, welche den bisherigen Uebersetzern gänzlich entgangen sind. Außer dieser freieren Canzonenform findet sich unter der Verso sciolto, unserm

fünffüßigen Jambus und dem englischen blankverse ent=
sprechend. Aber nicht bloß in den Versformen, auch in
der Sprache zeigt sich ein Streben nach dem Einfachen:
die Latinismen der ersten Gedichte, welche die philologi=
schen Studien Leopardi's oft nur zu deutlich verrathen,
finden sich gar nicht mehr; ebensowenig jener Pomp der
Wörter und jene schwülstige Emphase, die der Literatur
der südlichen Völker immer noch anhaften; noch viel
weniger jene epigrammatische Zuspitzung des Gedankens
(concetti), für welche der Italiener sonst so viel Be=
wunderung hegt. In der Wahl der Ausdrücke trifft er
sofort das Richtige, Umschreibungen, Beiwörter sind spar=
sam angebracht, überall tritt eine großartige Einfachheit,
Nacktheit und Wahrheit hervor. Was Plinius von der
griechischen Sculptur sagt: graeca simplicitas est nihil
velare, das war es offenbar, was sich Leopardi zum
Grundsatz gemacht hatte und was seine Poesie so himmel=
weit von der Lyrik des ganzen übrigen Italiens unter=
scheidet. Er weiß seinen Gedanken stets den klarsten
und wahrsten Ausdruck zu geben, so daß uns alles als
selbst empfunden und ungemacht entgegen tritt. Wenn
man in Ruth's Geschichte von Italien vom Jahre 1815
bis 1850, Heidelberg 1867, B. I. S. 331, liest, Leo=
pardi sei es mehr um die Sprache, um den Versbau,
um einen Reim u. s. w. zu thun, als um den Gedanken,
so sollte man glauben, der Kritiker kenne den Dichter
nur von Hörensagen. Im Gegentheil tritt der Reim

bei Leopardi ganz ungesucht hervor, und seine Liebe für
die schmuckloseste, nackte Wahrheit läßt ihn jedes Zuge=
ständniß an derartige Aeußerlichkeiten unerbittlich zurück=
weisen, obwohl ihm die Form nicht gleichgültig oder
untergeordnet erscheint, und er so gut, wie wir erkannt
hat, daß sich in der Poesie, wie bei jedem echten Kunst=
werke, Form und Inhalt vollkommen decken müssen.
Außer an den Alten hat sich Leopardi an der Poesie der
nordischen Völker, namentlich der Engländer, gebildet,
von denen er so oft mit Bewunderung spricht, während
er von der Poesie seiner Landsleute sagt: „Mit dem
Versemachen und dergleichen Thorheiten (ich spreche hier
ganz im allgemeinen) leisten wir nur unseren Tyrannen
einen Dienst, indem wir zum Spielzeug und Zeitvertreib
die Literatur herabwürdigen, durch welche allein die
Wiedergeburt unseres Vaterlandes eine' dauerhafte Grund=
lage erlangen könnte." (Epistolario I. S. 458.)
So wird er auch von seinen Landsleuten gewürdigt.
De Sanctis, ein anerkannter Kritiker (Privatdocent in
Neapel, Flüchtling, dann zu Cavour's Zeit Unterrichts=
Minister, jetzt Deputirter und Redacteur der Italia in
Florenz) sagt von der Sprache Leopardi's (Saggi critici.
Napoli 1866. S. 194): „Heute, wo so viele Gedanken
und Bilder durch ihren langen Gebrauch veraltet sind, kann
man gewöhnliche Dinge nicht einfach sagen ohne Gefahr,
den Leser einzuschläfern. Daher jenes Suchen nach
Worten, die Häufung von Metaphern, das Rauschende

in den Tönen, die epigrammatische Zuspitzung, das Ab=
sonderliche in den Bildern, das Raffinirte in den Ge=
fühlen: alles nur Palliative für die Gewöhnlichkeit.
Leopardi dagegen hat es vermocht, in der Poesie die alte
Einfachheit, die Wahrheit der Natur wiederherzustellen,
indem er die ganze poetische Welt verjüngt und zu ihrer
ursprünglichen Jungfräulichkeit zurückführt. Er sagt fremd=
artige Dinge, jedes äußeren Schmuckes entbehrend, aber
schön in sich selbst; Vergleiche oder Metaphern sucht man
vergebens, ebensowenig ungewöhnliche Ausdrücke, die die
Aufmerksamkeit ablenken; vor uns steht lebendig das
Bild, während wir das Wort vergessen.“

An einer andern Stelle sagt derselbe Kritiker (S. 178):
„Giacomo Leopardi ist bei uns der Wiederhersteller der
großartigen Poesie. Seine Lyrik bildet in ihrem Zusammen=
hange eine vollständige Darstellung des Universums, von
derselben Höhe aus gesehen, von welcher Dante es be=
trachtete; jedoch mit dem Unterschiede, daß Dante, dog=
matisch und doctrinär, die erforderliche Grundlage hatte,
um eine Epopöe zu schaffen, während Leopardi in dem
Umsturz aller Prinzipien, mit so viel Skepsis im Ver=
stande und so viel Glauben im Herzen, uns nur eine
Lyrik geben konnte und durfte, den Ausdruck des inneren
Zwiespalts, die Klage um den Tod der poetischen Welt,
ja der Poesie selbst.“*)

*) Daß übrigens Leopardi auch in Deutschland, wie in Frank=
reich gerechte Beurtheiler gefunden hat, brauche ich wohl kaum zu

Es führt uns dies zu dem Inhalt der neu ans Licht tretenden Gedichte Leopardi's. Es wäre hier der Ort, eine Darstellung dieses Inhalts zu geben, wie ich es bei den ersteren Poesieen des Dichters weiter oben gethan habe. Ich spare mir dies aber für den nächsten Abschnitt auf, wo ich Leopardi im Zusammenhang mit der Richtung seiner Zeit und den gleichzeitigen Erscheinungen in den übrigen europäischen Literaturen schildern werde. Hören wir erst die Fortsetzung und den Schluß seines traurigen Lebens!

Am 1. October 1831 begiebt er sich plötzlich nach Rom, um den Winter daselbst zuzubringen, ohne seine Familie, ohne seine Freunde in Florenz von seinem Plane zu benachrichtigen. Was ihn so plötzlich von dort vertrieb, wird aus einer Stelle des Briefwechsels klar, wo er an seinen Bruder Carl schreibt (Epistolario II. S. 169): „Es ist natürlich, daß Du nicht den Grund meiner Reise nach Rom ahnen kannst, wenn selbst meine Florentiner Freunde, die doch viele Daten haben, die Du nicht hast, sich in die weitgehendsten Vermuthungen verlieren. Ich bitte Dich, erlaß es mir, Dir einen langen

---

erwähnen. Witte und A. v. Reumont, zwei der größten Kenner der italienischen Literatur, wissen ihn zu würdigen. Ebenso Ebert und A. Wolff in ihren Werken über die Literaturgeschichte Italiens. Wenn ich deren Aussprüche hier nicht mittheile, so geschieht dies nur, weil ich fürchte, den Leser zu sehr zu ermüden. Unter den französischen Kritikern ist besonders zu erwähnen: Sainte-Beuve in der Revue des deux mondes, Septemberheft 1844. S. 910.

Roman zu erzählen von vielen Schmerzen, vielen Thränen.
Wenn wir uns eines Tages wiedersehen, werde ich viel=
leicht Kraft haben, Dir alles zu sagen. Für jetzt wisse,
daß mein Aufenthalt in Rom mir wie ein herbes Exil
vorkommt und daß ich sobald als möglich nach Florenz
zurückzukehren denke. Hüte Dich, ich beschwöre Dich,
durchblicken zu lassen, daß in meiner Entfernung von
Florenz irgend ein Geheimniß verborgen sei. Sprich
von der Kälte, von Plänen für mein Glück und der=
gleichen. Entschuldige mich, wenn ich so lakonisch bin;
es fehlt mir der Muth, mehr zu sagen." Der unglück=
liche Dichter, krank, schwach und äußerlich von der Natur
in hohem Grade vernachlässigt, aber begabt mit einem
nach Liebe verlangenden Herzen (in einem seiner Briefe
sagt er einmal, Epistolario II. S. 95. — „ich be=
darf weder der Achtung noch des Ruhmes, noch anderer
ähnlicher Dinge, aber ich bedarf der Liebe"), glaubte in
der ihm von einer durch Geist und Schönheit hervor=
ragenden Frau in Florenz gewidmeten Theilnahme einen
Abglanz seiner eigenen Empfindungen für dieselbe, eine
Erwiederung seiner Liebe zu erkennen und fand sich bitter
getäuscht (Leopardi non era fatto da amare, sagte
mir ein Zeitgenosse und Mitwisser dieses Ereignisses).
Ich glaube nicht fehlzugehen, wenn ich die erst in der
Ausgabe von 1836 veröffentlichten Gedichte: Aspasia und:
A se stesso (Nr. XXIX und XXVIII dieser Sammlung)
mit diesem für sein Herz niederschmetternden Erlebniß

in Verbindung bringe. Er beschreibt in der Aspasia,
wie er sie zuerst gesehen und sagt dann:

> — „Damals glänzte
> Ein neuer Himmel, eine neue Erde,
> Ja, fast ein Strahl von Gott in meine Seele.
> So stieß in mein nicht unbewehrtes Herz
> Dein Arm mit voller Kraft den Pfeil, den dann ich
> Wehklagend trug, bis daß zum zweiten Male
> Zu jenem Tag zurückgekehrt die Sonne."

Darauf spricht er von seiner Enttäuschung, indem er
sagt, er habe geglaubt, in ihr eine Verkörperung seines
Ideals (vgl. Alla sua donna Nr. XVIII dieser Sammlung) zu finden und schließt dann:

> „Der Zauber brach und mit ihm brach in Stücke
> Mein Joch und fiel zur Erde. Dessen freut sich
> Mein Geist. Und seid ihr mir gleich überlästig,
> Begrüß' ich doch euch froh, Vernunft und Freiheit,
> Nach langer Knechtschaft und nach langem Wahnsinn.
> Denn wenn das Leben, frei von Leidenschaft
> Und holdem Irrthum, gleicht der Winternacht,
> Der sternenleeren, so genügt mir doch,
> Als Trost und Rache für mein Erdenloos,
> Wenn unbeweglich hier im Grase liegend,
> Ich Himmel, Erd' und Meer beschau' und lächle."

In dem Gedichte an sich selbst (Nr. XXVIII) tritt
uns ein leidenschaftlicher Ausbruch eines warmen, aber
stets getäuschten Herzens entgegen. Er spricht von seinem
letzten Irrthum, den er glaubte für unzerstörbar halten
zu dürfen, der dennoch schwand und ihm die Welt kalt
und leer zurückließ, eine Welt, die keines Seufzers werth

sei. Dann ruft er sich selbst zu, zum letzten Male zu
verzweifeln und schließt: .

> .... „Verachte
> Dich, die Natur, die Macht, die finstern Webens
> Auf unser aller Schaden stets nur dachte,
> Und die endlose Nichtigkeit des Lebens!"

Es ist der Aufschrei eines elenden, an Gott, der
Welt und an sich selbst verzweifelnden Herzens. Es läßt
sich denken, welchen Winter der Unglückliche mit diesem
Kummer in der Seele in Rom verbrachte. Seine Gesundheit war so schwach, daß er nur selten das Zimmer
verlassen konnte, und ohne St. Peter, das Colosseum,
das Forum, die Museen besucht zu haben, reiste er
Mitte März 1832 wieder ab. Er kehrte nach Florenz
zurück, wo er bis zum Herbst des folgenden Jahres
blieb. Die Briefe aus dieser Zeit werden immer spar=
samer und kürzer. Seine Augen gestatteten ihm fast
gar keine Beschäftigung, und so waren die Mittel, die er
in sich trug, um fern von der Heimat sich selbstständig
seine Subsistenz zu schaffen, für ihn nichts werth, da er sie
nicht gebrauchen konnte. Es beginnt die schlimmste
Periode seines Lebens, wo er, reich an Enttäuschungen
aller Art, arm an Gesundheit und ohne Mittel, sein be-
scheidenes Dasein zu fristen, in seinen Briefen in die
Heimat nur noch Klagen um den Mangel des täglichen
Brotes erschallen läßt. So schmerzlich es ist, wir dürfen
auch diese trübeste Seite seines elenden Lebens nicht un=

erörtert lassen. Der Vater, ein Mann von der äußersten „roth-reactionären" Gesinnung, anonymer Verfasser der „famösen" Dialoghetti sulle materie correnti nell'anno 1831 und der Prediche di D. Musoduro, von welchen das erstere für ein Werk des Sohnes Giacomo galt, wogegen dieser sich öffentlich verwahren mußte, wollte oder konnte den Sohn nicht in der Fremde erhalten, und dieser war entschlossen, wie er selbst sagt, nur todt nach Recanati zurückzukehren. So war er, obwohl seine Eltern lebten, dem Vater innerlich entfremdet, verwaist und ohne Heimat. Trotz dieses Zwiespalts mit seinem Vater mußte er sich doch stets zu den unterwürfigsten Bitten herablassen. So schreibt er an diesen (Epistolario II. S. 197): „Ich weiß nicht, ob die Verhältnisse der Familie Ihnen gestatten, mir eine kleine Unterstützung von zwölf Scudi monatlich zu gewähren. Mit zwölf Scudi lebt man auch in Florenz nicht menschlich, und doch ist Florenz die billigste unter den italienischen Städten. Aber ich suche auch nicht menschlich zu leben. Ich werde mir solche Entbehrungen auferlegen, daß ich nach meiner Rechnung mit zwölf Scudi auskomme. Besser wäre der Tod, aber den Tod muß man von Gott erwarten." An einer andern Stelle sagt er: „Ich bin nicht im Stande mich selbst zu erhalten, und da es mir nicht möglich ist zu betteln, so werde ich mich in der unvermeidlichen Nothwendigkeit befinden, Hungers zu sterben." Und: „Wenn auch irgend jemand eben so

aufrichtig und lebhaft den Tod wünscht, wie ich denselben
seit langer Zeit wünsche, so ist mir doch Niemand in
dieser Hinsicht überlegen. Ich rufe wegen der Wahr=
heit dieser meiner Worte Gott zum Zeugen an. Er
weiß, wie viel heiße Gebete ich an ihn gerichtet habe,
um diese Gnade von ihm zu erlangen, und wie bei der
geringfügigsten Hoffnung auf eine nahe oder ferne Lebens=
gefahr mein Herz vor Freude klopft. Wenn der Tod in
meiner Hand läge, so würde ich, ich rufe dafür Gott
von neuem zum Zeugen an, Ihnen niemals eine solche
Rede gehalten haben; denn mir ist das Leben an jedem
Orte grauenvoll und entsetzlich." Oefter kehrt auch jetzt
die Idee des Selbstmordes wieder, aber er bekennt, daß
es ihm an Muth gebreche, Hand an sich selbst zu legen.
In welche schwarze Nacht des Trübsinns diese edle Seele
versunken, nicht infolge eingebildeter oder überschätzter,
sondern höchst reeller Leiden, an denen er selbst doch un=
schuldig, geht am deutlichsten aus einer kleinen Schrift
in Prosa hervor, die zuerst in seinen Operette morali,
Firenze 1834 veröffentlicht wurde: „Gespräch zwischen
Tristan und einem Freunde." „Im Vertrauen, sagt
Tristan zu dem Freunde, ich halte Euch und alle übrigen
für glücklich, aber ich, mit Eurer und des Jahrhunderts
Erlaubniß, bin höchst unglücklich; ich halte mich dafür,
und alle Schriften beider Welten werden mich nicht vom
Gegentheil überzeugen. Der Freund antwortet: Ich
kenne nicht die Gründe jenes Unglücks, von dem Ihr

sprecht. Aber ob Jemand individuell glücklich oder un=
glücklich ist, kann Niemand als er selbst beurtheilen; und
sein eigenes Urtheil kann nicht irre gehen. Tristan er=
wiedert: Höchst richtig! Außerdem aber sage ich Euch,
daß ich mich meinem Unglücke nicht unterwerfe, mein
Haupt nicht vor dem Schicksal beuge, auch mich mit
demselben nicht abfinde, wie die übrigen thun. Ich habe
den Muth, nach dem Tode zu verlangen und mehr dar=
nach zu verlangen, als nach jedem andern Dinge, und
zwar mit solcher Glut und solcher Aufrichtigkeit, wie nach
meiner festen Ueberzeugung sehr wenige in der Welt
darnach verlangen. Ich würde nicht so zu Euch sprechen,
wenn ich nicht gewiß wäre, daß, sobald die Stunde
kommt, die That meine Worte nicht Lügen strafen wird;
denn obwohl ich das Ende meines Lebens noch nicht
sehe, so habe ich doch im Innern eine Empfindung,
welche mir sagt, daß die Stunde, von der ich spreche,
nicht fern ist. Ich bin zu reif zum Sterben, es scheint
mir zu ungereimt und zu unglaublich, daß, so todt ich
geistig schon bin, so abgespielt in mir die Fabel des
Lebens in jeder Hinsicht scheint, ich noch vierzig oder
fünfzig Jahre aushalten sollte, wie mir die Natur es
droht. Schon bei dem Gedanken daran überläuft es
mich kalt. Wie es uns aber mit allen Uebeln geht,
welche, so zu sagen, die Einbildungskraft übertreffen, so
scheint mir dies ein Traum, eine Illusion, deren Ver=
wirklichung unmöglich ist. Ja, wenn jemand mir von

einer fernen Zukunft, mir von etwas spricht, das mir
zukomme, so kann ich mich des Lächelns nicht erwehren,
so fest vertraue ich darauf, daß der Weg, den ich noch
zurückzulegen habe, nicht lang sein werde. Und ich kann
sagen, dies ist der einzige Gedanke, der mich aufrecht
hält. Bücher und Studien, welche ich mich oft ver-
wundere so sehr geliebt zu haben, große Entwürfe, Hoffnung auf Ruhm und Unsterblichkeit — es sind dies
Dinge, über die zu lächeln selbst die Zeit vorüber ist.
Ueber die Pläne und Hoffnungen dieses Jahrhunderts
lache ich nicht; ich wünsche denselben von ganzer Seele
den bestmöglichen Erfolg und lobe, bewundre und ehre
laut und aufrichtig den guten Willen; dennoch beneide
ich nicht die Nachkommen noch diejenigen, welche noch
lange zu leben haben. Zu andern Zeiten habe ich die
Dummköpfe und die Thoren beneidet und diejenigen,
welche eine große Meinung von sich haben, und gern
hätte ich mit einem von ihnen getauscht. Heute beneide ich weder die Thoren noch die Weisen, weder die
Großen noch die Kleinen, weder die Schwachen noch die
Mächtigen. Ich beneide die Todten, und mit ihnen
allein möchte ich tauschen. Jedes freundliche Bild, jeder
Gedanke an die Zukunft, der mir in meiner Einsamkeit
kommt und mit dem ich meine Zeit hinbringe, schließt
allein den Tod in sich und kann sich nicht davon trennen.
In dieser Sehnsucht stört mich nicht mehr die Erinnerung
an die Träume meiner ersten Jugend, noch der Gedanke,

5

vergebens gelebt zu haben, wie sie es früher thaten. Erlange ich den Tod, so werde ich so ruhig und so zufrieden sterben, als ob ich in der Welt nie etwas anderes gehofft, nie nach etwas anderem verlangt hätte. Dies ist die einzige Wohlthat, welche mich mit dem Schicksal versöhnen kann. Wenn man mir von der einen Seite das Glück und den Ruhm Cäsars oder Alexanders, rein von jedem Flecken, und von der andern Seite die Sicherheit heute noch zu sterben böte, und ich dürfte wählen, so würde ich sagen: ich will heute sterben, und würde keine Zeit verlangen mich zu besinnen."

Wir kommen zu dem letzten Abschnitte dieses trostlosen Daseins, wo der Dichter ein wenig wiederauflebt, wo wenigstens zeitweilig seine körperlichen Leiden sich mindern und erträglich werden, wo er von einem treuen Freunde gepflegt, den Jammer seiner früheren Jahre zu vergessen scheint, und wo ein verklärendes Abendroth sein Leben erhellt, dem dann ohne langen Kampf die ewige Nacht des Todes folgt.

Bis zum Herbst des Jahres 1833 blieb er in Florenz und begab sich dann in langsamen Tagereisen über Rom, wo er einen Monat verweilte, nach Neapel, wo er am 2. Oktober des gedachten Jahres eintraf. Es war dies die letzte Station seiner unruhigen Wanderschaft; bis zu seinem Tode weilte er in dieser Stadt, die letzten vier Jahre seines Lebens. Er hatte offenbar einen Ruhehafen gefunden: die Klagen über seine Leiden sind weniger laut, als früher, seine Augen hatten sich infolge einer zweckmäßigen Cur bedeutend gebessert, und das beständige Verlangen, den Aufenthalt zu wechseln scheint sich verloren zu haben. Ein junger Neapolitaner, Antonio Ranieri, zehn Jahre jünger als Leopardi, hatte sich in schwärmerischer Begeisterung dem Dichter genähert, ihn zuerst in Pisa aufgesucht, in Florenz bereits mit ihm zusammen gewohnt und ihn endlich veranlaßt, mit ihm nach Neapel zu gehen. Leopardi wohnte auch hier mit Ranieri in demselben Hause, abwechselnd in via Capodimonte, einem höher gelegenen Theile von Neapel, oder in einem Gartenhäuschen, der verheiratheten Schwester Ranieri's gehörig, am Saume des Vesuvs in der Nähe von Portici. Seine gebesserte Gesundheit gestattete ihm umherzugehen und die schöne Natur in diesem Garten Europa's zu genießen. Er wandelte oft nach Mergellina und über den Posilipp, oder am Rande des Meeres hin nach Pozzuoli und Cumae; von Capodimonte stieg er in die Katakomben und vom Fuße des Vesuvs nach Pompeji und Herculanum hinab. Der Reiz der schönen Gegend, die gesunde Luft, der trauliche Umgang mit einigen Bekannten, die häufigen Besuche aller hervorragenden Fremden, besonders aber die Freundschaft Ranieri's und die Pflege der jüngeren Schwester desselben, Paolina, schienen den Fortschritt der Krankheit, an welcher Leopardi seit so vielen Jahren hinsiechte, aufzuhalten. Er gab sich wieder dem Gedanken hin, daß er noch lange zu leben habe und fieng an zu glauben, daß sein Uebel, wenn auch nicht gehoben, doch beschwichtigt sei.

Zu den Fremden, die um diese Zeit in Neapel lebten und vielfach, ja fast täglich Leopardi sahen, gehörten der später in Halle als Professor verstorbene Philologe H. W. Schulz, der dem Dichter in der Italia, 2. Jahrg. Berlin 1840. S. 237 ein biographisches Denkmal errichtet, auch einige seiner Gedichte (in Prosa und höchst ungenügend, ja fehlerhaft) übersetzt hat, und der Dichter August von Platen.

Der erstere macht über das Verhältniß der beiden Dichter zu einander (a. a. O. S. 262) folgende Mittheilung, die uns Deutsche interessiren muß, und da sie von einem Augenzeugen herrührt, besondern Werth hat: „Zu den genausten Freunden Leopardi's und Ranieri's *) zählte in jener Zeit der Graf August von Platen, den ich eines Tages mit ersterem bekannt machte. Platen hatte bereits die Gesänge Leopardi's mit Bewunderung gelesen, Leopardi hörte dagegen zum ersten Male den Namen des deutschen Dichters. Das erste Zusammentreffen war kalt und höflich, da Platen bei neuen Bekanntschaften in der Regel einsylbig und verlegen war. Bald aber entspann sich ein inniges Freundschaftsverhältniß zwischen diesen ausgezeichneten Männern, und es vergieng kein Tag, ohne daß Platen seinen kranken Freund auf eine Stunde

---

*) Ranieri besitzt noch eine Anzahl italienischer Briefe von Platen.

heimſuchte. Viele geiſtige Berührungspunkte vereinten beide Dichter. Beide waren von glühender Begeiſterung für das Alterthum durchdrungen, und jeder war ein lebendiger Vermittler klaſſiſchen Geiſtes und klaſſiſcher Form bei ſeinem Volke. Platen beurkundete dies durch hohe Sprachkunſt und umfaſſende Kenntniß, er war mannigfaltiger angeregt, und ſein poetiſcher Kreis war von größerem Umfang. Der Italiener ſtand dagegen mehr auf antikem Boden, und die Bewunderung der Vorwelt war bei ihm Sache des Gemüths. Werth mußte Leopardi, deſſen ganzes Leben ein Klaggedicht auf das gefallene Italien war, ein fremder Dichter ſein, in deſſen letzteren Werken überall eine entſchiedene Vorliebe für das italieniſche Mittelalter durchblickt. Beide Dichter fühlten ſich aus politiſchen und perſönlichen Gründen unglücklich. Die Verhältniſſe im Nordoſten Europa's umgaben mit Schreckbildern die letzten Tage von Platens Leben. Daneben glaubte er ſich von ſeiner Nation verkannt, und dieſes wohl ungerechte Gefühl des perſönlich höchſt beſcheidenen Mannes wurde durch das unklare Bewußtſein verſtärkt, daß er zu Größerem berufen war, als er geleiſtet. Er trat einſt mit vollem Bewußtſein aus dem Epos des Befreiungskrieges, und ſein poetiſches Gefühl brach durch die Umgebungen der Alltagswelt, die bald nach jenen Zeiten den vaterländiſchen Aufſchwung verdrängte, mit bewältigender Satyre hervor. Er ſtieg von den Alpen in das Land der Schönheit herab, um

eine Welt für das Heldengedicht zu finden, das er in
sich trug. Aber der Geist wird hier in dem großen
Friedhof der Vorzeit aus einer elegischen Gedankenwelt
in die andere getragen, und die lieblichen Bilder der
Gegenwart, die über den Gräbern hinscherzen, bieten dem
Dichter mannigfaltige Blüten zu idyllischen Gestaltungen;
aber der Dichter schlummert ein in der Poesie, die ihn
umgibt, weil er sie nicht erzeugen muß, um mit ihr zu
leben, und die Kraft und Begeisterung, die den Reichthum
von Episoden zum epischen Ganzen verweben muß, kann
nur das Vaterland und nur ein Land geben, welches
von der Hoffnungspoesie unseres Jahrhunderts angeregt
ist. So zerschmolz Platens Heldengedicht vor Italiens
Sonne und löste sich in bunte Strahlenbrechungen auf.
Der Dichter weihte Italien, dem er halb angehörte, seine
herrlichen Oden, Sonette und Idyllen. Leopardi war
weniger Weltbürger als Platen, er lebte nur für und in
Italien, sein eigenes Unglück war ihm identisch mit dem
Gefühl des Verfalls seines Volkes. Wie er an dessen
Auferstehung verzweifelte, so suchte er auch keinen Trost
für sich, keinen Ruhm, keine Fortdauer seines Namens
und seiner Seele nach dem Tode. Beide Dichter hatten
ein satyrisches Element, in Platen ist es mehr die Satyre
der geistigen Superiorität als des schneidenden Witzes;
Leopardi's Satyre gieng aus Mißmuth und dem Gefühl
der Nichtigkeit alles Menschlichen hervor."

Platen hatte sich während seines Aufenthaltes in Neapel mehr historischen Studien ergeben. Er fühlte gewiß nicht selbst, daß es mit seiner Productionskraft zu Ende gieng, wie Manche haben behaupten wollen, und wie es nach dem Vorworte zu seinen 1833 veröffentlichten „Geschichten des Königreichs Neapel" und nach dem aus Leopardi's Gedicht an den Grafen Carlo Pepoli (Nr. XIX dieser Sammlung V. 137 ff.) genommenen Motto: Altri studi men dolci etc., welches er jenen Geschichten vorsetzte, den Anschein gewinnen könnte. In diese Periode seines Lebens fallen noch die Polenlieder und die Hymnen, das Vollendetste, was Platen geschaffen.

Leopardi veranstaltete in dieser Zeit noch eine neue Ausgabe seiner Operette morali (Firenze, Piatti 1834), worin sich das oben schon erwähnte Gespräch zwischen Tristan und einem Freunde findet, dichtete die letzten Canzonen: il tramonto della luna und la ginestra, schrieb noch verschiedene kleinere Prosawerke, il Copernico, dialogo di Plotino e di Porfirio und eine große Anzahl kürzerer Gedanken, scharfsinnige Aeußerungen über Welt und Menschen, alles Werke, die erst in der von Ranieri nach seinem Tode veranstalteten Ausgabe (1845. Firenze, Le Monnier) ans Licht traten. Besonders aber widmete er sich der Vollendung eines satyrisch-politischen Heldengedichtes, Paralipomeni della Batracomiomachia, das ebenfalls erst nach seinem Tode von Ranieri bei Baudry in Paris, 1842 herausgegeben wurde*). Es ist dies Gedicht in acht Gesängen in den schönsten Ottaverime geschrieben, welche die neuere italienische Literatur aufzuweisen hat. Der Inhalt ist eine Satyre auf die unglückliche Revolution der Neapolitaner vom Jahre 1820, welche mit der Besitznahme des Königreichs durch die Oesterreicher endete, ein Kampf, der unter der Homerischen Fiction eines Krieges der Frösche mit den Mäusen dargestellt wird. Er geißelt in diesem Gedichte das lächerliche Verschwörungswesen der Carbonari und das Strohfeuer ihres Liberalismus. Gegen das Ende richtet er seine Satyre gegen die Gläubigen aller Zeiten in einer Weise, die wir schon aus seinen profaischen Schriften kennen. Zwischen der Verneinung alles Glaubens und aller Hoffnungen brechen hier und da herrliche Gedanken hervor, voll von der Begeisterung seiner Jugendgedichte für die Freiheit und Größe seines Vaterlandes und voll von Hoffnungen auf eine bessere Zukunft des Menschengeschlechtes. Niemals aber wird sich diese Satyre wegen ihres pessimistischen, Alles verneinenden Radicalismus einer besonderen Anerkennung zu erfreuen haben.

---

*) Außerdem kamen nach Leopardi's Tode noch heraus: Epistolario, raccolto e ordinato da P. Viani. 2 voll. 3. impr. Firenze 1864. Studi filologici, raccolti e ordinati per cura di P. Giordani e P. Pellegrini. 2. ed. Firenze 1853. und Saggio sopra gli errori degli antichi, pubblicato per cura di P. Viani. 6. impress. Firenze 1864.

Wir haben von der Aehnlichkeit Leopardi's und
Platens in ihren Studien, Anschauungen und Leistungen
gesprochen, aber sie hatten noch eine andere Eigenthüm=
lichkeit mit einander gemein, die dem ersteren manche
Noth bereitete, die für den letzteren aber geradezu ver=
derblich werden sollte, indem sie ihn das Leben kostete:
die Furcht vor der Cholera. Diese Krankheit, mit der
wir jetzt in Europa mehr und mehr familiär geworden,
erschien damals vielen ängstlichen Gemüthern als ein
entsetzliches Gespenst, der sichere Bote des Todes. Die
Krankheit zeigte sich bereits 1835 in Toscana und andern
Theilen Italiens, im Jahre 1836 und 1837 wüthete sie
in furchtbarer Weise in Neapel. Leopardi zog sich außer=
halb der Stadt nach dem Gartenhäuschen am Fuße
des Vesuvs zurück, von wo er erst im Februar 1837 nach
Capodimonte zurückkehrte. Platen war bekanntlich schon
im Jahre 1835 vor der Krankheit aus Neapel nach
Sicilien geflohen und bereits im December desselben Jahres
in Syracus, ehe die Cholera dort ausbrach, an einem
Leiden, das er für Cholera hielt und durch verkehrte
Behandlung zu einem tödtlichen machte, gestorben*).

Schulz meldet: „Leopardi wurde durch die Nachricht
vom Tode Platens tief erschüttert, und er hätte wohl
gern seine übrigen Tage für den Freund hingegeben." Er

---

*) Siehe A. Ranieri, Notizia intorno alla vita ed agli
scritti di Augusto Conte di Platen in dessen Opere. Milano 1864.
Vol. III. S. 107.

litt schon länger an den Erscheinungen der Wassersucht, offenbar Folge eines organischen Herzübels. Er sah den Feind nicht, der ihn bereits ergriffen hatte und dachte nur an die Cholera, der zu entfliehen er um jeden Preis nach seinem Gartenhäuschen am Vesuv zurückzukehren wünschte. Während der Wagen vor der Thür stand, der ihn dorthin bringen sollte, am Nachmittag des 14. Juni 1837, hauchte er nach kurzem Todeskampfe den letzten Seufzer in den Armen seines treuen Freundes aus. Das Letzte, was er schrieb, war ein Brief an seinen Vater, 18 Tage vor seinem Tode. Er sagt darin: „Wenn ich der Cholera entgehe, und sobald es meine Gesundheit erlaubt, werde ich alles Mögliche thun, um Sie wiederzusehen, in welcher Jahreszeit es sein mag. Denn ich muß mich beeilen, jetzt durch Thatsachen überzeugt von dem, was ich immer vorausgesehen, daß das von Gott meinem Leben gesetzte Ziel nicht fern ist. Meine täglichen und unheilbaren physischen Leiden sind mit der Zeit dahin gekommen, daß sie nicht mehr wachsen können; ich hoffe, daß sie endlich den schwachen Widerstand, welchen mein sterbender Leib ihnen entgegensetzt, besiegen und mich zur ewigen Ruhe führen werden, um die ich jeden Tag flehe, nicht aus Heroismus, sondern im Uebermaß der Leiden, welche ich erdulde. Herzlich danke ich Ihnen und der Mutter für das Geschenk von 10 Scudi, küsse Ihnen beiden die Hände, umarme die Brüder und bitte Sie alle, mich Gott zu empfehlen, damit, nachdem ich Sie wiedergesehen, ein schöner und rascher Tod meine Leiden beendige, die auf andere Weise nicht besser werden können."

Das letzte, was Leopardi sprach, war: Ci vedo più poco — — apri quella finestra — fammi veder la luce! Aehnlich hatte Göthe im Todeskampfe gesprochen.

Leopardi hatte ein Alter von fast 39 Jahren erreicht, nur einige Wochen weniger als Platen. —

Von der Sanitätspolizei in Neapel war bestimmt worden, daß während der Herrschaft der Cholera alle Leichen ohne Unterschied auf dem Cholerakirchhofe und zwar innerhalb der nächsten 24 Stunden nach dem Tode beerdigt werden sollten. Es blieb Ranieri noch die Aufgabe, der Leiche des Freundes den letzten Dienst zu leisten, dieselbe vor der unvermeidlichen Beerdigung in der gemeinsamen Grube zu bewahren. Die Aufgabe war nicht leicht auf der Höhe einer Choleraepidemie in einer Stadt von einer halben Million Einwohner. Indessen gelang es ihm durch Bestechung der Polizei, dieses Gebot zu umgehen, und die Leiche wurde in der Gruft der Pfarrer der Kirche S. Vitale, welche außerhalb Neapels in dem Vororte Fuorigrotta an dem Wege nach Pozzuoli liegt, beigesetzt. Dort ruht die theuere Hülle in der Nähe der Grabstätten Virgils und Sanazzaro's. In der Vorhalle der Kirche neben dem Eingange ist ihm von Ranieri ein Denkstein gesetzt, welcher die von P. Giordani verfaßte Inschrift trägt:

Al Conte Giacomo Leopardi Recanatese,
   Filologo ammirato e fuori d'Italia,
Scrittore di filosofia e di poesie altissimo,
   Da paragonare solamente coi Greci,
      Che finì di XXXIX anni la vita,
Per continue malattie miserissima.
   Fece Antonio Ranieri,
Per VII anni fino all' estrema ora congiunto
   All' amico adorato.   MDCCCXXXVII.

Auf dem Sockel befindet sich in Relief der Vogel der Minerva auf einer antiken Lampe sitzend, umgeben von einem Schlangenringe; in dem Frontispice sieht man einen zwischen Lorbeer= und Eichenzweigen schwebenden Schmetterling.

Leopardi, als Schriftsteller gewürdigt.

Der Dichter hatte endlich die ersehnte Ruhe gefunden. Der Nachwelt ist die Aufgabe geblieben, ihn zu würdigen und seinen großen Leistungen gerecht zu werden. Diese Aufgabe ist auf verschiedene Weise in Angriff genommen, gewöhnlich vom politisch-religiösen, mehr oder weniger stark ausgesprochenen Parteistandpunkte*). Wenige haben es versucht, den Dichter mit seinem eigenen Maßstabe zu messen und ihn aus dem Standpunkte seiner Zeit zu begreifen. Diejenigen, welche den Maßstab irgend einer Partei anlegten, haben ihn, natürlich aus verschiedenen Gründen, höchst ungnädig behandelt. Leopardi war kein Politiker, überhaupt kein Parteimann. Er war schon früh auf dem Standpunkte der Verzweiflung nicht bloß an seinem Volke, sondern an der ganzen Welt angekommen. Waren ihm deshalb die Bestrebungen der liberalen Partei in Italien fremd, so waren sie ihm doch nicht gleichgültig, und aus seinem Schweigen in den großen Fragen

---

*) Am heftigsten von Padre Solimani, Filosofia di G. Leopardi raccolta e disaminata. Imola 1853.

der Zeit einen Abfall von den Principien, die er in seinen ersten Gedichten so deutlich und so schön ausgesprochen, herleiten wollen, wäre ein großer Irrthum, wie ich dies schon oben glaube gezeigt zu haben. Ebensowenig darf er von irgend einem absoluten religiösen Standpunkte aus beurtheilt werden. Er war ein Philosoph, der an seine eigenen metaphysischen Ideen glaubte, wie andere an das Evangelium, an den Koran oder an Buddha. Dies wird ihm besonders zum Vorwurf gemacht. Wenn Andere dagegen behaupten, er sei diesen Ideen untreu geworden (z. B. Ruth Gesch. u. s. w. B. 1. S. 332), so hat sich diese Behauptung als absichtliche Erfindung der Jesuiten erwiesen, welche sich gern die Bekehrung des großen Mannes zuschreiben möchten (siehe die gründliche Widerlegung aller dieser offenbaren Lügen in Gioberti, V., il Gesuita moderno, Firenze 1848. Vol. I. S. 170 ff. und Ranieri, Supplemento alla notizia u. s. w. in Opere di A. R. Milano 1864. Vol. III. S. 161 ff.).

In der Geschichte der italienischen Literatur wird Leopardi im Gegensatz zu der im Anfang dieses Jahrhunderts, wie in Deutschland so auch in Italien erblühenden s. g. romantischen Schule zu den Klassikern gerechnet, so von Ebert, Ruth und Andern. Schließt er sich in seinen ersten Productionen auch an Alfieri an, so ist er nachher doch ganz andere eigene Bahnen gegangen. Giordani erklärt ihn in der bereits oben angeführten Stelle geradezu für einen Griechen, bestimmt, sich zur Zeit des

Pericles und Anaxagoras zu verkörpern und durch irgend einen Irrthum aufgespart bis zu diesen letzten traurigen Tagen Italiens. Einer solchen Ansicht kann ich jedoch nicht beistimmen. Allerdings hat Leopardi in der Großartigkeit und Einfachheit des Styls, in der Folgerichtigkeit und Klarheit seiner Gedanken, in dem Ungesuchten und Natürlichen seiner Darstellung, in dem richtigen, würdigen Pathos und der plastischen Unverhülltheit seiner Ansichten, namentlich in seinen Prosawerken etwas, was an die Alten mahnt. Sonst aber ist er ein durchaus moderner, in vielen Punkten dem Alterthume entgegenstehender, in seiner Zeit und in seiner eigenen Subjectivität wurzelnder Schriftsteller. Die Feindschaft, die er gegen jede Autorität in Bezug auf überkommene Ansichten an den Tag legt, die Eigenschaft, nur das für wahr zu halten, was er selbst erkannt und in sich selbst erlebt hat, überhaupt der Cultus des Individualismus im Gegensatze zu dem Cultus der Gemeinschaft, des Volkes und Staates, endlich eine Gemüthstiefe, die wir im Alterthume vergeblich suchen, characterisiren ihn als modernen Dichter, als ein Kind seiner Zeit.

Die Zeit, in welche seine Entwickelung und seine Thätigkeit als Schriftsteller fällt, ist die Periode der Restauration, welche, nachdem die Stürme der Revolution ausgetobt hatten und nachdem der Repräsentant derselben niedergeworfen war, den Versuch machte, die Völker auf den alten Standpunkt zurückzuschrauben und im Namen des Rechts von Gottes Gnaden und des Rechts der Kirche die ärgste Thrannei an Leib und Seele der Völker übte. Es geschah dies unter der heuchlerischen Firma der heiligen Alliance. Nirgends trat diese Thrannei furchtbarer zu Tage als in Italien, wo die Priester im Verein mit den Fremden und den bourbonischen und habsburgischen Fürstengeschlechtern, die von ihnen geschaffene s. g. Ordnung mit Kerker, Verbannung, Galgen, Pulver und Blei aufrecht hielten. Geheime Gesellschaften, Verschwörungen, Revolutionen waren die Mittel, welche die Gegenpartei in Bewegung setzte, um diesem Zustande der Dinge ein Ende zu machen.

Die Literatur nahm natürlich an diesen Kämpfen lebhaften Antheil. Die Lehre, die Kunst sei sich selbst Zweck, die zum Goethe'schen Quietismus führen mußte, war längst aufgegeben; die neue Zeit hatte erkannt, daß die Literatur eine Mission habe, diejenige nämlich, bei der Regeneration der Völker mitzuwirken. Wie in Deutschland erhob sich in Italien eine Partei, welche, nachdem die Ideen des 18. Jahrhunderts in der Revolution schienen schmählich Bankerott gemacht zu haben, die Rückkehr zu den Idealen des Mittelalters predigte und eine Versöhnung der Ansprüche der modernen Zeit mit den alten Institutionen in Aussicht stellte, die romantische Schule. In Italien nennt man diese Partei die lombardische Schule, weil sie vorzugsweise in Mailand ihren Sitz hatte. Der Conciliatore, ihr Journal, wollte

schon durch seinen Titel seine Richtung andeuten. Alessandro
Manzoni, Tommaso Grossi, Silvio Pellico waren in der
schönen Literatur, Cesare Cantu, Cesare Balbo, Carlo
Troja, Vincenzo Gioberti in der Geschichte und Politik
ihre Hauptvertreter. Ich erwähne diese Bestrebungen
schon hier, obgleich sie zum Theil erst nach der Julirevolution zur Wirksamkeit· kamen. Die Grundidee
derselben war Stärkung des religiösen, speciell des
katholischen Bewußtseins, Aussöhnung des Papstthums
mit den Ideen der Neuzeit und endlich Einigung oder
Föderation und Wiedergeburt Italiens mit einem refor=
mirten Papstthum an der Spitze, eine Idee, die endlich
durch die Wahl Mastai Ferretti's zum Papst Verwirk=
lichung finden sollte, um rasch den jämmerlichsten Schiff=
bruch zu leiden.

Neben dieser Richtung beherrschte eine andere die
Gemüther der Restaurationsepoche, eine Richtung, die sich
theils nur zeitweilig in Anfällen von Entmuthigung der zwi=
schen Hoffnungen und Täuschungen schwankenden Geister
bemächtigte, theils aber, das tiefste Wesen durchdringend,
zur Alleinherrschaft im Gemüthe gelangte. Es war dies
diejenige Richtung, welche, an einer Besserung der Lage
der Dinge verzweifelnd, sich der trostlosesten aller Philo=
sophien, der Philosophie der Verneinung jedes menschlichen
Glückes in die Arme warf. Leopardi ist der consequen=
teste Vertreter dieser Auffassung der Verhältnisse, einer
Auffassung, bei welcher er nicht allein steht.

6

In Deutschland, England, Frankreich, Spanien und den slavischen Ländern finden wir in dieser Periode dieselbe Richtung bei den bedeutendsten Geistesrepräsentanten der damaligen Zeit mehr oder weniger vorherrschend, und ich brauche nur an die Namen Byron, Platen, Lenau, Heine, A. de Musset, Puschkin, Lermontoff, Mickiewicz, A. Schopenhauer zu erinnern, um anzudeuten, daß Leopardi so gut in seiner Zeit stand und dieser seinen Tribut bezahlte, wie irgend ein anderer aus diesem Kreise. Es war die Periode der Herrschaft des „Weltschmerzes."

Es gibt gewiß viele Leser, die bei diesem Worte lächeln, indem sie sich des Uebertriebenen, Forcirten, Affectirten, stellenweise selbst Unwahren dieser Richtung erinnern. Sie denken nicht daran, wie alt der Weltschmerz ist, dem wir im alten Testamente und bei den Hindus, wie bei den alten Griechen begegnen; sie denken nicht daran, daß fast alle großen Geister diese Stimmung durchgemacht haben (ich will nur an Goethe's Werther, Prometheus, Faust erinnern), und daß die Stimmung, die demselben zu Grunde liegt, kaum überwunden ist und wohl noch oft in der Entwickelung des Menschengeschlechts wiederkehren wird, wie sie schon früher oft dagewesen. Was ist es anderes als das, was wir jetzt Weltschmerz nennen, wenn wir in dem, dem König Salomo, dem Repräsentanten des höchsten irdischen Glückes bei den Juden, in den Mund gelegten Buche, welches man indessen wohl mit Recht in die Zeit der Restauration des Reiches setzt, lesen: „Ich Prediger war König über Israel, zu Jerusalem, und begab mein Herz zu suchen und zu forschen weislich alles, was man unter dem Himmel thut. Solche unselige Mühe hat Gott den Menschenkindern gegeben, daß sie sich darinnen müssen quälen. Ich sahe an alles Thun, das unter der Sonne geschiehet; und siehe, es war alles eitel und Jammer. Ich sprach in meinem Herzen: wohlan, ich will wohlleben und gute Tage haben; aber siehe, das war auch eitel. Da wandte ich mich zu sehen die Weisheit und Klugheit und Thorheit. Da sahe ich, daß die Weisheit die Thorheit übertraf, wie das Licht die Finsterniß, und merkte doch, daß es einem gehet wie dem andern. Da dachte ich in meinem Herzen: weil es denn dem Narren gehet wie mir, warum habe ich denn nach Weisheit gestanden? Da dachte ich in meinem Herzen, daß solches auch eitel sei. Denn man gedenket des Weisen nicht immerdar, ebensowenig als des Narren; und die künftigen Tage vergessen alles; und wie der Weise stirbt, also auch der Narr. Darum verdroß mich zu leben, denn es gefiel mir übel, was unter der Sonne geschiehet, daß es so gar eitel und Mühe ist." Und ferner: „Es gehet dem Menschen wie dem Vieh; wie dieses stirbt, so stirbt er auch und haben alle einerlei Odem; und der Mensch hat nichts mehr, denn das Vieh; denn es ist alles eitel. Es fährt alles an einen Ort; es ist alles von Staub gemacht, und wird wieder zu

6*

Staub. Wer weiß, ob der Geist des Menschen aufwärts fahre, und der Odem des Viehes unterwärts unter die Erde fahre?" Und endlich: „Da lobte ich die Todten, die schon gestorben waren, mehr, denn die Lebendigen, die noch das Leben hatten." Gibt es eine verzweifeltere Lebensanschauung, als diejenige, welche der König Salomo predigt? Auch im Hiob und bei den Propheten finden sich ähnliche Ansichten.

Die Inder lehren, daß der Tod am Leben das Beste sei, in der Ertödtung des Selbstbewußtseins werde dem Menschen das Leben erst wieder gegeben und in der Auflösung der Individualität in die Nirvana, die allgemeine Weltseele, liege die Aufgabe des Lebens. Diese Lehre will den Schmerz des Daseins durch den freiwilligen Schmerz erlösen.

Auch bei dem lebensfrohen Volke der Griechen begegnen wir von den ältesten Zeiten her einer großen Anzahl von Aussprüchen, die den Jammer des Menschenlebens, die Sehnsucht nach dem Tode, die Nutzlosigkeit alles Strebens bezeugen. Schön ist die Stelle im Homer (Ilias 17. 443 ff.), wo Zeus den Pferden des Achill, die trauernd über den Tod des Patroklos dastehen, zuruft:

Arme, warum doch schenkten wir euch dem Könige Peleus,
Ihm dem Sterblichen euch, unalternd beid' und unsterblich?
Etwa daß Gram ihr erträgt mit den unglückseligen Menschen?
Denn nichts Anderes wo ist jammervoller auf Erden,
Als der Mensch, von allem, was Leben haucht und sich reget.

Ausführlich spricht Sokrates bei Plato (Apologia Socratis) über das Leben und sagt, daß der Tod, selbst wenn er uns auf immer das Bewußtsein raubte, ein wundervoller Gewinn sein würde, da ein tiefer, traumloser Schlaf jedem Tage, auch des beglücktesten Lebens vorzuziehen sei. Aus den griechischen Tragikern wäre es leicht, eine ganze Blumenlese solcher Aussprüche zusammenzubringen. Die bekannteste Stelle aus Sophocles habe ich zu dem Gedichte Nr. XXXIII ausführlich mitgetheilt. Von den Lyrikern verweise ich auf Theognis und Posidipp und auf das unter dem Namen des Aesop bekannte Gedicht (W. E. Weber. Die elegischen Dichter der Hellenen. Frankfurt a. M. 1826) und in Rücksicht auf manche hierher gehörige Stelle bei den Alten auf Stobaei Florilegium (Teubnersche Ausgabe, Serm. 120 und sonst in den Abschnitten „Ueber den Tod", „Vergleich des Lebens mit dem Tode" und „Vergleich des Reichthums mit der Armuth"), wo eine große Anzahl derartiger Aussprüche zusammengestellt ist.

Was anderes ist der Inhalt des Hamletschen Monologs: To be, or not to be — als: Der Tod ist besser als das Leben; aber wir wissen nicht, ob der Tod Schlaf ohne Träume ist. Dies ist der einzige Grund, weshalb wir unser Elend ertragen und unserem Leben nicht durch den Selbstmord ein Ende machen.

Bei den neueren Dichtern, abgesehen von der eigentlichen Periode der Weltschmerzdichter, finden wir zahl-

reiche Klagen über die Nutz= und Zwecklosigkeit des
Lebens, Auflehnung gegen Gott und das Schicksal, Todes=
sehnsucht und die ganze Reihe von Stimmungen, in
denen der Weltschmerz wurzelt von der zahmen Melan=
cholie eines Hölty und Matthisson an bis zur Ver=
zweiflung Werthers, dem Göttertrotze des Prometheus
und dem Höllenbunde Faust's. Aber der Schritt von
einer vorübergehenden Stimmung Goethe's, die ihre Aus=
gleichung findet und einer harmonischen Stimmung des
Gemüths Platz macht, zu einer bleibenden Verstimmung,
die den düstern Hintergrund der ganzen Lebensanschauung,
eine ausgearbeitete Philosophie der Verzweiflung bildet,
ist riesengroß. Dieser Schritt ward erst in diesem Jahr=
hundert gethan. Leopardi ist derjenige, in welchem der
Weltschmerz in pathetischer Weise zum Ausdruck kommt,
der in allen seinen Dichtungen und philosophischen Schriften
stets das eine Thema von dem Jammer der menschlichen
Existenz, der Zwecklosigkeit des Daseins, dem Siege des
Bösen über das Gute und der Süßigkeit des Todes
variirt. Das menschliche Leben schildert er folgender=
maßen (Nr. XXIII):

> Ein Greis, gebückt, die Blöße
> Nur halbbedeckend, barfuß,
> Die schwachen Schultern drückend schwer beladen,
> Rennt hin auf Bergespfaden,
> Durch Thäler, über Steine, Sand und Dornen,
> Im Sturm, im Sonnenbrande, und wenn vom Froste
> Des Eises Rinde dröhnet;

So rennt er, rennt und stöhnet,
Setzt über Ström' und Sümpfe,
Stürzt und erhebt sich wieder, eilet weiter,
Eilt ohne Rast und Ruhe,
Zerrissen, blutend vorwärts, bis er endlich
Den Lebenspfad durchmessen
Und anlangt, wo das Mühen hat ein Ende:
Zum schauervollen Abgrund,
Wo er hinabstürzt, alles zu vergessen.

Nach Leopardi's Auffassung regiert ein blindes Geschick die Menschheit, das Böse siegt öfter, als das Gute, die Natur ist Gesetzen unterworfen, denen sie folgt, ohne sich um das Wohl oder Wehe des Menschen zu kümmern, der nothwendig durch eigene innere Anlage unglücklich wird. Der Zweck der Welt ist undurchdringliches Geheimniß, „alles rings vergehet, einzig gewiß ist, daß der — Schmerz bestehet." So lange der Mensch diese Wahrheit nicht erkannt hat, in der Jugend, so lange ihm sein mächtiger Irrthum noch zur Seite geht, wie Leopardi sich ausdrückt, ist er glücklich, außerdem einzig durch die Liebe. Von ihr sagt er (Nr. XVI):

„Ja, wohl erinnr' ich mich
Der Zeit, da Du zuerst ins Herz mir drangst.
'S war jene schöne Zeit — sie kehrt nicht wieder! —
Wenn sich dem jungen Blick die Schmerzensbühne
Der Welt 'eröffnet und ihm freundlich lächelt,
Als wär's ein Paradies. Dann klopft dem Jüngling
Von jungfräulicher Hoffnung und von Sehnsucht
Das Herz im Busen, und der Sterbliche,
Der Unglückselge! rüstet sich, als wär's
Zu Spiel und Tanz, zur Arbeit dieses Lebens.".

Eine der bezeichnendsten Stellen ist in Nr. XXVI:
„Mein einziger Gedanke" (die Liebe):

> Wie einsam ist geworden
> Mein Herz seit jenen Tagen
> Da deine Wohnung du hier aufgeschlagen! u. s. w.

Aber die Liebe schwindet wie die Jugend, das Leben
schleicht dahin zwischen Schmerzen und Ekel (Unmuth,
Langeweile, fastidio, noia, tedio), so daß nach dem
Erwachen aus den Träumen der Jugend der Tod das
beste ist.

In der Darstellung des Lebens des Dichters habe
ich auf die traurigen Einzelnheiten desselben großes Ge=
wicht gelegt und mich bei denselben zuweilen länger auf=
gehalten, als es vielleicht dem Leser lieb ist. Meistens
habe ich es auch vorgezogen, mit seinen eigenen Worten
zu reden, um zu zeigen, wie seine Ansichten aus seinen
Schicksalen hervorgegangen sind. Ja, die Poesie, wie die
Philosophie Leopardi's ist rein subjectiver Natur, er ist
ein Lyriker in beiden, aber ein Lyriker, der nur die eine
Stimmung des menschlichen Herzens, die schmerzliche,
nicht aber die freudige kennt, aus dem einfachen Grunde,
weil sein ganzes Leben nur eine Kette unerträglicher
Schmerzen war. Er stellt diesen Grund seiner dichte=
rischen und philosophischen Anschauungen freilich in Ab=
rede, indem er in dem Gedichte „Widerruf" (Nr. XXXII)
und ebenso in dem Briefe an L. von Sinner dagegen
protestirt, als habe seine Philosophie einen subjectiven

Grund. Er sagt daselbst (Epistolario II. S. 191):
„Ich bin durch meine Untersuchungen zu einer ver=
zweifelten Philosophie gelangt und habe nicht gezaudert
sie ganz zu umfassen, während von der andern Seite die
Menschen infolge ihrer eigenen Feigheit und überzeugt
von dem Werth des Lebens, meine philosophischen An=
sichten als das Resultat meiner persönlichen Leiden haben
darstellen wollen und hartnäckig darauf bestehen, meinen
materiellen Verhältnissen das zuzuschreiben, was nur
Folge meiner Einsicht ist. Ehe ich sterbe, werde ich
gegen diese Erfindung der Schwäche und Gemeinheit
Verwahrung einlegen und meine Leser bitten, meine Be=
obachtungen und Schlüsse zu widerlegen, statt meine
Krankheiten anzuschuldigen.“

Aber trotz dieses Protestes stehe ich auf Seiten der=
jenigen, welche der entgegengesetzten Ansicht huldigen.
Abgesehen davon, daß Leopardi kein harter und kalter
Verstandesmensch war, wie er sich so oft, namentlich in
seinen philosophischen Schriften, hinstellt, abgesehen davon,
daß nur die Täuschung seines heißen Verlangens nach
Glück ihn zur Anklage gegen das Weltschicksal trieb,
(vergl. das, was er in seinen Jugendjahren von der
Religion sagt — Sopra gli errori popolari degli an=
tichi. Schluß — mit seinen späteren Ansichten), abge=
sehen endlich von den ausdrücklichen Versicherungen Ra=
nieri's mir gegenüber, daß er beständig und noch in dem
letzten Jahre vor seinem Tode in Gesprächen Zweifel an

der Richtigkeit seiner Ansichten durchblicken ließ und die
Frage erörterte, wie Geister, gleich Newton und Bacon,
neben ihrer wissenschaftlichen Größe so naivgläubigen
Gemüthes sein konnten; abgesehen von alle diesem glaube
ich fest, daß überhaupt allen metaphysischen Ansichten
eine subjective Grundlage im Gemüthe ihrer Bekenner
zukommt, hervorgegangen aus der Stimmung des Nerven-
systems, aus körperlichen Zuständen, Schicksalen und Er-
fahrungen. Zwischen dem Objectiv-Wahren und dem
Subjectiv-Wahren ist ein großer Unterschied, und
während es auf dem physischen Gebiete allgemein aner-
kannte, unbestrittene Lehren gibt, ist die Metaphysik der
Tummelplatz der feindlichsten Grundsätze und Behauptungen, so daß infolge der engen Grenzen der menschlichen Erkenntniß alle metaphysischen Lehren nach meiner
Ansicht nur eine subjective Wahrheit beanspruchen können.
So sehen wir in den verschiedenen Zeitaltern der Entwicklung der Menschheit, beeinflußt von weltgeschichtlichen
Ereignissen und von einer gehobenen, zuversichtlichen,
expansiven oder aber von einer gedrückten, schmerzlichen
Stimmung des Menschengeschlechts im Ganzen und Großen
und am lebhaftesten natürlich in den hervorragendsten
Geistern desselben, die eine oder andere Richtung vor-
herrschen.

Es ist gewiß nicht zufällig, daß wir in unserem
Jahrhundert zur Zeit der Restauration die gleiche Stimmung und Philosophie bei Byron, Platen, Lenau, Heine,

Leopardi, Puschkin u. s. w., in der Musik dieselbe Richtung bei Beethoven und Schumann antreffen; es wird uns noch weniger Wunder nehmen, daß es so ist, wenn wir erwägen, daß die persönlichen Schicksale aller dieser Repräsentanten des Weltschmerzes eine auffallende Aehnlichkeit darbieten, insofern gewisse Umstände in dem Leben eines jeden der genannten Dichter wiederkehren, nämlich zunächst gewisse körperliche Leiden oder Verbildungen (Leopardi, Byron, Lenau, Heine), ferner ihre Heimatlosigkeit, die ihnen den Boden der Häuslichkeit und Familie, selbst des Vaterlandes unter den Füßen wegzog und ihnen die Gründung eines eigenen Herdes und einer eigenen Familie unmöglich machte oder störte und endlich ihre Beziehungslosigkeit zur Gemeinde, zum Staate und zum Dienste in den unmittelbaren Interessen der Menschheit. Alle mußten das Gefühl der Isolirung, des Verstoßenseins in sich tragen und konnten den Dingen dieser Welt gegenüber nur einen absoluten, ideellen, unpraktischen, zur Speculation drängenden Standpunkt einnehmen. Was ist natürlicher, als daß sie diese Welt, in der kein Platz für sie war, für verwerflich und gänzlich unberechtigt ansahen und den eigenen Schmerz zum allgemeinen Weltschmerz (dolore universale) steigerten, ähnlich wie Faust sagt: „der Menschheit ganzer Jammer faßt mich an!"

Es würde zu weit führen, wenn ich die große Uebereinstimmung in den Werken der genannten Dichter, ihre vorwiegend lyrische Richtung, ihre Unfähigkeit zu Epos und Drama, die Wahl derselben Stoffe (Faust, Don Juan, Ahasver) und manches sonst hieher Gehöriges im Einzelnen erörtern wollte. Doch kann ich mir nicht versagen, bei dieser Gelegenheit auf Arthur Schopenhauer *) aufmerksam zu machen, als Beweis dafür, daß die gleiche Zeit und ähnliche Schicksale gleiche philosophische Ansichten erzeugen. Auch Schopenhauer fand sich in dieser Welt nicht zu Hause, er lebte lange Zeit in der Fremde, stand zu seiner Mutter und Schwester in einem sehr wenig harmonischen Verhältniß; der Plan, einen Lehrstuhl an einer Universität für sich zu gewinnen, schlug ihm fehl, eine eigene Familie gründete er nicht und während eines dreißigjährigen einsamen Lebens in Frankfurt a. M. errang er sich nur den Namen des „misanthropischen Weisen". Er ist der Philosoph des Weltschmerzes; daß Leopardi ihn nicht gekannt, ohne Frage nicht einmal seinen Namen gehört hat, kann kein Zweifel sein, wohl aber hat Schopenhauer Leopardi's Schriften gründlich studirt, und namentlich in den Paralipomena und Parerga finden sich Stellen, die unverkennbar Paraphrasen von Leopardi sind (z. B. Band 1 S. 386. Bd. 2. S. 248 ff.). Die ganze Schärfe und Trostlosigkeit seiner Weltanschauung tritt aber schon in den ersten Schriften Schopenhauer's hervor (Die Welt als Wille und Vorstellung, zuerst 1818; ich citire nach

---

*) Vergl. Schopenhauer e Leopardi in de Sanctis Saggi critici. Napoli 1866.

der 3. Aufl. Leipzig 1859), zur Zeit, wo von Leopardi's Poesien nur die beiden Canzonen an Italien und an Dante bekannt waren; ein Beweis, daß ihre Uebereinstimmung eine tiefere Wurzel hat.

In Prosa lautet nun die Philosophie des Weltschmerzes folgendermaßen*): „Alle Befriedigung, oder was man gemeinhin Glück nennt, ist eigentlich und wesentlich immer nur negativ und durchaus nie positiv. Es ist nicht eine ursprünglich und von selbst auf uns kommende Beglückung, sondern muß immer die Befriedigung eines Wunsches sein. Denn Wunsch d. h. Mangel ist die vorhergehende Bedingung jedes Genusses. Mit der Befriedigung hört aber der Wunsch und folglich der Genuß auf. Daher kann die Befriedigung oder Beglückung nie mehr sein, als die Befreiung von einem Schmerz, von einer Noth: denn dahin gehört nicht nur jedes wirkliche, offenbare Leiden, sondern auch jeder Wunsch, dessen Importunität unsere Ruhe stört, ja sogar auch die ertödtende Langeweile, die uns das Dasein zur Last macht.**) — Man kann drei Extreme des Menschenlebens theoretisch annehmen und sie als Elemente des wirklichen Menschenlebens betrachten. Erstlich das gewaltige Wollen, die großen Leidenschaften (Radscha-Guna der Inder). Es tritt hervor in den großen historischen

*) A. Schopenhauer B. 1. S. 376 ff.

**) Vergl. Leopardi, dialogo di T. Tasso e del suo genio familiare.

Characteren; es ist geschildert in Epos und Drama:
es kann sich aber auch in der kleinen Sphäre zeigen;
denn die Größe der Objecte mißt sich hier nur nach dem
Grade, in welchem sie den Willen bewegen, nicht nach
ihren äußeren Verhältnissen. Sodann zweitens: das
reine Erkennen, das Auffassen der Ideen, bedingt durch
die Befreiung der Erkenntniß vom Dienste des Willens:
das Leben des Genius (Satwa-Guna). Endlich drittens,
die größte Lethargie des Willens und damit der an ihn
gebundenen Erkenntniß, leeres Sehnen, lebenerstarrende
Langeweile (Tama-Guna). Das Leben des Individuums,
weit entfernt in einem dieser Extreme zu verharren, be=
rührt sie nur selten, und ist meistens nur ein schwaches
und schwankendes Annähern zu dieser oder jener Seite,
ein dürftiges Wollen kleinlicher Objecte, stets wieder=
kehrend und so der Langeweile entrinnend. Es ist wirk=
lich unglaublich, wie nichtssagend und bedeutungsleer,
von außen gesehen, und wie dumpf und besinnungslos,
von innen empfunden, das Leben der allermeisten Men=
schen dahinfließt. Es ist ein mattes Sehnen und Quälen,
ein träumerisches Taumeln durch die vier Lebensalter
hindurch zum Tode, unter Begleitung einer Reihe trivialer
Gedanken. Sie gleichen Uhrwerken, welche aufgezogen
werden und gehen, ohne zu wissen warum und jedes
Mal, daß ein Mensch gezeugt oder geboren worden, ist
die Uhr des Menschenlebens aufs Neue aufgezogen, um
jetzt ihr schon zahllose Male abgespieltes Leierstück aber=

mals zu wiederholen, Satz vor Satz und Takt vor Takt,
mit unbedeutenden Variationen. — Jedes Individuum,
jedes Menschengesicht und dessen Lebenslauf ist nur ein
kurzer Traum mehr des unendlichen Naturgeistes, des
beharrlichen Willens zum Leben, ist nur ein flüchtiges
Gebilde mehr, das er spielend hinzeichnet auf sein un=
endliches Blatt, Raum und Zeit, und eine gegen diese
verschwindend kleine Weile bestehen läßt, dann auslöscht,
neuen Platz zu machen. — So sehr nun aber auch große
und kleine Plagen jedes Menschenleben füllen und in
steter Unruhe und Bewegung erhalten, so vermögen sie
doch nicht die Unzulänglichkeit des Lebens zur Erfüllung
des Geistes, das Leere und Schaale des Daseins zu
verdecken, oder die Langeweile auszuschließen, die immer
bereit ist, jede Pause zu füllen, welche die Sorge läßt.
Daraus ist es entstanden, daß der menschliche Geist,
noch nicht zufrieden mit den Sorgen, Bekümmernissen
und Beschäftigungen, die ihm die wirkliche Welt auflegt,
sich in der Gestalt von tausend verschiedenen Superstitionen
noch eine imaginäre Welt schafft, mit dieser sich dann
auf alle Weise zu thun macht und Zeit und Kräfte an
ihr verschwendet, sobald die wirkliche ihm die Ruhe gönnen
will, für die er gar nicht empfänglich ist. Dämonen,
Götter und Heilige schafft sich der Mensch nach seinem
eigenen Bilde; diesen müssen dann unablässig Opfer,
Gebete, Tempelverzierungen, Gelübde und deren Lösung,
Wallfahrten, Begrüßungen, Schmückung der Bilder u. s. w.

dargebracht werden. — Der Umgang mit ihnen füllt die halbe Zeit des Lebens aus, unterhält beständig die Hoffnung und wird, durch den Reiz der Täuschung, oft interessanter, als mit wirklichen Wesen. Er ist der Ausdruck und das Symptom der doppelten Bedürftigkeit des Menschen, theils nach Hülfe und Beistand und theils nach Beschäftigung und Kurzweil u. s. w."

„Auch a posteriori, fährt Schopenhauer fort, läßt sich der Satz beweisen, daß das Menschenleben keiner wahren Glückseligkeit fähig, sondern wesentlich ein vielgestaltetes Leiden und ein durchweg unseliger Zustand ist. Jeder, welcher aus den ersten Jugendträumen erwacht ist, eigene und fremde Erfahrung beachtet, sich im Leben, in der Geschichte der Vergangenheit und des eigenen Zeitalters, endlich in den Werken der großen Dichter umgesehen hat, wird, wenn nicht irgend ein unauslöschlich eingeprägtes Vorurtheil seine Urtheilskraft lähmt, wohl das Resultat erkennen, daß diese Menschenwelt das Reich des Zufalls und des Irrthums ist, die unbarmherzig darin schalten, im Großen, wie im Kleinen, neben welchen aber noch Thorheit und Bosheit die Geißel schwingen: daher es kommt, daß jedes Bessere nur mühsam sich durchdrängt, das Edle und Weise nur sehr selten zur Erscheinung gelangt und Wirksamkeit oder Gehör findet, aber das Absurde und Verkehrte im Reiche des Denkens, das Platte und Abgeschmackte im Reiche der Kunst, das Böse und Hinterlistige im Reiche der Thaten,

nur durch kurze Unterbrechungen gestört, eigentlich die
Herrschaft behaupten; hingegen das Treffliche jeder Art
immer nur eine Ausnahme, ein Fall aus Millionen ist,
daher auch, wenn es sich in einem dauernden Werke
kundgegeben, dieses nachher, nachdem es den Groll seiner
Zeitgenossen überlebt hat, isolirt dasteht, aufbewahrt wird
gleich einem Meteorstein, aus einer anderen Ordnung
der Dinge, als die bisher herrschende ist, entsprungen.
Was aber das Leben der Einzelnen betrifft, so ist jede
Lebensgeschichte eine Leidensgeschichte. — Wenn man
Jedem die entsetzlichen Schmerzen und Qualen, denen
sein Leben beständig offen steht, vor die Augen bringen
wollte, so würde ihn Grausen ergreifen, und wenn man
den verstocktesten Optimisten durch die Krankenhospitäler,
Lazarethe und chirurgischen Marterkammern, durch die
Gefängnisse, Folterkammern und Sklavenställe, über
Schlachtfelder und Gerichtsstätten führen, dann alle die
finsteren Behausungen des Elends, wo es sich vor den
Blicken kalter Neugier verkriecht, ihm öffnen und zum
Schluß ihn in den Hungerturm des Ugolino blicken lassen
wollte, so würde auch er zuletzt einsehen, welcher Art
dieser meilleur des mondes possibles (Leibnitz) ist.
Woher denn anders hat Dante den Stoff zu seiner
Hölle genommen, als aus dieser unserer wirklichen
Welt? u. s. w."

Er schließt dann: „Uebrigens kann ich hier die Er-
klärung nicht zurückhalten, daß mir der Optimismus,

wo er nicht etwa das gedankenlose Reden Solcher ist, unter deren glatten Stirnen nichts als Worte herbergen, nicht blos als eine absurde, sondern auch als eine wahrhaft ruchlose Denkungsart erscheint, als ein bitterer Hohn über die namenlosen Leiden der Menschheit.*)

Der Urtheilsspruch der Natur über die von ihr geschaffenen Wesen lautet kurz:

Alles was entsteht,

- Ist werth, daß es zu Grunde geht.

Drum besser wär's, daß nichts entstünde.

Byron drückt dasselbe folgendermaßen aus:

Count o'er the joys thine hours have seen,

Count o'er thy days from anguish free,

And know, whatever thou hast been,

'Tis something better not to be.

Leopardi sagt:

Mai non veder la luce

Era, credo, il miglior.

und:

Umana

Prole cara agli eterni! assai felice

Se respirar ti lice

D'alcun dolor; beata

Se te d'ogni dolor morte risana.

Leopardi hat dies Thema vielfach variirt; Schopenhauer sagt über ihn: „Keiner hat diesen Gegenstand so gründlich und erschöpfend behandelt, wie in unsern Tagen

---

*) Capitel 46, S. 654 des zweiten Bandes und Parerga und Paralipomena B. 1. S. 386 ff. sind nur weitere Ausführungen des Obigen.

Leopardi. Er ist von demselben ganz erfüllt und durch=
drungen: überall ist der Spott und Jammer dieser
Existenz sein Thema, auf jeder Seite seiner Werke stellt
er ihn dar, jedoch in einer solchen Mannigfaltigkeit an
Formen und Wendungen, mit solchem Reichthum an
Bildern, daß er nie Ueberdruß erweckt, vielmehr durch=
weg unterhaltend und erregend wirkt" (Band 2. S. 673).

Sind Leopardi und Byron die Vertreter des pathe=
tischen Weltschmerzes, so repräsentirt Lenau eine andere
Seite desselben, den pantheistischen Weltschmerz. Man
hat Leopardi oft mit Lenau verglichen, dies aber ist der
Punkt, wo sich die Richtungen beider trennen. Während
der letztere Trost bei der Natur sucht, sie als Theil=
nehmerin und Vertraute seiner Leiden darstellt, sie mit
seinem eigenen Wesen durchgeistigt und sich ihr Verständ=
niß suchend an's Herz wirft, fühlt Leopardi die Natur
als ein feindliches, oder wenigstens indifferentes Wesen,
das höheren Gesetzen gehorcht und um unsere Freuden
und Leiden sich nicht kümmert. In seinen Gedichten tritt
dies oft zu Tage, am deutlichsten spricht er es aber in
dem „Gespräche zwischen einem Isländer und der Natur"
aus. Der Isländer, um den Leiden, welche Natur und
Menschen ihm bereiten, zu entfliehen, durchwandert die
ganze Welt und gelangt auch in das Innere von Afrika
unter den Aequator in eine Gegend, wohin noch kein
menschlicher Fuß gedrungen. Hier erblickt er einen
Felsen, den er aber, als er näher hinzutritt, als eine

7*

Frau von ungeheurer Größe erkennt, die auf der Erde
sitzt, den Oberkörper aufrecht, den Rücken und Ellenbogen
auf ein Gebirge gestützt, mit einem Antlitz halb schön,
halb schrecklich, mit schwarzen Augen und Haaren, ähnlich
wie dem Vasco de Gama das Vorgebirge der guten
Hoffnung bei der ersten Umschiffung desselben erschienen
war (5. Gesang der Lusiade). Er erfährt zu seinem
Entsetzen, daß es die Natur selbst ist, die er flieht, weil
er in allen Welttheilen nur von ihr zu leiden gehabt hat.
Nachdem er ihr sämmtliche Beschwerden, welche die
Menschen gegen sie auf dem Herzen haben, auseinander
gesetzt hat, spricht die Natur: Glaubst du etwa, die
Welt sei um euretwillen gemacht? Wisse, daß in allen
meinen Werken, Anordnungen und Operationen ich immer,
sehr wenige ausgenommen, etwas ganz anderes im Sinne
hatte und habe, als das Glück oder Unglück der Men=
schen. Wenn ich euch auf irgend eine Weise und mit
irgend einem Mittel zu nahe thue, so bemerke ich es
nur in den allerseltensten Fällen, wie ich es auch gewöhnlich
nicht weiß, wenn ich euch erfreue oder euch wohl thue. Auch
thue ich nicht, wie ihr glaubt, dies oder das, um euch
zu erfreuen oder zu nützen. Ja, wenn es sich auch ereignete,
daß ich euer ganzes Geschlecht vernichtete, ich würde es
nicht bemerken. Der Isländer kann dies nicht begreifen
und meint, es wäre dies ebenso, wie wenn ihn jemand
auf seine Villa einlüde und ihn dann, statt ihn freund=
lich zu bewirten, mißhandelte. Die Natur antwortet

ihm: Du beweiſt, daß du nicht daran gedacht haſt, daß das Leben des Weltalls ein beſtändiger Cirkel von Entſtehen und Vergehen iſt, unter ſich in der Weiſe von einander abhängig, daß das Eine dem Andern und ſo zur Erhaltung der Welt dient, welche, wenn das Eine oder Andere von beiden aufhörte, ebenfalls untergehen müßte. Deshalb würde es zu ihrem Nachtheil ausfallen, wenn es in ihr irgend etwas gäbe frei von Leiden. Der Isländer erwiedert: So höre ich alle Philoſophen reden. Da aber das, was vernichtet wird, leidet, und das, was vernichtet, darum nicht glücklich iſt, und bald ebenfalls vernichtet wird, ſo ſage mir, was kein Philoſoph zu ſagen weiß: wem gefällt oder wem nützt dieſes höchſt elende Leben des Alls, das nur zum Nach= theil und mit dem Tode aller Dinge, die es zuſammen= ſetzen, erhalten werden kann? — Der Verfaſſer fährt fort: Der Isländer hatte nicht Zeit, die Antwort zu vernehmen; es geht das Gerücht, das zwei ausgehungerte Löwen kamen und ihn verzehrten, womit ſie jenen Tag wenigſtens ihr Leben friſteten; Andere erzählen, daß ein furchtbarer Wind ſich erhoben und den Isländer, während er noch ſprach, zur Erde geworfen habe, um dann über ihm ein ſtolzes Mauſoleum von Sand zu errichten; er ſei dann, vollkommen ausgetrocknet und in eine ſchöne Mumie verwandelt, ſpäter von Reiſenden aufgefunden und in das Muſeum irgend einer Stadt Europas ge= ſchafft worden."

So in herber Dissonanz schließt das Gespräch. Lenau faßt die Natur anders auf; auf jeder Seite seiner Werke würde ein Beleg dafür zu finden sein. Statt aller verweise ich auf das schöne Gedicht: „Die Alpen."

Ihre letzte Phase machte diese Richtung mit Heine durch, die Phase des ironisch sich selbst vernichtenden Weltschmerzes. Heine hatte, wie Platen und Immermann, als Romantiker (in Anschluß an A. W. Schlegel) begonnen, die ergreifenden Volks= und Naturlaute seiner Lieder, das Einzige was unvergänglich in seiner Poesie ist, hat er „des Knaben Wunderhorn" abgelauscht; dann brach er in skandalöser Weise mit der Romantik und ihren Vertretern. Nachdem er den Einfluß der Muse Lord Byron's erfahren, cultivirte er den Weltschmerz, den er aber kokettirend und persiflirend in Frivolität auflöste, um endlich seine eigene ungezogene individuellste Persönlichkeit auf den Thron zu heben.

So vernichtete der Weltschmerz sich selbst. Aber inzwischen war schon eine andere, der wirklichen Welt und ihren Bedürfnissen zugewandte Richtung, die den Fragen der nationalen, freiheitlichen und socialen Entwicklung der Menschheit ernst ins Gesicht schaute, aufgetreten und hatte die weltschmerzliche Verzweiflung wie eine Entwicklungskrankheit abgeschüttelt. Der Weg zur Genesung war für die ganze Zeit derselbe, den schon die großen Geister der früheren Jahrhunderte einzeln durchgemacht hatten; er bewährte sich auch jetzt als der einzige zur Genesung führende. Wenn Salomo sagt: Darum sahe ich, daß nichts bessers ist, denn daß ein Mensch fröhlich sei in seiner Arbeit, denn das ist sein Theil; wenn Göthe auf die Frage des Epimetheus: Wie vieles ist denn dein? den Prometheus antworten läßt: Der Kreis, den meine Wirksamkeit erfüllt: Nichts drunter und nichts drüber; wenn Faust am Ende seines Lebens sich praktischer Thätigkeit hingibt und sterbend spricht:

> Das ist der Weisheit letzter Schluß:
> Nur der verdient sich Freiheit wie das Leben,
> Der täglich sie erobern muß;

was ist dies anders, als auf der einen Seite die Einsicht von der engen, nicht zu überschreitenden Grenze der menschlichen Erkenntniß und auf der anderen Seite die Einsicht von der Nothwendigkeit, den einmal gesteckten Kreis mit ernster Arbeit auszufüllen. Wenn der Weltschmerz wie ein gefangener Löwe gegen seine Eisengitter tobt, wenn er daran verzweifelnd, das Glück hier auf Erden zu finden, wie ein von seinem eigenen Erbe verstoßener Fremdling, ruhelos oder in dumpfer Lethargie seine Tage verbringt und endlich zu dem Schlusse kommt: „Niemals das Licht zu schaun, wär' wohl das Beste," so löst freilich die neue Richtung die tausend unlösbaren Fragen der Metaphysik nicht, aber, erschöpft von dem nutzlosen Grübeln und systematischen Verzweifeln, macht der Geist der neuen Zeit eine Diversion, indem er sich, den Pessimismus aufgebend, der Idee der unendlichen Perfectibilität wieder zuwendet und in rüstigem Streben sich ernstlich bemüht, der Verwirklichung der höchsten Ideale der Menschheit näher zu rücken. Die aufrichtigen, starken Geister zu Anfang dieses Jahrhunderts haben diese Wandlung in sich selbst durchgemacht: Platen, der als Romantiker begonnen, dem der Weltschmerz das Leben und Streben seines Genius hemmte und beengte, schüttelte endlich diese Stimmung ab und gab in seinen politischen Oden und seinen unvergleichlichen Polenliedern den Aspirationen der nationalen und freiheitlichen Geister einen klassischen Ausdruck. Keiner aber hat schöner diesen Kampf bestanden und den Umschwung vom unfruchtbaren Verneinen und Verzweifeln zum thätigen Eingreifen in die Geschicke der Völker durchgemacht als Byron, der Vater jener Richtung, indem er auf den Gefilden von Hellas für die Sache der Freiheit sein Leben opferte. „Mit dem Ende seines Lebens, sagt Gervinus (Geschichte des 19. Jahrhunderts. 8. B. S. 173), fieng sein Geist an umzugehen in der jungen europäischen Literatur, in der sein Tod, eine Wasserscheide der Tendenzen, den Bruch mit der gegenwartflüchtigen Romantik (und, fügen wir hinzu, dem Weltschmerz) entschied, und die neue Aera einleitete, wo die Poesie, den Preis der strengen Kunstleistung in die Schanze schlagend, ihren Ruhm in das unmittelbar reformistische Eingreifen in die Gegenwart setzte."

Spätere Entwickelung der italienischen Literatur bis auf die Gegenwart. Ranieri.

———

Leopardi hielt seinen Standpunkt fest bis zu seinem Tode. Wie hätte der Unglückliche, der bereits in dem letzten Stadium seines verzweifelten Körper- und Seelenzustandes angekommen war, seine ganze Lebensanschauung aufgeben können! Aber schon seine Zeit und noch mehr die unsere haben ihm unrecht gegeben. Wenn wir oben die älteren Richtungen in zwei Freunden Leopardi's, Giordani und Colletta, dann die romantische Schule kennen lernten, so müssen wir jetzt zum Schluß noch einen flüchtigen Blick auf die unter seinen Augen heranwachsende jüngere Generation werfen, die über ihn hinweg geeilt ist und nicht allein andere, reale Ziele verfolgt, sondern auch bereits einen Theil der errungenen Erfolge eingeerntet hat. Zwar hat Leopardi manche Nachahmer gefunden (Giovanni Marchetti, Mamiani della Rovere, Alessandro Poerio, Fabio Nannarelli u. s. w.), aber eine eigene Schule hat er nicht gebildet und konnte er nicht bilden.

Der Weltschmerz ist überwunden; unser Zeitalter
fühlt sich frei von dieser Stimmung und Italien selbst
sah Männer erstehen, die in Worten und Thaten zu
erkennen gaben, daß dem Geiste der Nation durch den ewig
negierenden Weltschmerz das Streben nach den höchsten
Idealen der Menschheit nicht abhanden gekommen. Es
bildete sich eine Richtung, die den Bestrebungen der
Romantiker feindlich, wie frei von jeder Anwandlung
unfruchtbarer Verzweiflung an der Gegenwart, sich an den
Aufgaben der neuen Zeit betheiligte und die Lösung ihrer
Fragen zunächst auf socialem und politischem Gebiete
anstrebte. Zu diesen Männern der neueren Zeit gehören
G. B. Niccolini, Giusti, Guerrazzi und Antonio Ranieri,
dessen ich als Freund und Wohlthäter Leopardi's oben
flüchtig erwähnt habe. Einestheils ist es eine Pflicht der
Dankbarkeit, die mich treibt, den Mann aus Licht zu ziehen,
der es verstanden hat, sich in seiner Biographie Leopardi's in
übergroßer Bescheidenheit vollkommen im Hintergrunde zu
halten und seine Wohlthaten gegen den Dichter, die dem
unglücklichen, armen, kranken Heimatlosen das Leben
fristeten, in hochherzigster Weise zu verbergen, anderntheils halte ich es gerechtfertigt, auch die Freunde
Leopardi's zu characterisiren, wie ich dies oben in
Bezug auf Giordani und Colletta bereits gethan habe;
endlich wird es mir auf diese Weise möglich, gerade
an diesem Manne den Fortgang der italienischen Literatur nach Leopardi's Tode zu zeigen und die herbe

Dissonanz seiner Poesie in einem harmonischen Akforde zum Schluß zu bringen.

Antonio Ranieri wurde am 8. September 1809 in Neapel von wohlhabenden Eltern geboren und machte auf der dortigen Universität seine ersten Studien. Da er als Student heimlich liberale Schriften hatte drucken lassen, ward ihm von der Regierung Ferdinand I. der Rath ertheilt, außer Landes zu gehen, eine mildere Art der Verbannung. Der Vater schickte den Sohn zunächst nach Rom, dann nach Bologna, um seine Studien fort- zusetzen. Dieselben erstreckten sich auf die Geschichte, auf Rechts- und Sprachwissenschaft. Es war die Zeit zwischen 1820 und 1830, wo in Neapel nach dem unglücklichen Ausgange der Revolution von 1820 und 1821 die furchtbarste Reaction wüthete, wo in Rom alle, selbst die besten Einrichtungen der Napoleonischen Zeit gewaltsam beseitigt wurden, wo in Modena Franz IV. mit Hülfe der Jesuiten und seiner Dragoner das Volk im Zaume hielt, das er selbst als Getreidewucherer, Mono- polist und gelegentlich auch als Contrebandist ausbeutete, derselbe Franz IV., welcher als Mitglied der geheimen Gesellschaften, erst der Concistoriali und Sanfedisten, dann der Carbonari, gegen die Thronfolge in Sardinien zu seinem eigenen Besten conspirirte, wo in der Lom- bardei Oesterreich die nationalen Wünsche mit der Ein- sperrung auf dem Spielberg (S. Pellico) beantwortete, und wo in Piemont Karl Felix nach dem verunglückten

Aufstande von 1821 mit Hülfe der Oesterreicher das
absolute Regiment wieder herstellte. Die Metternichsche
Politik strebte dahin, Völker und Fürsten des unglücklichen Landes in gleicher Abhängigkeit und Unterwürfigkeit
zu halten (Laibach, Verona). Nur in Toscana wehte
ein milderer Geist; die Minister Fossombroni und Neri-
Corsini bemühten sich, das Land nach den Grundsätzen
des aufgeklärten Absolutismus zu regieren und wollten
den fremden Mächten die Unabhängigkeit eines selbst-
ständigen und besseren Regiments zeigen, als sonst auf
der ganzen Halbinsel zu finden war. Eine gewisse reli-
giöse und politische Toleranz gestattete den Flüchtlingen
einen Aufenthalt in Florenz, wo alle die zusammenkamen,
welche in den übrigen Ländern und Ländchen Italiens
dem Galgen und den Kerkern entkommen waren. Männer
wie Colletta, Gabriele Pepe, Giuseppe Poerio, N. Tommaseo, Montani, P. Giordani, Borelli, Troja lebten
hier unangefochten ihren Studien und Plänen. Auch
A. Ranieri, gegen diese erprobten Märtyrer der Freiheit
und Apostel einer besseren Zeit noch ein Kind an Alter
und Erfahrung, hielt sich hier auf, dem Studium, namentlich
der italienischen Sprache, und dem Umgange der genannten
Männer hingegeben. Von hier ging er nach Frankreich
und studirte in Paris Geschichte und Philosophie; Guizot,
Cousin, Constant, Villemain, Thiers waren diejenigen,
auf welche das Volk im Kampfe mit seiner Dynastie
hoffnungsvoll blickte. Die genannten Männer, wie auch

de Tracy, Lamennais, Lafayette gehörten zu denen, die den jungen strebsamen Fremden in ihren Kreis zogen. Er erlebte in Paris die Julirevolution und ward selbst im Straßenkampfe verwundet. Von dort gieng er nach England und Deutschland und hielt sich in Göttingen und namentlich länger in Berlin auf, um Philosophie der Geschichte zu studiren. Dann kehrte er nach Italien zurück und ließ sich, nachdem die Neapolitanische Regierung das förmliche Exil über ihn verhängt hatte, wieder in Florenz nieder. Schon vor seiner Reise nach Paris hatte er Leopardi, wenn ich nicht irre, im Jahre 1828 in Pisa aufgesucht, war mit ihm auch während seiner Abwesenheit von Italien in brieflichem Verkehr geblieben; nach seiner Rückkehr nach Florenz wohnte er dort mit ihm zusammen und widmete sich ihm mit einer Freundschaft, die einer Abnegation der ganzen übrigen Welt gegenüber gleichkam, mit einer Freundschaft, welcher nur die Jugend fähig ist. Leopardi hatte damals seine letzten Mittel — das Honorar für die Ausgabe seiner Gedichte von 1831 — erschöpft, Colletta fing an, kühler zu werden, in seine Heimat hatte er sich fest vorgenommen, nicht lebend zurückzukehren, und sein Zustand war der Art, daß er in erster Linie eines Pflegers und Krankenwärters bedurfte. Ranieri unterzog sich diesem Dienste mit einer wahren Aufopferung und führte seinen Patienten, nachdem er selbst die Erlaubniß erhalten hatte, nach Neapel zurückzukehren, mit sich in seine Heimat,

wo er seine zärtlich geliebte Mutter, die während seines
Exils gestorben war, nicht mehr vorfand, wohl aber
einen Vater, der ihn wegen seiner politischen und religiösen Richtung als einen verlorenen Sohn betrachtete,
und auch der nächsten Aufgabe, die er sich gestellt hatte,
den unglücklichen Dichter zu pflegen, nicht mit freund-
lichen Augen zuschaute. Doch gestattete er, daß die
Schwester Paolina, damals kaum 14 oder 15 Jahr alt,
sich an der Aufgabe des Bruders betheiligte. Wie die
beiden, in treuer Geschwisterliebe verbunden, dem armen,
in Jahre langer Agonie hinsiechenden, launenhaften, reiz-
baren Kranken Zeit, Kräfte, Geld, all' ihr Sinnen und
Denken, ihre Tage und Nächte bis zu seinem, in ihren
Armen erfolgten Tode widmeten, ist über alles Lob erhaben und offenbart auf der andern Seite, wie auch
Leopardi nicht die kalte Natur war, wie er uns in seinen
philosophischen Schriften oft entgegentritt, sondern jene
weiche, gemüthstiefe Seele, die aus seinen Poesien zu
uns spricht. Wie hätte er sonst so aufrichtig ergebene
Herzen gefunden! Er hatte sein ganzes Leben um Liebe
geseufzt, aber die Liebe ist noch egoistisch; so hatte er
denn am Ende seiner Tage die Liebe ohne Egoismus,
die Freundschaft, gefunden.

Zwei Jahre nach dem Tode Leopardi's trat Ranieri
mit einer Schrift hervor, die er dem Andenken desselben,
„seinem unsterblichen Lehrmeister", widmete, Ginevra o
l'orfana della Nunziata. Capolago 1839. Es ist

dies ein socialer Roman, der die Geschichte eines Findelkindes behandelt, welches seine ersten Lebensjahre in dem Ospizio della Nunziata, dem Findelhause Neapels, zubringt, dann in die Kostpflege zu anderen Leuten kommt, dann auf wunderbare Weise zum zweiten Male in das Hospiz zurückkehrt, dort durch die Fehler einer schändlichen, gewissenlosen Verwaltung, infolge der abscheulichsten Einrichtungen der Anstalt und des Aussaugungssystems ihrer Angestellten körperlich und moralisch das Unerhörteste zu leiden hat, dann eine Beschützerin in der Schwester Gertrud, einer französischen Nonne, findet, bis sie diese durch den Tod verliert, darauf, allmählich herangewachsen, unschuldiger Weise zu einer Correctionshaft in dem Albergo de' Poveri, vom Volke Serraglio genannt, dem großartigen, aber ebenso schändlich verwalteten Armenhause Neapels, verurtheilt wird, von wo sie unter falschen Vorspiegelungen durch einen Geistlichen Don Serafino entführt und geschändet wird. Der Geistliche wird freigesprochen, die Unglückliche wird in das Ospizio della Nunziata, aber in die Abtheilung für die gefallenen Mädchen zurückgeführt, von wo es ihr gelingt, mit Hülfe eines jungen Malers, der in der Anstalt ein Bild copirt, zu entfliehen. Sie kommt mit demselben nach Rom, wo er aber sein Versprechen, sie zu heirathen, bald vergißt, und nachdem er ihrer überdrüssig geworden, sogar versucht, sie in dem Tiber zu ertränken. Sie entkommt glücklich dem Tode, der schändliche

Verbrecher entflieht, die arme Verlassene findet ein Unterkommen bei ihrer Magd, dann in einer Höhle im Walde in der einsamen Campagna bei einer Einsiedlerin, die, nicht minder unglücklich als sie, sich hierher vor den Menschen geflüchtet hat. Hier lebt sie drei Jahre, dann wird sie von Gendarmen ergriffen und — als obdachlose Vagabondin nach Neapel zurückgeführt, um im Convento San Gennaro dei Poveri neben den Katakomben einen frühen Tod zu finden.

Das Buch ist mit großer Wärme geschrieben, gibt die Schilderung der Zustände der erwähnten Anstalten und läßt einen tiefen Blick in das Leben der untersten Volksschichten, vor allem aber auf die schmachvolle Verwaltung, das Pfaffenregiment und die bourbonische Regierung thun, welche die großartigen Mittel der Armenpflege vergeudeten, die unglücklichen Kinder der fraglichen Anstalt an Leib und Seele zu Grunde richteten und ein Geschlecht groß zogen, wie es noch jetzt der Fluch der schönsten Stadt Italiens ist. Der Verfasser schrieb sein Buch nicht aus Haß, sondern aus Liebe zu seinen Mitbrüdern, wie er in der Widmung sagt; die Studien, die er auf dem Gebiete der Armenpflege in England gemacht hatte, Studien, die er nach seiner Rückkehr nach Neapel an Ort und Stelle fortsetzte, befähigten ihn, die faulen Flecken in den heimatlichen Zuständen zu erkennen und seine Schilderungen mit solchen Localfarben auszustatten, daß dieselben den Eindruck von portraitartiger Wahrheit machen. Wie treffend seine Darstellungen waren, geht daraus hervor, daß man den Verfasser nach dem Erscheinen des Buches sofort ins Gefängniß warf und daß namentlich die Geistlichkeit ihre Stimme zu einem wahren: Kreuziget ihn, kreuziget ihn! erhob. Der Polizeiminister Delcarretto und der Minister des Innern Santangelo nahmen jeder den Gefangenen für sich in Anspruch; der letztere hatte seinen Bruder zu rächen, der an der Spitze der Verwaltung des Findelhauses stand, und verlangte wenigstens das Exil als Strafe für den Verfasser, während der erstere denselben ins Irrenhaus sperren lassen wollte. Ferdinand II., der neue Enthüllungen auf diese Weise fürchten mochte, gab dem Gefangenen nach 45tägiger Einsperrung die Freiheit. Die Geistlichkeit predigte von Scheiterhaufen, als sie aber direct nichts erreichen konnte, ließ sie wenigstens in allen Buchhandlungen die Exemplare der Schrift aufkaufen und vernichten, so daß die erste Ausgabe derselben ein höchst seltenes Buch geworden ist. Nachdrucke folgten in Masse, das Buch wurde verschlungen und hatte, was den Verfasser am meisten erheben mußte, einen guten Erfolg auf die Verwaltung der fraglichen Anstalt. In der Vorrede zu der Ausgabe der gesammelten Werke (Turin und Mailand 1862) erzählt derselbe: „Als ich eines Tages (ich glaube es war im Jahre 1858) nachdenklich durch die Via della Nunziata gieng und an ganz etwas anderes als an die theuren Schatten meiner Jugend dachte (unter

welchen die Ginevra zu den theuersten gehörte), rief mich
der vortreffliche Architect Ritter Fazzini an, welcher
unter der Vorhalle des Hospiciums stand, das man im
Begriff war zu restauriren. Er hielt ein Buch in der
Hand, und es schien mir, als ob ein geliebter Schatten
zurückkehrte mich zu grüßen von dort, von wo man nie
mehr zurückkehrt. Er forderte mich auf hineinzutreten
und nachzusehen, ob alles nach der Absicht des einst ver=
folgten Buches ausgeführt sei." — Später beabsichtigte
man, den Verfasser an die Spitze der Verwaltung der
Anstalt zu stellen, aber andere Pflichten gegen das Vater=
land hinderten ihn, die ehrenvolle Stellung anzunehmen.

Oben schon habe ich das Buch als einen socialen
Roman bezeichnet. Es ist um so wichtiger, dies hervor=
zuheben, als es der erste Roman dieser Gattung in der
heutigen Literatur ist, einer Gattung, von der man irr=
thümlicher Weise gewöhnlich annimmt, daß die Vaterschaft
derselben Eugene Sue gebühre, während der Ruhm,
dieses Gebiet entdeckt zu haben, unbestritten dem im
Auslande wenig bekannten Italiener gehört (die Mystères
de Paris erschienen erst 1842).

Der Anbau des socialen Romans unterscheidet die
neue Zeit von der Periode der Romantik, in welcher der
historische Roman die unbestrittene Alleinherrschaft be=
hauptete. In Italien wie in Deutschland gab die Be=
kanntschaft mit W. Scott die Anregung zu dieser Richtung.
Die Uebersetzungen des Schotten durch P. Borsieri, durch

Barbieri und Ferrario entstanden von 1820 an und giengen den Promessi sposi von Manzoni (1825) voraus. Diese hatten einen großen Erfolg und einen bestimmenden Einfluß für eine Reihe von Jahren. G. Rossini behandelte in seiner Monaca di Monza (1829) eine Episode aus den Verlobten Manzoni's, Falconetti, Varese, Bazzoni, Defendente Sacchi u. A. bebauten dasselbe Gebiet. Auch T. Grossi, der, ganz wie Scott, mit poetischen, das Mittelalter verherrlichenden Epopöen (la Fuggitiva, i Lombardi alla prima crociata, Ildegonda, Ulrico · e Lida) begonnen, gieng zum Prosa-Epos, dem historischen Roman (Marco Visconti 1835) über. M. d'Azeglio, der Schwiegersohn Manzoni's (Ettore Fieramosca und Niccolò de' Lapi) und Cesare Cantù (Margherita Pusterla gehören ebenfalls hierher.

Während der historische Roman in die Vergangenheit zurückgreift und seine Helden aus den Abschnitten der Geschichte nimmt, in welchen wir Typen überwundener Ideale und Trägern uns fremd gewordener Kämpfe begegnen, wählt der sociale Roman seine Gestalten und Scenen aus der Gegenwart und stellt die Freuden und mehr noch die Leiden unserer Zeit dar, immer mit der unverkennbaren Absicht, einen besseren Zustand des Volkes in moralischer, politischer und ökonomischer Hinsicht zu begründen. Von der Vorstellung ausgehend, daß der Staat die Verwirklichung der sittlichen Idee sein solle, muß der sociale Roman den Widerspruch zwischen dieser Idee und

8*

der Wirklichkeit aufdecken und die Kämpfe und Leiden für dieses Ziel schildern. Ist der historische Roman vorwiegend aristokratischer Natur, so ist der sociale Roman vorwiegend demokratisch; zieht der erstere die blassen Schatten des mittelalterlichen Feudalwesens, die Kämpfe um fürstliche und kirchliche Gewalt, die höheren Gesellschaftskreise vergangener Jahrhunderte ans Licht, so greift der sociale Roman seine Figuren aus der unmittelbaren Gegenwart heraus und stellt die Kämpfe und Leiden jener Unglücklichen dar, die ohne die Wohlthaten, welche die Bildung den höheren, wohlhabenden Ständen gewährt, ein elendes Leben führen und, wenn sie den Kampf für eine Verbesserung ihrer Lage unternehmen, gewöhnlich dem Untergange geweiht sind. Daß diese Richtung dem Staate der Bourbonen und der Priesterherrschaft als ein feindliches Ungeheuer erscheinen mußte, läßt sich denken, und so gehörten die Schriftsteller dieser Richtung zu den Proscribirten aller italienischen Regierungen.

Betrachten wir die Ginevra vom ästhetischen Standpunkte, so ist zunächst hervorzuheben, daß sie in Bezug auf Reinheit der Sprache, Einfachheit des Styles und Durchsichtigkeit und Klarheit der Conception zu dem Besten gehört, was die moderne Prosa Italiens aufzuweisen hat. Sie ist des großen Meisters Leopardi vollkommen würdig. Dagegen verletzt die Schilderung der raffinirten Scheußlichkeit fast aller in dem Buche auftretenden Personen, die sich die arme Ginevra scheinen als Opferlamm für jede Art von

Brutalität auserkoren zu haben, unser Gefühl, und die Achtung vor dem Character des Verfassers hindert mich nicht es auszusprechen, daß der Haß gegen die Pfaffen und Bourbonen, die ihm selbst so viele Leiden gebracht, ihn den Unterschied zwischen der Poesie und der nackten Wahrheit, wie wir sie etwa in den Acten eines Criminalgerichtshofes finden, hat oft übersehen lassen. Aber auf die Ginevra paßte, wie auf die ganze Richtung, der Ausspruch Gervinus, den ich oben schon angeführt habe: „Die Poesie, den Preis der strengen Kunstleistung in die Schanze schlagend, setzt von nun an ihren Ruhm in das unmittelbar reformistische Eingreifen in die Gegenwart."

Diese Bemerkung zeigt uns auch den Unterschied, der zwischen dieser Richtung und derjenigen der Vertreter des Weltschmerzes obwaltet. So freudig Ranieri dem Führer derselben in persönlicher Hingebung alles geopfert hatte, so beweist er doch schon in diesem seinen Erstlingswerke, daß er den Grundsätzen des Freundes sich nicht angeschlossen hatte, sondern daß er der Idee der Perfectibilität unserer Zustände huldigte. Hatte Leopardi geklagt, die Tugend sei ein leeres Wort, ein Hirngespinst, so läßt Ranieri in offenbarer Beziehung auf diese Worte seine Ginevra zu ihrem Beichtvater sprechen: „Nach demjenigen, was ich Euch von meinen Schicksalen erzählt habe, nach demjenigen, was mir noch übrig bleibt Euch zu erzählen, werdet Ihr nicht annehmen, daß ich zu sehr an die Tugend glaube. Und doch verehre ich sie, bete ich sie an und halte sie nicht für ein leeres Wort, sondern für etwas Reelles und wirklich Existirendes." Wenn Leopardi das Schicksal, die Natur als gleichgültig gegen unsere Leiden, das Unglück des Menschen als eine durch seine ganze Organisation bedingte innere Noth= wendigkeit und alle Staatseinrichtungen als unfähig be= trachtet, diese Lage der Dinge zu ändern, so macht Ranieri den Menschen selbst für sein Schicksal und das seiner Mitmenschen verantwortlich, indem er sagt: „Die Erde reicht hin, weit mehr Menschen zu ernähren als die 600 Millionen, die jetzt auf ihr wandeln. Aber wenn es je möglich wäre, daß ein Einziger sich in Wahr= heit derselben ganz und gar bemächtigte, so würde dieser Eine allein leben und die 600 Millionen würden sämmtlich Hungers sterben. Auch nicht ein Einziger brauchte auf der Erde zu sein, der in Wahrheit unglücklich wäre, der in Wahrheit der zum Leben nothwendigen Dinge ent= behrte. Aber gesetzt, daß dies nicht möglich ist, so würde doch die menschliche Gesellschaft genügen, weit mehr Unglücklichen zu Hülfe zu kommen, als es Unglückliche gibt, welche der Hülfe bedürfen. Wenn sich aber Niemand zum wirksamen Dolmetscher der Noth dieser Unglücklichen macht, oder wenn das, was die Gesellschaft gibt, um jene zu unterstützen, für andere Dinge aufgewendet wird, so ist dies nicht die Schuld weder der Vorsehung, noch des Zufalls, noch des Schicksals, noch der Natur oder wie man sonst das Geheimniß der Dinge nennen will, sondern lediglich der Menschen selbst." — Wenn der Weltschmerz skeptisch und misanthropisch war, so führte die neue Bahn, welche die Literatur einschlug, zu Gott zurück. Ginevra erzählt, wie sie sich in jener Höhle im Walde der einsamen Campagna, nachdem sie alle Schmerzen dieser Welt gekostet, nach dem Vorbilde der dort schon seit vielen Jahren hausenden Einsiedlerin zu Gott gewandt und dem himmlischen Bräutigam für immer zu eigen gegeben. Sie sagt: „Ihm konnte ich nicht mehr die Blume der Jungfräulichkeit darbringen, aber ich weihte ihm mein rein gebliebenes Herz; nicht auf dem Altare von St. Peter oder Sta. Maria Maggiore, sondern auf einem großen Steine jener Höhle; und der, welcher nicht Rom, sondern Judäa durch seine Geburt begnadete, verschmähte vielleicht eben darum mein Opfer nicht. O, wie süß waren die Kräuter und das Brod, welches wir aßen, gewürzt mit jener andern himmlischen Speise, von der wir Tag und Nacht uns nährten! Wie war alles in jener Grotte Liebe und Freude! Selbst die wilden Thiere, die wohl wußten, daß wir ihres armen Fleisches nicht bedurften, um uns zu ernähren, kamen als stille und liebreiche Freunde, uns zu besuchen und zu lecken und erläuterten mir in lebhafter Weise einen großen Theil der Wunder, welche in den Lebensgeschichten der Heiligen erzählt werden. — Die Tage, welche ich in jener Höhle verbrachte, waren wie ein Abbild jenes Zieles, zu welchem früher oder später das menschliche Leben hineilt. Der

Mensch, den der Tod nicht mitten in seiner Bahn hin= streckt, kommt früher oder später dahin, daß er mit den übrigen Menschen nichts mehr zu schaffen hat und daß er ihnen eben so fremd wird, wie sie ihm. Und dann, welch' ein geringeres Unglück ist es, die Menge und das Jahrhundert zu fliehen und sich in die Einsamkeit zurück= zuziehen! Sich zurückzuziehen in die Einsamkeit, um nicht ganz einsam zu sein; denn wenn dort die Menschen nicht mehr zu Dir sprechen, welche sonst schon nicht mehr mit Dir sprachen, so spricht Gott statt dessen zu Dir mit der Stimme des Windes, und Alles, was Dich umgibt, ist Gott. — In jener Höhle lebte ich drei Jahre, ohne jemals mehr als nur wenige Schritte aus ihr heraus= zugehen. Ich begreife nicht, warum die Menschen, wenn sie sich das Paradies vorstellten, sich eine große Ver= sammlung dachten statt der Einsamkeit. Die Adler und die Rosen des ewigen Lichtes und alle ewigen Sphären stillten nicht die Sehnsucht Dante's*), die nur auf die strahlende Liebe gerichtet war, welche die Sonne und die anderen Sterne erleuchtet und bewegt. Auf jenen Strahl, auf jene Liebe richtete auch ich aus dem Grunde unserer Höhle meine Gedanken und vergessend, daß ich noch auf der Erde weilte, kostete ich im Voraus die Seligkeit des Paradieses."

Führt somit diese neue Richtung der Literatur zu

---

*) Paradies 18,107 ff. und 30,117.

Gott und zur Religion zurück, so bemerken wir doch sofort, daß es nicht die kirchliche Auffassung derselben, am wenigsten die katholische, sondern eine rein theistische ist. Wir kommen damit zu dem wesentlichen Unterscheidungsmerkmale der Richtungen und Parteien Italiens, nämlich zu der Stellung, die sie der kirchlichen Frage, dort also dem Papstthum gegenüber, einnehmen. Suchte die romantische Schule eine Rückkehr zu den alten Zuständen oder strebte sie höchstens ein reformirtes Papstthum an, so stellte sich die neue Richtung in die offenste Opposition zu demselben und, getreu ihren Anforderungen an die Literatur, daß sie sich unmittelbar und practisch an der Lösung der Fragen, welche die Gegenwart bewegen, betheiligen, daß sie nicht Phantasiegebilde schaffen, sondern die Wirklichkeit ihren Idealen entsprechend umgestalten solle, bekämpfte sie in erster Linie das Papstthum als die Quelle des geistigen und materiellen Elends des Vaterlandes. Ranieri, der sich mit Vorliebe den historischen Studien ergeben hatte, publicirte im Jahre 1841, und zwar in Brüssel, die Frucht dieser Studien, die Geschichte Italiens vom 5. bis zum 9. Jahrhundert, von Theodosius bis zu Carl dem Großen. Diese Geschichte umfaßt den Zeitraum der Völkerwanderung, jene dunkelsten Jahrhunderte der Geschichte im Allgemeinen, und der Geschichte Italiens im Besondern; sie umfaßt das Geheimniß der Entstehung der Theokratie, welche mit dem Untergange der alten asiatischen Reiche erloschen zu

sein schien, und der Umgestaltung der antiken in die
modernen Verhältnisse. Der Verfasser sagt in dem
Vorworte zu dieser Geschichte: „Wenn ich die versteckten
und verruchten Mittel, deren der Bischof von Rom sich
bediente, um sich zum weltlichen Herrn dieser Stadt zu
machen, in das rechte Licht, das Licht der Wahrheit,
stelle; wenn ich das Dunkel zertheile, womit die unglaub=
liche Unwissenheit jener Zeiten und die sparsamen Docu=
mente, welche auf uns gekommen sind, jene höllischen
Anschläge bedeckt haben; wenn ich zeige, daß die Religion,
statt einen Vortheil daraus zu ziehen, dadurch nur eine
Einbuße erlitt; ferner, daß dies und nichts anderes die
Ursache der Zerstückelung Italiens während der folgenden
elf Jahrhunderte war, daß dies und nichts anderes die
Ursache der Ueberschwemmung Italiens durch die Fremd=
linge war, welche elf Jahrhunderte hindurch kamen, um
es zu berauben, zu verwüsten und zur Sklavin zu
machen, daß dies der Stein war, der, zwischen die Ränder
seiner tödtlichen Wunde gelegt, deren Heilung verhinderte;
wenn ich vermittelst der Geschichte zeige, wie ein so teuf=
lischer Anschlag angelegt und ausgeführt wurde — dann
werde ich innerhalb der engen Grenzen meiner Kräfte
eine an und für sich unermeßliche Arbeit vollendet haben;
ich werde sie vollendet haben ohne Fabeln, ohne roman=
tische Ausschmückungen, ohne Uebertreibungen, ohne Zank
und Streit, ja selbst ohne große Anstrengung von Logik
oder Dialektik, sondern einfach an dem Faden der That=

sachen, mit der hellen Fackel der Geschichte, ohne Haß und Gunst, ohne daß zu der letzten Folgerung mich etwas anderes führte, als die Feder selbst und ohne daß diese von etwas anderm geführt würde, als von der Gewalt der Ereignisse und Thatsachen." — Es würde zu weit führen, wenn ich zeigen wollte, wie der Verfasser diese Aufgabe in jenem Werke gelöst hat. Er schließt mit einer Schilderung Carls des Großen und seines Zeit= alters und sagt dann: „Die letzten Früchte dieses Zeit= alters, welches wir im Vergleich zu dem Alterthum und zur Gegenwart das Mittelalter nennen, waren in Italien das 14. und 16. Jahrhundert, in Frankreich, England und Deutschland das 17. Jetzt scheint es, daß der wunderbare Umschwung des 18. und des gegenwärtigen 19. Jahrhunderts den Anfang zu einem dritten Zeitalter bilden, dessen Folgen, nur unseren Nachkommen erkennbar, das alte Problem lösen werden, ob das menschliche Ge= schlecht dazu geboren sei, sich ewig im Kreise zu drehen zwischen denselben Irrthümern und denselben Schmerzen, oder ob das unbezwingliche Verlangen, das jeder Mensch von der Wiege bis zum Grabe in sich trägt, das Ver= langen nach einer Glückseligkeit, welche bisher auf Erden nicht zu finden war, keine Illusion sei, sondern die Zusage einer Verwirklichung, die ihm werden wird nach einer langen Reihe von Jahrhunderten und von Unglück." Daß der Verfasser der letztern Ansicht huldigt, geht aus seinen Schriften und seinem ganzen Leben, das er fast von Kindheit an, kann man sagen, dem Zwecke der Wiedergeburt seines Vaterlandes geweiht hat, hervor. Deutlich spricht er dies in dem Vorworte zu der fraglichen Geschichte aus, wo er an einer Stelle sagt: „In meinen Gedanken und in der Vorstellung, die ich mir von mir selbst mache, der letzte der Italiener an Genie, jedoch keinem nachstehend in der glühenden, unaussprechlichen Liebe, die ich von Geburt an für diese heilige Niobe der Nationen, für diese große Mutter Italien hegte, der ich mein ganzes Leben und Leiden zum Opfer gebracht habe, hat mir schon in jugendlichem Alter und fast noch bevor ich den Knabenjahren entwachsen, das große Ereigniß der Einheit und Unabhängigkeit meines Vaterlandes unter der Herrschaft eines einzigen Königs und die Abschaffung der weltlichen Macht des Papstes vorgeschwebt.‟

Wie schon bemerkt, erschien die „Geschichte ꝛc.‟ in Brüssel, in Neapel war es unmöglich gewesen, dieselbe zu drucken. Welch ein Sturm über den Verfasser losbrach, als das Werk in Neapel bekannt wurde, läßt sich denken, in Neapel, wo es schon ein Verbrechen war, den Namen Italien zu nennen. Die Jesuiten geißelten den Verfasser in ihren Journalen; er durfte sich nicht einmal vertheidigen, wenn sie auch mit Kerker und Scheiterhaufen drohten. Aber das Zeitalter der Scheiterhaufen war vorüber, und wenn Ferdinand auch etwas von der Natur Philipps II. in sich trug, so war er doch einsichtig genug, um zu erkennen, daß er im 19. und nicht im 16. Jahrhundert regierte. Andere Angriffe erfolgten aus der Schule Manzoni's, Troia's, Balbo's und Gioberti's, aber diese Angriffe waren würdig, so namentlich von Manzoni in der in Mailand 1845 veranstalteten Ausgabe seiner vermischten Schriften. Wir wissen, daß diese Schule auch eine Regeneration des Vaterlandes wollte, aber unter Führung des Papstes selbst, den sie für Reformen zu gewinnen hoffte. Der Strom der Zeit drängte in dieser Richtung und die Ereignisse des Jahres 1847 schienen den Hoffnungen dieser ausgebreiteten Partei Erfüllung zu winken. Doch bleiben wir zunächst noch bei den persönlichen Begegnissen und den literarischen Bestrebungen Ranieri's.

Nach 1840 regte sich eine Zeitlang ein liberales Streben in der Regierung Leopold's II. von Toscana. Er wollte das Unterrichtswesen reformiren und zu diesem Behuf die ersten Größen Italiens als Professoren an seine Universitäten rufen. So wurde auch Ranieri als Professor der Geschichte nach Pisa gerufen. Ranieri schrieb zu diesem Zweck „Vorerinnerungen für die Einführung in das Studium der historischen Wissenschaften," welche die Methode darlegen sollen, die bei dem fraglichen Studium zu befolgen ist. Der Großherzog befand sich in jener Zeit zum Besuch bei seinem Schwager in Neapel; man stellte ihm vor, daß man durch Berufung Ranieri's zum Universitätslehrer sich Rebellen im eigenen Lande erziehe, und die Berufung ward rückgängig gemacht.

Im Jahre 1842 schrieb Ranieri unter dem Titel: Frate Rocco eine kleine Sammlung moralischer Fragmente, die unter dem Pseudonym Anselmo Neri zum Besten der Kinderbewahranstalten in Neapel erscheinen sollten. Der Verfasser durfte natürlich, wenn er seinen Zweck erreichen wollte, seinen Namen nicht nennen, und wirklich passirte das Manuscript die Censur. Als es aber durch Unvorsichtigkeit bekannt wurde, daß Anselmo Neri niemand anders sei als der Verfasser der Ginevra und der Geschichte Italiens, strich die Censur nachträglich an vielen Stellen des Manuscripts und hätte am liebsten das Buch ganz unterdrückt, wenn man den wohlthätigen Zweck nicht so vereitelt hätte. An die Stelle der gestrichenen Partien setzte man Punkte, die an einer Stelle neun Seiten hinter einander einnahmen. Der Skandal war ungeheuer, und die neapolitanische Regierung gestattete seitdem nicht mehr Punkte an Stelle der gestrichenen Partien eines Buches. Erst 1859 wurde der Frate Rocco in einer splendiden und vollständigen Ausgabe in Florenz gedruckt.

Der Frate Rocco war im vorigen Jahrhundert eine populäre Figur in Neapel, ein Dominikaner, ein Straßenprediger, der einen großen Einfluß auf das Volk ausübte. Der Verfasser legt demselben wahrhaft evangelische Ermahnungen in den Mund, welche an seinen Lieblingsschüler gerichtet sind, mit dem er die Stadt und die Umgegend von Neapel durchwandert und dem er die

Versunkenheit und das moralische und materielle Elend
des Volkes, den Müssiggang, die Rohheit, die Leiden=
schaft des Spiels, die Rachsucht, den Bettel, den Ueber=
muth des Soldaten, die Proceßsucht des Volkes u. s. w. zeigt,
indem er ihn bald an den Strand bei Sta. Lucia, bald
nach Portici, bald auf Capodimonte, bald in die Gefäng=
nisse und die Gerichte des Castel Capuáno, endlich in
das Hospital führt. Hier an den Betten der Kranken
und Sterbenden (wo dem Verfasser ohne Frage die Er=
innerung an seine langjährige Pflege des hinsterbenden
Leopardi vor die Seele trat) spricht Frate Rocco zu
seinem jungen Begleiter folgendermaßen: „Um die Wun=
den unserer Mitbrüder zu lindern, genügt, mein Sohn,
nicht die Hand, sondern es bedarf der Barmherzigkeit
(carità). Die Barmherzigkeit wirkt bei dem Helfenden
dasselbe, was die Geduld bei dem Leidenden. Beide sind
die einzige Hülfe da, wo keine Hülfe mehr zu erwarten
ist. Es gibt kein so großes Unglück, keinen so herben
Schmerz, den nicht eine Liebkosung, ein Wort des Trostes,
ein Seufzer, ein Blick, der liebevolle Wiederschein des
Lichtes in den geheimnißvollen Spiegeln der Seele, welche
wir Augen nennen, erträglich machen, ja mit einer ver=
borgenen und unaussprechlichen Süßigkeit überschütten
könnte... Bedenke, daß die Medicin Menschenwerk und
die Barmherzigkeit etwas Göttliches ist. Erkenne, daß
sie das schönste Geschenk ist, welches der Himmel der

Erde und Gott dem Menschen gemacht hat, als er seine eigene Natur der seinigen einimpfte."

Ranieri widmete sich in jener Zeit mit großem Eifer und unverkennbarem Erfolge der Advocatur, und da sein Vermögen durch Reisen und Studien, sowie durch Ausgaben zum Besten seines nun verstorbenen großen Freundes stark gelitten hatte, da das Drucken, und somit die Schriftstellerei ihm ein für alle Mal untersagt war, so war jener Erfolg um so erfreulicher, als er ihn in den Stand setzte, mit der unzertrennlichen Gefährtin seines Lebens, seiner edlen Schwester Paolina, anständig zu leben.

Der Umschwung der Dinge in Italien, den wir von der Wahl Pius IX. zum Papst (1846) an datiren müssen, einer Wahl, die den Utopien Gioberti's und seiner Partei Verwirklichung bringen sollte, erfüllte den tiefer blickenden Ranieri mit unendlichem Kummer, indem er das umsonst vergossene Blut und den schmerzlichen Stillstand auf dem Wege zur Einheit Italiens voraus= sah. Er nahm an den Bewegungen der folgenden Jahre nicht Theil. Wie hätte auch der grundsätzliche Gegner des Papstthums in das allgemeine: Viva Pio Nono! einstimmen können! Er war an diesen Grundsätzen nicht irre geworden, und die grimmige Reaction des Jahres 49 und der folgenden Jahre bestätigte seine Ansicht. Es waren furchtbare zehn Jahre, in denen der schwächste Verdacht hinreichte, den der Regierung Verdächtigen für immer stumm zu machen. Auch über Ranieri, als einem bekannten Liberalen, hieng unausgesetzt das Schwert. Wie eine Erlösung wurden die Erfolge des Jahres 1859 und der abenteuerliche, aber erfolgreiche Zug Garibaldi's begrüßt. Ranieri war der erste jener sechszig Patrioten, welche das Nationalcomité von Neapel zu dem Dictator schickte, um ihn einzuladen, jene Stadt in Besitz zu nehmen (6. Sept. 1860). Später war er auch unter denjenigen, welche sich nach Grottammare begaben, um dem König Victor Emanuel die Adresse der Neapoli= taner zu überreichen.

Von dieser Zeit an beginnt eine neue Laufbahn für Ranieri, die parlamentarische. Seine Vaterstadt erwählte ihn, in richtiger Anerkennung seiner langjährigen Be= strebungen und Leiden für die große Sache der Befreiung und Einigung des Vaterlandes, zum Abgeordneten für das Nationalparlament und erneuerte später noch drei= mal dieses Votum. Während der Dictatur Garibaldi's wurde ihm, als dem Verfasser der Ginevra, die Ober= aufsicht des großen Armenhauses dieser Stadt (Reale Albergo dei poveri) übertragen. Er verschmähte jedes Einkommen, welches mit diesem Posten verbunden ist, verlangte aber die Uebertragung einer unbeschränkten Ge= walt, alles zu ändern, was er in der Verwaltung der Anstalt als mangelhaft erkennen würde. So zerschlug sich die Sache zum offenbaren Nachtheil der Tausende von Unglücklichen, welche unter den Mißgriffen und dem

böfen Willen jener Verwaltung leiden. Bald nachher
wurde er zum Profeſſor der Geſchichte in Mailand und
der Philoſophie der Geſchichte an dem, dem Collége de
France nachgebildeten R. Istituto di studii superiori
pratici e di perfezionamento in Florenz berufen. Die
letztere Berufung hätte er gern angenommen in Erinne=
rung an die einſt in dieſer Stadt während ſeines Exils
genoſſene Gaſtfreundſchaft und an die vielen Beziehungen,
die ihm ſeit jener Zeit mit allen hervorragenden Männern
daſelbſt geblieben waren. Aber eine gleiche Berufung
für die Univerſität in Neapel trug bei ihm den Sieg
davon. Die Ernennung erfolgte durch königliches Spezial=
decret in Gemeinſchaft mit Gino Capponi, Aleſſandro
Manzoni und Giuſeppe Ferrari. Ranieri verzichtete von
vorn herein auf jede Beſoldung, wie er ſich überhaupt
ſein ganzes Leben hindurch zur Pflicht gemacht hatte,
von keiner Regierung, es ſei, welche ſie wolle, eine Be=
ſoldung anzunehmen. Als die vorletzte Legislative be=
ſchloß, daß nur eine beſtimmte Anzahl von Staatsange=
ſtellten in der Kammer ſitzen dürfe, und daß ein
Verzicht auf die Beſoldung nicht genüge, legte Ranieri
ſeine Profeſſur nieder. Nach Auflöſung der Kammer
gab die Regierung ihm, obgleich er zur Oppoſition ge=
hörte, die Profeſſur zurück, die er von Neuem niederlegte,
als er wieder gewählt wurde. Cavour ernannte ihn zum
Staatsrath; er nahm die Stelle indeſſen nicht an; das
Miniſterium Ratazzi ernannte ihn im Mai 1862 zum

Mitglied des Senats; er schlug auch diese Würde, die höchste
in dem neuen Reiche Italien, aus, indem er sagte, er ziehe
es vor Volksvertreter zu bleiben und müsse das ihm
von seinen Wählern bewiesene Vertrauen über alles
schätzen. Ebenso schlug er auch das Großkreuz des
Ordens vom heiligen Maurizius und Lazarus aus. Mit
Freuden nahm er dagegen die Ernennung zum Mitgliede
der Accademia della Crusca, als eine Anerkennung
seiner literarischen Verdienste, an. In der Deputirten=
kammer gehört er zum linken Centrum, zu jener Gruppe
von unabhängigen Männern, die monarchisch gesinnt,
doch dem Treiben der sogenannten Consorteria, aus dem
der Reihe nach alle Ministerien hervorgegangen sind,
energisch, wenn auch bis jetzt erfolglos Widerstand ent=
gegensetzen. Vier seiner Kammerreden sind unter dem Titel:
Quattro discorsi di A. Ranieri deputato, circa le
cose dell' Italia meridionale. Torino e Milano 1862
gesammelt.

Seine Schriften erschienen in einer Gesammtaus=
gabe zu Mailand bei Guigoni 1862—64 in 3 Bänden.
Eine von ihm begonnene Geschichte Neapels wurde
von der bourbonischen Regierung unterdrückt und später
verbrannt. Die Muße, welche ihm seine politische
Thätigkeit läßt, ist der Beendigung eines schon seit
langer Zeit begonnenen Werkes, welches die Geschichte
Italiens von Constantin bis Lorenzo de' Medici darstellen
soll, gewidmet. Hoffen wir, daß es ihm gelingen wird,

diese verwickelte und theilweise höchst dunkle Periode der Geschichte zu erhellen und eine Arbeit zu vollenden, die ihm seit lange als Lebensaufgabe erscheint.

Wir sind am Ziele unsrer Wandrung angelangt, die von Leopardi ausgehend uns zu Leopardi zurückführt. Ich habe ihn selbst, sein Leben und Wirken, seine Zeit und deren Richtungen und Bestrebungen und endlich seinen Freundeskreis geschildert. Wir haben sodann gesehen, wie eine neue Generation, mit den politischen und religiösen Kämpfen und Leiden des neuen Italiens innig verflochten, in der Literatur hervortrat und wenigstens denjenigen, auf welchen Leopardi noch unmittelbar eingewirkt und der den besten Theil seiner Jugend dem hinsterbenden Dichter gewidmet, näher geschildert. Nur beiläufig habe ich auf die Gleichstrebenden dieses Kreises, auf Niccolini, Giusti, Guerrazzi hingedeutet. Aber schon wieder hat sich eine neue Generation erhoben, die eine Versöhnung der Manzonischen und Leopardi'schen Schule anstrebt und welche in Aleardo Aleardi, Giulio Carcano, Scolari und Bellini ihre Hauptvertreter findet. Ein endgültiges Urtheil läßt sich über dieselben noch nicht fällen. Es ist erklärlich, daß die politischen und religiösen Fragen der Zeit jede andere Bestrebung in den Hintergrund drängen und andrerseits die Poesie mit Elementen durchsetzen, welche ihr mehr oder weniger fremd oder selbst widerstrebend sind. Vereinen wir unsere Wünsche mit denjenigen der besten Patrioten Italiens, daß es ge-

lingen möge, die großen Fragen der Zeit zu lösen und
so das mit den glänzendsten Anlagen ausgestattete, aber
durch Jahrhunderte langen Druck verkommene Volk zu
regeneriren! Dann wird auch die italienische Dichtung,
der erste Sproß an dem Baume der modernen euro=
päischen Poesie, in neuen Wunderblüten hervorschießen
und die Prophezeiung Giordani's, daß uns in Leopardi
der Abendstern, wie einst in Dante der Morgenstern,
am Himmel der italienischen Dichtung glänze, nicht in
Erfüllung gehen. Hoffen wir, daß nach der Finsterniß
der Nacht ein neuer Morgen für das unglückliche Land
erstehe, und daß wir in seinen augenblicklichen Regungen
den ersten Hahnenschrei zu begrüßen haben, der den an=
brechenden Tag verkündet. Was Leopardi dem Simonides
bei der Feier zum Andenken an die Helden von Ther=
mopylä für sich als Wunsch in den Mund legt:

„— So fleh' ich zu den Göttern,
Daß eures Sängers Name sei geehrt
Für alle künftge Zeiten,
Und sein Ruhm währt, so lang der eure währet!"

das wird für den Dichter dieser Strophen, wenn nicht
alle Zeichen trügen, sicher in Erfüllung gehen. —

Giacomo Leopardi's

Dichtungen.

I.

An Italien.

Mein Vaterland, ich seh' die Mauern, Bogen,
Verlaßnen Türme, Säulen, Tempeltrümmer
Aus unsrer Väter Tagen,
Doch, ach, den Ruhm der Väter,
Den Lorbeer und das Schwert, die einst umzogen   5
Der Ahnen Stirn und Hüften, seh' ich nimmer.
Ich seh' Dich wehrlos Haupt und Busen tragen,
Italia! so voll Wunden,
Voll Blut und Beulen! Muß ich so Dich schauen,
O schönstes Weib? Zum Himmel richt' ich flehend   10
Den Blick zu allen Stunden:
Sag' an, wer that Dir das? Und — welch ein Grauen,
Daß Ketten beide Arme ihr umziehen,
Daß sie am Boden sitzt, das Haupthaar wehend
Im Wind, und schleierlos, in Schmerz verloren,   15
Das Antlitz auf den Knieen
Verbirgt und weint und weinet.
Ja, wein', Italien, Du hast Grund zu klagen;
Zum höchsten Glanz erkoren,
Mußt Du nun auch die tiefste Schmach ertragen.   20

Wenn Deine Augen auch zwei Wasserbäche,
Es könnten Deine Zähren
Doch nie die Höhe dieser Schmach erreichen.
Denn Du bist Magd und durftest Kronen tragen.

25 Ist Einer, der nicht spräche,
    Wenn er gedenket Deiner frühren Ehren:
    Sonst war sie groß, was blieb in unsren Tagen?
    Und warum dies? Wohin sind Kraft der Glieder,
    Ausdauer, Muth und Waffenschmuck gekommen?
30 Wer raubte Dir die Wehre?
    Trat List, Verrath so in den Staub Dich nieder?
    Ward mit Gewalt genommen
    Der Purpur Dir zusammt den goldnen Binden?
    Wie, wann sankst Du, o Hehre,
35 Herab von Deiner Höh' in solche Tiefe?
    Ist Niemand von den Deinen mehr zu finden,
    Der für Dich kämpft? Ha, Waffen, gebt mir Waffen!
    So will allein ich kämpfen und verbluten!
    Wenn nur mein Blut wach riefe
40 In unsres Volkes Herzen neue Gluten.

    Wo sind die Söhne Dein? Es kommt gezogen
    Von fern ein Klang von Schlachtruf und Fanfaren:
    In fremdem Land verspritzen
    Ihr Herzblut Deine Söhne.
45 Merk' auf, Italia, schau! Ich seh' ein Wogen
    Von Fußvolk und von dichten Reiterschaaren
    Und sehe Rauch und Staub und Schwerter blitzen,
    Wie wenn durch Nebelgrauen
    Ein Wetterstrahl hinzuckt. Magst Du die Blicke
50 Zum zweifelhaften Stand des Streits nicht wenden?
    Was kämpft auf jenen Auen
    Italiens Jugend? O, der Mißgeschicke!
    Sie zog das Schwert für eines Fremden Rache! —
    O, wehe dem, der muß im Kampf verenden
55 Für Weib und Kind nicht, nicht am eignen Herde,

Für eine fremde Sache,
Von fremdem Feind getroffen,
Und der nicht ruft, schließt er die Augenlider:
Geliebte Heimaterde,
Du gabst das Leben mir, da! nimm es wieder!   60

Glückselge, hochgebenedeite Zeiten,
Da, Heldenmuth im Blicke,
Zum Tod fürs Vaterland die Völker stürmten!
Und du, o Thermopylenpaß, gepriesen
In alle Ewigkeiten,   65
Wo wenge freie Seelen dem Geschicke
Und Persiens Schaaren kühn die Stirn gewiesen!
Muß dort nicht jeder Kiesel, jede Blume
Und Berg und Strom dem Wandersmanne melden
Mit geisterhafter Stimme,   70
Wie längs des Strands, bedeckt mit ewgem Ruhme
Die unbesiegten Helden
Dalagen, die für Griechenland sich weihten?
Da floh entsetzt der grimme
Tyrann zum Hellespont nach Asien wieder,   75
Der Enkel Spott bis zu den fernsten Zeiten.
Und auf Anthela's Hügel, wo gestorben
Die heilge Schaar, zu ewgem Ruhm ersehen,
Erhob die Augenlider
Simonides auf Thal und Bergeshöhen.   80

Und dann, benetzt mit Thränen beide Wangen,
In selige Begeistrung ganz verloren,
Nahm er zur Hand die Leyer:
„Heil euch, die ihr den Speeren
Des Feindes Trotz geboten ohne Bangen,   85

Aus Liebe für das Land, das euch geboren,
Für Griechenland, dem ihr nun ewig theuer!
O, welche Lieb' entflammte
In Kampf und Noth die jugendlichen Herzen?
90   Und welche Liebe riß euch hin zu sterben?
Woher, ihr Theuren, stammte
Der Muth, daß ihr trotz bittrer Todesschmerzen
Euch nahtet froh der thränenreichen Schwelle?
Es war, als wolltet ihr um Festlust werben
95   Und Reigentanz und nicht um Todeswunden.
Doch war's des Orkus Welle,
Die euch von hinnen raffte!
Ihr durftet nicht an Weib und Kind euch lehnen
In jenen Schmerzensstunden,
100 Ihr starbet ohne Küsse, ohne Thränen;

Nicht aber ohne Persiens jammerreiche
Und bange Klagetöne!
So wie der Leu in eine Heerde Rinder
Einbricht und diesem stürzt sich auf den Rücken
105 Und jenem in die Weiche
Und in den Schenkel setzt die scharfen Zähne,
So gegen Persiens Geschwader zücken
Die Griechen ihre Schwerter, hoch geschwungen.
Sieh, wie der Reiter stürzt zusammt dem Rosse,
110 Und Zelt und Wagenhaufen
Die Flucht dem hemmen, der dem Tod entsprungen!
Und sieh, voran dem Trosse
Flieht Xerxes, bleich, mit aufgelösten Haaren!
Und triefend, überlaufen
115 Von Perserblut stehn da die Griechenhelden,
Endlose Schmach bereitend den Barbaren.

Da allgemach stürzt einer nach dem andern,
Besiegt von Wunden, nicht vom Feind vernichtet.
Doch Heil euch, Heil! Denn melden
Wird man von euch, solang' man singt und dichtet.　　120

Eh' werden, stürzend von des Himmels Höhen,
Verlöschen in des Meeres Schlund die Sterne,
Als daß von euch wird schweigen
Der fernsten Zeit Gedächtniß.
Dies Grab ist ein Altar; die Mütter gehen　　　　　125
Hieher mit ihren Söhnen, möchten gerne
Die Spuren eures Blutes ihnen zeigen.
Seht mich am Boden liegend,
Ihr Theuren! Seht mich küssen diese Steine
Und Schollen, deren Preis wird rings erschallen,　　130
Von Pol zu Pole fliegend.
O dürft' ich doch mit euch hier im Vereine
Dies theure Land mit meinem Blute färben!
Doch da mir nicht das schöne Loos gefallen,
Für Griechenland im offnen Feld zu streiten,　　　135
Zu bluten und zu sterben,
So fleh' ich zu den Göttern,
Daß eures Sängers Name sei geehrt
Für alle künftge Zeiten,
Und sein Ruhm währt, so lang der eure währet."　　140

II.

Als man beabsichtigte, Dante ein Monument in Florenz zu errichten.

Wenngleich die weißen Schwingen
Der Friede über unser Volk nun breitet,
Wird doch der Geist Italiens
Den Banden seines Schlafs sich nicht entringen,
5   Wenn nicht dies Land, dem Elend preisgegeben,
Der Ahnen stolze Bahn auf's neu beschreitet.
Die Todten mußt Du ehren,
Italien; denn Heroen, ach, erblühen
Nicht mehr in Deines Volkes ödem Leben;
10   Zwar Lorbeer gibt's, doch keine Heldenstirnen.
Schau rückwärts! sieh', mein Volk, die Schaar der hehren
Unsterblichen an Dir vorüberziehen,
Dann magst Du weinen und Dir selber zürnen;
Denn ohne Zorn sind nutzlos Deine Schmerzen:
15   Kehr um, schäm' Dich, dem dumpfen Schlaf entsage,
Der Ahnen denk' im Herzen
Und denke der Geschlechter künft'ger Tage!

Die Fremden zogen, anders in Gebärden,
In Sprach' und Art als wir, hin durch die Lande
20   Toscana's, um zu suchen

Des Mannes Grab, der einzig wohl auf Erden
Dasteht als Sänger gleich Homer erhaben,
Und hörten — o der Schande! —
Daß seine kalte Asche unversöhnet
Noch seit der Todesstunde   25
Verbannt daläg', am fremden Strand begraben,
Ja, daß kein Stein, Florenz, in Deinen Mauern
Bis jetzt erhoben ihm, für den ertönet
Dein Lob von Mund zu Munde.
Doch Dank sei euch! Jetzt endet unser Trauern,   30
Ihr, theure Männer, wascht von uns die Schande
Und schafft ein Werk, daß alle uns erhebet
Im ganzen Vaterlande,
So weit noch Liebe zu Italien lebet.

Ja! laßt zu ihr von Liebe,   35
Dem armen Weib Italia, euch bewegen,
Für die in jedem Busen
Mitleid erstorben, seit von Wolken trübe
Der einst so klare Horizont umhangen!
O, laßt euch von Barmherzigkeit erregen   40
Zu diesem edlen Werke,
Von Zorn und Kummer über jene Schmerzen,
Darob benetzt der Armen Aug' und Wangen.
Doch ihr, wie soll ich euch im Lied erheben,
Euch, denen Fleiß und Wissen leihet Stärke,   45
Und die ihr werdet, nun ihr Hand und Herzen
Jetzt muthig regt zu diesem edlen Streben,
Die Nachwelt euch zu ew'gem Dank verbinden?
Und welchen Ton soll ich für euch erwählen,
Um Flammen zu entzünden   50
In euren schon von Glut entbrannten Seelen?

Ja, euch begeistert euer schönes Streben!
Das wird den Sporn euch in die Seele drücken.
Wer wird den Sturm der Inbrunst
55 Beschreiben, wer der Herzen Freudebeben?
Wer, wie die Mienen sich entzückt verklären,
Die Flamm' in euren Blicken?
Wie können irdsche Laute himmlisch Wagen
In Worten je erreichen?
60 Bleibt fern, unreine Geister! Wie viel Zähren
Wird nicht Italien diesem Denkmal weihen!
Zerfällt es je? und wird nach Jahr und Tagen
Je euer Ruhm erbleichen?
Ihr göttlich schönen Künste, die gedeihen
65 Zur Lindrung unsres Weh's, ihr lebet immer,
Ihr seid ein Trost dem Unglücksland, dem theuern,
Bereit, sank auch in Trümmer
Italien, doch Italiens Ruhm zu feiern!

Auch ich, seht her, erscheine,
70 Um unsre Mutter hier mit euch zu ehren;
Ich bringe, was ich habe
Und nahe mich mit meinem Lied dem Steine,
Den ihr beseelt mit eures Meißels Streichen.
Kann, o erlauchter Vater unsrer hehren
75 Dichtkunst, von irdschem Treiben,
Ein Ruf von ihr, die Du so hoch gepriesen,
Noch an des Jenseits Strand Dein Ohr erreichen,
Ich weiß, Dein Herz wird drum nicht freudger wallen,
Denn Wachs und Sand selbst dürsten länger bleiben
80 — Denk' ich des Ruhms, den Dir die Welt erwiesen —
Als Erz und Stein; und bist Du je entfallen,
Wirst jemals Du entfallen unsern Herzen,

Dann mag, wenn's möglich, unser Weh sich mehren,
Dann mag Dein Volk in Schmerzen
Sich, unbeachtet von der Welt, verzehren!   85

    Doch nicht Dir selbst, es gilt dem Vaterlande,
Italia, der armen, Deine Freude,
Wenn nur der Ahnen Vorbild,
Den träumerischen Enkeln je die Bande
Des Schlafs zu lösen rechte Kraft bewiese.   90
Gebeugt von langem Leide,
Sieh dort sie ziehn auf ihren Thränenwegen,
Die damals schon verachtet,
Als wiederum Du giengst zum Paradiese!
Doch jetzt will sie in Elend schier vergehen;   95
Damals schien sie noch Königin dagegen.
Nun ist sie so verschmachtet,
Daß Du's nicht glaubtest, könntest Du sie sehen.
Von andern Feinden schweig' ich, andern Wunden,
Doch nicht von unsrer neusten, tiefsten Schande,   100
Da schon die letzten Stunden
Sich drohend nahten Deinem Vaterlande.

    Heil Dir, daß voll Erbarmen
Das Schicksal Dich bewahrt, die Schmach zu sehen;
Zu sehen, wie die Frauen   105
Italiens ruhn in fremder Krieger Armen,
Zu sehen, wie von Feindeshand geplündert,
Verwüstet Stadt und Land zu Grunde gehen,
Und wie die Meisterwerke
Ital'schen Geistes ziehen in die grimme   110
Knechtschaft jenseits der Alpen, wie behindert
Die Straßen seufzen von der Karren Drängen,

Und Uebermuth uns droht in trotzger Stärke!
Heil Dir, daß Du nicht die verruchte Stimme
115 Der Freiheit hörst uns höhnen mit den Klängen
Von Kettenklirren und von Geißelhieben!
Wer klagt nicht? Was war heilig jenen frechen
Ruchlosen noch geblieben?
Gleich war ja alles — Altar, wie Verbrechen.

120 Weshalb sind wir in dieser Zeit geboren?
Weshalb sind wir nicht früher schon gestorben?
O grauenvolles Schicksal,
Daß wir dies Land zur Sklavin auserkoren,
Als Magd der fremden Frevler müssen sehen,
125 Und seine Kraft verdorben,
Benagt von scharfer Feile giftgen Bissen!
Und jene Höllenschmerzen,
Die ohn' Erbarmen muß dies Land bestehen —
'S gibt nichts auf Erden, diese Qual zu lindern.
130 O theures Land, ich durfte nicht vergießen
Das Blut aus meinem Herzen
Und für dich sterben, um dein Weh zu mindern.
Voll Zorn ist unsre Brust ob all der Schande:
Es stritten, starben kühn Italiens Bürger,
135 Doch nicht dem Vaterlande
Galt dieses Blut, es floß für seine Würger.

Kannst Du die Schmach ertragen,
Dann bist Du, Vater, anders als auf Erden. —
Auf Rußlands düstern Auen,
140 Ach, eines bessern Todes werth, erlagen
Italiens Helden, denen Stürme weckten
Und wilde Thiere schreckliche Beschwerden.

Wenn blutbedeckt hinsanken
Halbnackt, kraftlos die Tapfern schaarenweise,
So waren's Eis und Schnee, die sie bedeckten.   145
Sie sprachen dann wohl, schon bereit zu sterben,
Die süße Heimat schauend in Gedanken:
O, dürften wir, statt hier in Schnee und Eise,
Den Tod durch's Schwert, den Tod für dich erwerben,
Italien! Fern, ach, von der Heimat gehen   150
Wir, da die Wangen Jugend noch uns röthet,
Ruhmlos und ungesehen,
Zu sterben für dies Volk, das dich nur tödtet.

   Des Nordens Einsamkeit vernahm ihr Klagen,
Das fand Gehör nur bei den wilden Wäldern.   155
So war ihr furchtbar Ende,
Und unbestattet und vergessen lagen
Die Leichen da zum Fraß den wilden Thieren
Auf schneebedeckten Feldern.
Und selbst der Tapfern Name und der Helden   160
Wird nun in Zukunft immer
Im Schwarm der Feigen spurlos sich verlieren;
Und gibt's kein schlimmres Loos als dies auf Erden,
Ich kann doch, Theure, keinen Trost euch melden,
Als daß euch nun und nimmer   165
Wird Trost jetzt, noch in künftgen Zeiten werden.
Als einer solchen Mutter echte Söhne
Dürft ihr um euer bittres Weh nicht klagen.
Wozu auch Jammertöne?
Es gleicht eu'r Schmerz dem Schmerz, den sie muß tragen. 170

   Euch kann nicht schuldig sprechen
Italia, sondern den, der euch gezwungen,

10*

Daß gegen sie ihr kämpfet.

Drum weint sie, daß ihr schier die Augen brechen,

175 Und ihr mögt weinen nur mit ihr im Bunde!

O, daß für sie, die sonst wohl Ruhm errungen,

Ein Herz voll Mitleid bliebe,

Ein Herz erbarmungsvoll für sie erglühte

Und sie entrisse ihrem finstern Schlunde! —

180 Ruhmreicher Geist, o sage:

Starb für Italien alle Deine Liebe?

Sag: starb die Flamme, die einst in Dir sprühte?

Sag: kehren nie der Myrthe Blütentage

Zurück, die unsre Väter froh gesehen,

185 Und sollen unsre Kränze all' erbleichen?

Wird Keiner mehr erstehen,

Der nur in einem Punkt Dir zu vergleichen?

Sind ewig wir verloren? Wird die Schande

Nie finden ihre Grenze?

190 Ich will, so lang' ich lebe, diesem Lande

Zurufen: Feige Brut, denk deiner Ahnen,

Schau jene Siegeskränze,

Die Dichterwerke, Säulen, Bilder, Tempel,

Denk, wo du weilst, und kannst du nicht besinnen

195 Dich eines Bessern, schauend solch Exempel,

So hebe dich von hinnen!

Soll dieses Land, der Heldengeister Amme

Und Pflegerin, als Wohnplatz offen stehen

Nur diesem Feiglingsstamme,

200 Da mag es lieber öd' und wüst vergehen!

III.

An Angelo Mai,

als er Cicero's Bücher „vom Staate" wieder aufgefunden.

Wirst Du nicht müde, kühner Sohn Italiens,
Die Ahnen anzuwecken
Aus ihrer Gruft, daß sie das Wort erheben
In dieser todten Zeit, die schwer bedecken
Des Ueberdrusses Dünste? Und jetzt eben   5
Hör' ich so oft und laut an's Ohr mir schlagen
Der alten Sprache Worte,
Verstummt so lange schon. Welch Auferstehen
Ringsum? Schnell wie der Blitz die Frucht entsprießet
Den Büchern, und es öffnet unsern Tagen   10
Sich nun die Klosterpforte,
Daraus hervor der Ahnen Werke gehen.
Wie kommt's, daß solchen Muth in's Herz Dir gießet
Das Schicksal? Oder kämpft vielleicht vergebens
Das Schicksal mit dem Muth des Männerstrebens?   15

  Gewiß entspricht's der Götter hohem Willen,
Daß jetzt, wo schlafumfangen
Vergessenheit das Haupt uns tief umnachtet,
Ein Mahnruf nun auf's neu an uns ergangen
Von unsren Ahnen. Auf Italien achtet   20
Der Himmel also noch? Noch hat Erbarmen
Ein Gott mit unsren Schmerzen?

Jetzt oder niemals ist's die rechte Stunde,
Die alte Tugend wieder zu erwecken
25   In den von Rost zerfressnen Heldenarmen.
Denn, horch, zu Aller Herzen
Dringt laut ein Ruf empor aus Grabesschlunde,
Vergessne Helden stehen auf und strecken
Empor das Haupt und fragen: mag's noch frommen,
30   O Vaterland, in Feigheit zu verkommen?

So setzt ihr denn auf uns, glorreiche Helden,
Noch Hoffnung? und wir wären
Nicht ganz verloren? Ihr wißt zu durchschauen
Die künftgen Dinge, doch mich laßt gewähren
35   In meinem Schmerz; denn mir hüllt nächtig Grauen
Die Zukunft; was ich seh', läßt mich als Possen
Und leere Träume richten
Jedwede Hoffnung. Ledig aller Ehren,
Haust jetzt ein Schandgeschlecht an dieser Stätte,
40   Wo ihr gewohnt; es wollen eure Sprossen
Mit Spott den Ruhm vernichten;
Daß ihr stets hochgepriesen, zeugt nicht Zähren,
Noch Scham, noch Neid; es dient als Lotterbette
Der Ahnen Ruhm, und an Erbärmlichkeiten
45   Stehn wir als Beispiel da den künftgen Zeiten.

Du hoher Geist, da jetzt sich niemand kümmert
Um die erhabnen Ahnen,
So kümmre Du Dich drum, dem zugemessen
Ein glücklich Loos, so daß mich's will gemahnen
50   An jene Zeit, da aus der Gruft Vergessen
Auf's neu ihr Haupt die alten Seher hoben
Mit längst begrabnen Rollen,

Die Seher, denen die Natur gesprochen,
Wenn auch verhüllt, die um die Mußestunden
Athens und Roms so holden Zauber woben.   55
O Zeiten, nun verschollen!
Da war Italiens Ruhm nicht ganz gebrochen,
Noch hatte unsren Arm nicht ganz gebunden
Schmachvolle Trägheit, Funken noch entsprühten
Dem Boden, drin die alten Flammen glühten.   60

    Damals war warm noch Deine heilge Asche,
O Held, den die Beschwerde
Des Unglücks nicht gebrochen, dem die Hölle
Vertrauter war, als diese Jammererde.
(Und muß nicht trauter sein uns jede Stelle   65
Als unsre Heimat?) — Deiner Leyer Saiten
Erzählten voll Entzücken
Da noch der Welt von Deinem Gram und Sehnen,
O Liebessiecher! Ach, die erste Zeile
Ital'schen Sang's war Schmerz. Uns macht nicht leiden 70
Der Schmerz, uns läßt ersticken
Der Ueberdruß. Du warst beglückt in Thränen!
Uns hüllt in Windeln schon die Langeweile,
Das Nichts, das Nichts ist unsre ganze Habe,
Es sitzt an unsrer Wieg' und unsrem Grabe.   75

    Du warst damals allein mit Meer und Himmel,
Liguriens kühner Sprosse,
Als Du jenseits des Strand's hinausgezogen,
Wo man's hört zischen, wenn die Flammenrosse
Apoll's am Abend tauchen in die Wogen,   80
Und als Du wiederfandst der Sonne Schimmer,
Und sahest neu erstehen

Den Tag, nachdem für uns er war entschwunden.
Dir ward der Ruhm, trotz jeglicher Gefährde,
85   Ein unermeßnes Land zu finden, nimmer
Vor jener Zeit gesehen,
Und glücklich heimzukehren. Ach, geschwunden,
Geschrumpft ist nun der Umfang dieser Erde,
Und größer scheint des Aethers tönend Kreisen
90   Und Land und Meer dem Kinde als dem Weisen.

Wohin entflohen unsre holden Träume
Von einer Zufluchtsstätte
Uns unbekannter Völker, von dem Hause,
Drin Tags die Sterne weilen, von dem Bette,
95   Wo ruht Aurora, von der stillen Klause,
Drin Nachts die Sonne schläft in sichrem Frieden?
Sie sind dahin geschwunden,
Die Welt läßt zeichnen sich auf kleinem Blatte;
Es gleicht sich alles hier, und im Erkennen
100   Der Welt wächst nur das — Nichts. Du bist geschieden,
Seit Wahrheit wir gefunden,
O holder Wahn! Der Geist, der nimmersatte,
Er mußte sich auf ewig von dir trennen;
Uns ist, seit deine Macht wir sahn zerstieben,
105   Kein Trost in unsrem Jammer mehr geblieben.

Zu süßen Träumen wardst Du da geboren
Und Dir in's Auge lachte
Die Jugend, holder Sänger, der von Waffen
Und Liebe sang und jedes Herz entfachte
110   In einer Zeit, für Träume noch geschaffen:
Italiens Hoffnungsstern! O Klostermauern,
O Gärten, Burgen, Zinnen,

Paläste, Frau'n und Ritter, denk' ich euer,
Da seh' ich, wie vor meinem Geiste ziehet
Manch Zauberbild vorbei. Von süßen Schauern   115
Erbebten Herz und Sinnen —
Das war die Zeit seltsamer Abenteuer.
Sie schwand dahin: was bleibt uns, da entfliehet
Der Zauberschein? Ach, alles rings vergehet,
Einzig gewiß ist, daß der — Schmerz bestehet.   120

Uns wurde Dein erhabner Geist beschieden.
Torquato, aber Zähren
Wollt' über Dich der Himmel nur verhängen.
Dir selber konnte keinen Trost gewähren
Dein süßes Lied, noch auch das Eis zersprengen,   125
Womit Dein warmes Herz umgürtet hatten
Der Haß, die Hohngebärde,
Der Neid der kleinen, wie der großen Herren.
Die Liebe, letzter Wahn der Menschenherzen,
Schwand Dir dahin. Ein wesenhafter Schatten   130
Schien Dir das Nichts, die Erde
Ein öder Strand. Zu spät wollt' man Dich ehren;
Erlösung brachte Dir der Tod, nicht Schmerzen:
Wer unsre Leiden kennt, dem ist willkommen
Das Grab, ihm kann der Lorbeerkranz nicht frommen.   135

Du magst Dich wiederum aus Deinem stummen,
Verlaßnen Grab erheben,
Wenn Dich auf's neu verlangt nach Schmerz und Klage,
Du alles Elends Abbild! Dieses Leben,
Das Dir als Schmach erschien, als Noth und Plage,   140
Wird schlimmer stets. Wer würde Deinem Loose
Jetzt Mitleid noch gewähren,

Da jeder nur gewohnt an sich zu denken?
Wer würde Thorheit nicht Dein tödtlich Leiden
145 Heut nennen, wo man liebt, das wahrhaft Große
Für Wahnwitz zu erklären,
Und — schlimmres noch — Gleichgültigkeit zu schenken
Den größten Geistern, statt sie zu beneiden?
Jetzt, da nicht Verse, Zahlen nur regieren,
150 Wer würde nochmal mit dem Kranz Dich zieren?

    Ein Einzger nur, o leidensreicher Sänger,
Erstand seit jenen Zeiten,
Der unsrer Väter Namen werth geworden,
Zu gut für dieser Zeit Erbärmlichkeiten,
155 Ein trotzger Mann, dem wohl vom fernen Norden
Ein Strahl der Kühnheit in die Brust gefallen,
Nicht von der unheilvollen,
Erschöpften Heimatflur. Er — welches Wagen! —
Bestieg allein und waffenlos die Bühne
160 Zum Kampf mit den Tyrannen: ach, vor allen
Hätt' man uns lassen sollen
Den Kampfplatz für der Welt gewichtge Fragen!
Er rückt allein, zuerst in's Feld, der Kühne,
Und Keiner folgte ihm; denn, ach, wir zeigen
165 Uns groß in Trägheit nur und schnödem Schweigen.

    Nachdem er, heilgen Zornes voll, geführet
Ein fleckenloses Leben,
Bewahrt der Tod ihn, schlimmres noch zu schauen.
Vittorio mein! ach, feindlich Deinem Streben
170 War Zeit und Ort. Es kann in diesen Gauen,
In dieser Zeit kein großer Geist erblühen.
Jetzt lockt der Ruhehafen

Der Mittelmäßigkeit: zu gleichem Grunde
Sank mit dem Pöbelschwarm der Weise nieder. —
Sei, kühner Forscher, glücklich Dein Bemühen!   175
Da die Lebendgen schlafen,
Weck' auf die Todten, gieb dem stummen Munde
Der alten Helden ihre Sprache wieder,
Daß dieses Schandjahrhundert auferstehe
Zu edlem Thun — wo nicht, vor Scham vergehe.   180

IV.

Zur Vermählung meiner Schwester Paolina.

Nun Du verläßt das Schweigen
Des Vaterhauses und die Huldgestalten
Und einstgen Träume, die Dir, zu verschönen
Dies stille Dach, der Himmel gab zu eigen,
5   So wisse, daß Du herben Klagetönen
Nun wirst geweiht, geweiht wirst den Gewalten
Der schnöden Welt, die uns beschied der Himmel,
Wenn Du, trotz aller Schmerzen
Und Leiden, drin wir leben,
10 Mein Schwesterchen, die Unglücksschaar willst mehren
Und willst Italien neue Sprossen geben.
Mit Heldenbildern fülle ihre Herzen!
Das Schicksal wird gewähren
Den Tapfern nur zu siegen,
15 Und schwache Seelen werden leicht erliegen.

Feig — oder elend werden
Die Söhne sein, die Dir demnächst ersprießen.
Doch lieber elend! Zwischen Glück und Tugend
Gähnt furchtbar eine tiefe Kluft auf Erden.
20 Ach, längst entschwunden ist der Menschheit Jugend,
Zu spät erstehn, die jetzt das Licht begrüßen.
Doch überlaß dem Himmel dies! Vor allem
Sei das Dein erstes Streben,
Daß Deine Söhne jagen

Nicht blind dem Glücke nach, noch zwischen Hoffen   25
Und Furcht stets schwanken. Dann in künftgen Tagen
Wird hoch erhoben sein ihr Dulderleben.
Die Tugend wird ja (offen
Hat's längst die Welt bewiesen)
So lang sie lebt, geschmäht und todt — gepriesen.   30

   Es sieht auf euch, ihr Frauen,
Erwartungsvoll das Vaterland. Zum Glücke
Der ganzen Menschheit bannt ihr Schwert und Feuer,
Wohin nur eure holden Augen schauen.
Dem weisen Mann ist euer Urtheil theuer,   35
Der Held beugt willig sich vor eurem Blicke,
So weit die Sonne strahlt, reicht eure Obmacht.
Doch Rechenschaft verlangen
Muß ich von euch. Erstorben
Wär' also nun das Feuer unsrer Jugend   40
Durch euch, und unser Wesen wär' verdorben
Und siech durch euch? Die Zeit, von Schlaf umfangen
Und ohne Mannestugend,
Sie müßte euch verklagen,
Daß unsre Kraft durch euch zu Grab' getragen?   45

   Ein Sporn zu edlen Thaten
Ist echte Lieb', und höchsten Muth erreget
In uns die Schönheit. Der kennt nicht die Liebe,
Des Herz sich nicht in freudger Lust beweget,
Wenn laut die Wind' in zornen Kampf gerathen,   50
Wenn am Olymp sich ringsum sammeln trübe
Gewitterwolken und der Donner krachend
Die Berge trifft. O Frauen
Und Jungfrau'n, tief verachten

55 Müßt die ihr, die erzittern vor Gefahren,
Unwerth des Vaterlands, gemeinem Trachten
Sich weihn und ihres Strebens Ziel erschauen .
In niederem Gebaren —
Wenn anders Frau'n noch wählen
60 Sich lieber Männerkraft als Weiberseelen.

Sagt, wollt ihr Mütter heißen
Wehrloser Brut? Den Müh'n und Kümmernissen,
Die hier der Tugend harren, widerstehen
Lehrt eure Söhn', auf das, was Andre preisen,
65 Lehrt voll Verachtung sie herniedersehen,
Für's Vaterland erwachsend, laßt sie wissen,
Was wir der Väter hohen Thaten schulden!
So wuchsen Sparta's Recken,
Erfüllt vom Männerwerthe
70 Der Ahnen, auf, der Griechen Ruhm zu wahren,
Bis daß die junge Gattin mit dem Schwerte
Den Trauten schmückt', um dann ihn zuzudecken
Mit ihren schwarzen Haaren,
Wenn todt vom Kampfgefilde
75 Er heimkehrt auf dem treu bewahrten Schilde.

Wie waren Deine Wangen,
Virginia, von Schönheit hoch begnadet,
Der allgewaltgen! Doch umsonst erglühte
Für Dich in hoffnungslosem Brunstverlangen
80 Der Herrscher Roms. Schön warst Du in der Blüte
Der Jugend, die zu holden Träumen ladet —
Da stieß des Vaters unbarmherzge Rechte
Den Stahl Dir in die Seite;
Zum Orkus stiegst Du nieder

Freiwill'gen Gang's. „Eh, sprachst Du, mag umhüllen   85
Das trübe Alter diese jungen Glieder,
Und lieber sterb' ich, eh den Leib ich weihte
Zu des Tyrannen Willen.
Kann Rom ich sterbend geben
Erneute Kraft, so, Vater, nimm mein Leben!“   90

   Wohl schien in Deinen Tagen,
O Heldin, noch die Sonn' in schönrem Strahle,
Als uns sie scheint; jedoch Dein Grab versöhnet
Dankbar mit Thränenopfern und mit Klagen
Das Vaterland. Von Zorn durchglüht ertönet   95
Ein Racheschrei an Deinem Todtenmale
Vom Mund der Söhne Roms. Sieh den Tyrannen
Erliegen ihren Streichen!
Und Freiheit hallt es wieder
In jeder Brust. Den Erdkreis zu bezwingen   100
Zieht Mars ins Feld und wirft die Völker nieder
Vom finstern Pol bis zu des Südens Reichen.
O, möcht's den Frau'n gelingen,
Rom wieder aufzuschrecken
Und noch einmal aus träger Ruh zu wecken!   105

V.

Auf einen Sieger im Ballonspiel.

Des Ruhmes Antlitz schau, horch seiner Stimme,
Der frohen, wackrer Knabe!
Sieh, wie der Schweiß des Mannes mehr bedeute,
Als weibisch Nichtsthun! Wenn Du denkst, dem Grabe
5   Zu trotzen und durch ewgen Ruhm dem Grimme
Des Zeitstroms zu entreißen seine Beute,
So mußt Du dich den höchsten Zielen weihen!
Dir jauchzt die wiederhallende Arena,
Des Volkes Gunst weckt Dich zur Heldentugend
10   Und kühner That in tapfrer Kämpfer Reihen;
Es ruft Dich, stolz auf Deine zarte Jugend,
Das Vaterland, das theure,
Daß alte Größe sich durch Dich erneure.

Es färbte nicht die Hand im Perserblute
15   Auf Marathons Gefilden,
Wer stumpfen Sinn's nach Elis kam gezogen,
Um zuzuschaun dem Kampfesspiel, dem wilden,
Und wem bei Andrer Sieg von gleichem Muthe
Das Herz nicht schwoll. In des Alpheios Wogen
20   Wusch erst der Held die staubbedeckten Seiten
Und Mähnen seiner sieggekrönten Rosse,
Der in der flüchtgen Meder müde Schaaren

Der Griechen Banner trug in spätren Zeiten,
So daß des Euphrat Ufer von furchtbaren
Wehklagen laut erschallte,   25
Und Asiens Strand von Jammer wiederhallte.

Doch scheint's nicht unnütz, halb erloschne Funken
Der angebornen Tugend
Neu zu beleben, und in leidensvollen
Gemüthern anzufachen matter Jugend   30
Hinfällge Glut? Nun Phoebus schwermuthtrunken
Läßt seine Sonne auf- und niederrollen,
Sind mehr als Spiel und Tand der Menschen Thaten,
Und Wahrheit minder nichtig als die Lüge?
Uns hat Natur nur holden Wahn gegeben,   35
Des Glückes Schattenbilder. Da entrathen
Der Mensch der Lockung muß zu hohem Streben
So flieht in dumpfem Sinnen
Das Leben statt in rühmlichem Beginnen.

Es kommt wohl bald die Zeit, da um die Reste   40
Ital'scher Ruhmesstätten
Die Heerden weiden, da die Pflugschar fühlen
Die sieben Hügel, da in Latiums Städten
Demnächst der scheue Fuchs sich seine Feste
Erbaut, und da die Winde flüsternd spielen   45
In Wäldern, wo sonst Stadt an Stadt erblühte,
So fern nicht bald dem schmählichen Vergessen
Des Vaterlands in dem verderbten Volke
Das Schicksal steuert, und des Himmels Güte
Nicht bald zerstreut die drohnde Wetterwolke   50
Und fern hält das Verderben
Von uns, des alten Ruhms verkommnen Erben.

11

Denkst, edler Jüngling, Du, der Heimat Wunden
Und Schmach zu überleben?
55 Wohl hätten Dich verklärt des Ruhmes Strahlen
Damals, eh sie den Kranz dahingegeben
Durch unsre Schuld. Hin ist die Zeit geschwunden;
Wer mag jetzt noch mit solcher Mutter prahlen?
Doch für Dich selbst streb nach den höchsten Dingen!
60 Was nützt dies Leben? Nur daß wir's verachten:
Beglückt, wenn wir, umgeben von Gefahren,
Uns selbst vergessen, hören nicht die Schwingen
Der faulen Zeit, noch ihren Strom gewahren;
Das Leben kann erst frommen,
65 Wenn wir, dem Tode nah, dem Tod entkommen.

VI.

Brutus der jüngere.

Als hingestreckt dalag im Thrakerstaube,
Ein grauser Trümmerhaufen,
Italiens Heldenkraft, und den Gefilden
Hesperiens und des Tibris Ufern drohten
Bereits verhängnißvoll der Tritt der wilden   5
Barbarenrosse und der Gothen Schwerter,
Die aus den nordschen Wäldern
Das Schicksal senden wird, um Roma's Mauern
In Trümmer zu zerschlagen:
Sitzt schweißbedeckt, von Bruderblute triefend,   10
In finstrer Nacht an öder Stätt', entschlossen
Zum Tode, Brutus da, um zu verklagen
Die Götter und den Hades,
Und läßt von wilden Tönen
Umsonst die schlummermüde Luft erdröhnen.   15

O eitle Tugend, nur in Nebelbildern
Und nur im Reich der Träume
Lernt dich der Mensch, und schnell folgt deinen Spuren
Die Reue. Auch von euch, ihr Marmorgötter,
— Ob ihr da unten haust auf stygschen Fluren,   20
Ob hoch im Aether — wird dem unglückselgen
Geschlecht, von dem ihr Tempel
Verlangt, nur Spott zum Lohn, und Trug und Lüge
Ist das, was ihr geboten.

11*

25 Erregt also die Frömmigkeit der Menschen
 Zum Haß die Götter? So zum Schutz der Bösen
 Thronst Du, o Zeus? Wenn Deine Flammen lohten
 Und Deine Donner rollten,
 So fielen auf die Guten
30 Und Frommen stets nur Deines Blitzes Gluten?

  Auf uns, des Todes schwachen Sklaven, lastet
 Das Schicksal unabwendbar
 Und eisern die Nothwendigkeit; und können
 Wir ihre Wuth nicht heben, bleibt ein Trost uns,
35 Der Trost: „nothwendge Uebel!" Ist zu nennen
 Ein Leiden wenger hart, das nicht zu heilen?
 Empfindet keine Schmerzen,
 Wer ohne Hoffnung? Mit dir, schmählich Schicksal,
 Kämpft stets auf Tod und Leben
40 Der Tapfre, nimmer weichend. Ueberwältigt
 Ihn aber siegreich deine starke Rechte,
 Da fällt er unbezwungen, ohne Beben,
 Und stößt sich stolz und muthig
 In's Herz den Stahl, den herben,
45 Der schwarzen Schatten lachend noch im Sterben.

  Die Götter lieben den nicht, der gewaltsam
 Zum Tartarus sich Bahn bricht.
 Ja, solcher Muth wohnt nicht in Götterherzen!
 Hat sich vielleicht der Himmel unsre Trübsal
50 Und unsren Jammer, unsre bittern Schmerzen
 Zu seiner Muße Zeitvertreib erkoren?
 Nicht zwischen Schuld und Unglück,
 Vielmehr hat frei und rein im Wald zu leben
 Natur uns vorgeschrieben,

Einst Königin und Göttin. Nun zu Boden   55
Ruchlose Sitte warf die selgen Reiche,
Und in der Welt herrscht anderes Belieben,
Da klagt Natur, wenn muthig
Der Mann sich stürzt verwegen
Ins Schwert, daß er einst ihrem Streich erlegen?   60

   Von Schuld nichts wissend noch von eignem Elend,
Führt die beglückten Thiere
Zum letzten, nicht vorhergesehnen Schritte
Spät eine frohe Zeit. Doch wenn die Stirne
Sich zu zerschmettern, Kummer ihnen riethe   65
Am harten Baumstamm oder von dem Felsen
Sich jäh hinabzustürzen:
Kein wirrer Scharfsinn würde, kein geheimes
Gesetz Einspruch erheben
Je gegen solchen Drang. Euch nur, den Söhnen   70
Prometheus', euch nur unter allen Wesen,
Die leben, wird zum Ueberdruß das Leben;
Nur euch allein, ihr Armen,
Wehrt Zeus, wenn euch zu träge
Das Schicksal naht, zum Todesstrand die Wege.   75

   Und aus dem Meer, drin unser Blut geflossen,
Erhebst du, reiner Mond, dich,
Du kommst, das Blachfeld hier, das Grabeszeichen
Der Heldenkraft Ausoniens, zu beschauen.
Der Sieger wandelt über Bruderleichen,   80
Die Berge dröhnen, hinstürzt von der Höhe
Der Macht die alte Roma.
So still bist du? Du sahst Lavinia's Sprossen
Erstehen, sahst die Zeiten,

85 Die frohen, und des Ruhmes Lorbeerkränze;
Und unverändert werden deine Strahlen
Hin über diese Höhen schweigend gleiten,
Wenn einst Italien, schmählich
Der Sklaverei verfallen,
90 Von der Barbaren Tritt wird wiederhallen.

Sieh, zwischen nackten Felsen, grünen Zweigen
Die wilden Thier' und Vögel,
Die Brust erfüllt von des Vergessens Wonne!
Sie ahnen nichts vom jähen Sturz und Wechsel
95 Des Weltschicksals; und wenn sich in der Sonne
Nun früh das Dach des fleißgen Landmanns röthet,
Da werden diese fröhlich
Mit ihrem Morgenlied die Thäler wecken,
Und jene durch die Gründe
100 Die niedre Schaar der schwächren Thiere jagen.
O Schicksal! ein verworfnes Glied des Ganzen
Sind wir, und diese jammerreichen Schlünde
Und blutgetränkten Schollen
Rührt unser Loos nicht, nimmer
105 Erbleicht ob unsres Weh's der Sterne Schimmer.

Nicht des Olymps noch des Cocytus' Herrscher,
Die tauben, ruf' ich sterbend,
Auch nicht die Nacht noch die unwürdge Erde,
Noch dich, den letzten Hoffnungsstrahl des Todes,
110 Dich, Ruhm der Nachwelt. Soll die feige Heerde
Der Menschen meine Gruft mit Thränen ehren,
Mit Wort und Spenden schmücken?
Die Zeit wird schlimmer; trägen Enkelsöhnen
Ist nunmehr arger Weise

Die Ehre hoher Geister und die Rache   115
Für diese tiefe Schmach anheimgegeben.
Zieh' um mich, schwarzer Vogel, deine Kreise!
Es mag den wilden Thieren
Zum Fraß mein Leib hier liegen,
Und mein Gedächtniß mag im Wind verfliegen!   120

VII.

Der Frühling oder von den Mythen der Alten.

Nun da die Sonne heilet
Des Winters Schäden, da vom Wehn des lauen
Zephyrs die kranke Luft sich neu belebet,
Da sich der Wolken schwere Schatten senken,
5 Da ihre Brust vertrauen
Wehrlos dem Wind die Vögel, und die Sonne
Nun neue Liebeslust und neue Hoffnung
Sogar dem Wild erweckt in Waldestiefen,
Wo kaum der Rauhfrost von den Zweigen thaute —
10 Kehrt da vielleicht den Herzen, die da schliefen
Erstarrt in Schmerzes Qualen,
Die schöne Zeit zurück, die früh zerstörte
Der Wahrheit Todesfackel
Und das Verhängniß? Will nicht ganz verschwinden
15 Für immerdar dem Armen Phoebus' Leuchte?
Und willst du, duftger Frühling,
Noch einmal neu beleben und entzünden
Dies eisge Herz, das schon in jungen Jahren
Des Alters bittre Qualen hat erfahren?

20   Lebst du, lebst du, o heilge
Natur? Lebst du und bringt zu meinen Ohren
Der Mutter Stimme, die ich kaum noch kannte?
Sonst hatten zarte Nymphen jene Bäche
Zum Wohnsitz sich erkoren,

Zum Spiegel diesen Quell. Geheime Tänze   25
Der Götter sahen jene Felsengipfel
Und waldgen Höhn, jetzt ein Asyl der Winden.
Der Hirt vernahm, wenn er zur Mittagsstunde
Die durstgen Lämmer trieb zu schattgen Gründen
Am blumenreichen Ufer   30
Des Strom's, ein rauschend Lied entlang dem Strande
Aus derber Faunen Munde
Ertönen; sah sich regen dann die Fluten
Und stutzte; denn Diana, nicht gesehen
Von ungeweihtem Auge,   35
Stieg in die lauen Wogen, von den Gluten
Der blutgen Jagd die jungfräulichen Glieder,
Den schnee'gen Busen zu erfrischen, nieder.

   Es lebten Blumen, Kräuter,
Die Wälder lebten einst. Es war dem milden   40
Lufthauch, den Wolken und der Fackel Titans
Vertraut der Menschen Schicksal, und es folgte,
O Cypris, auf Gefilden
Und über Bergeshöhen deinem Sterne
Der Wandrer aufmerksam in nächtger Wildniß,   45
Wähnt', du begleitetst ihn auf seinen Wegen
Und sorgtest für der Sterblichen Geschicke.
Der Flüchtling, der, unselgem Haß erlegen
Im wilden Bürgerzwiste,
Einsam im tiefen Wald an seinen Busen   50
Die rauhen Stämme drückte,
Glaubt', daß lebendge Glut im Baume hebe
Die leeren Adern, daß die Blätter seufzen,
In schmerzlicher Umarmung
Verstohlen Daphne oder Phyllis bebe,   55

Und daß um Phaëton die Schwestern klagen,
Der in die Flut gestürzt vom Sonnenwagen.

    Und ihr, ihr rauhen Fel'en,
Ihr horchtet, wenn der Mensch, sein Leid zu künden
60 In Klagetönen sich ergoß, als Echo,
Und nicht der leeren Lüfte Rauschen, einsam
Noch haust' in jenen Gründen
Als einer unglückselgen Nymphe Odem,
Den Liebesgram und Mißgeschick verbannten
65 Aus zartem Körper. Hin durch nackte Klippen
Und Schluchten, hin durch öde Trümmerstätten
Trug sie die Klagelaute unsrer Lippen
Und unsre Noth und Schmerzen
Auf zum gewölbten Aether. Und die Sage
70 Hieß dich, melodscher Vogel,
Der du den jungen Lenz in Waldestiefen
Begrüßest, kundig menschlichen Geschickes,
Und glaubte, du erhöbest,
Wenn Flur und Luft in nächtger Stille schliefen,
75 Um Noth und ruchlos Leid vergangner Tage,
Um alten Gram und Kummer deine Klage.

    Doch nicht verwandt dem unsern
Ist dein Geschlecht; die Lieder, die erschallen
Aus deiner Brust, sind nicht von Weh durchdrungen.
80 Und schuldlos birgt dich minder gern das Dickicht.
Da des Olympus' Hallen
Veröbet stehn, und durch die schwarzen Wolken
Und durch die Berge rollend blind der Donner
Unschuldge ebenso wie Schuldge schrecket
85 Und mit Entsetzen füllt, da Mutter Erde,

Uns fremd und nichts von ihren Kindern wissend,
Nur Trübsal in uns wecket,
So höre du den thränenreichen Jammer
Des Menschenlooses, holde
Natur, und gieb zurück die alten Gluten   90
Mir in die Seele, falls du wirklich lebest
Und irgendwas im Himmel,
Auf Erden oder in des Meeres Fluten
Besteht, das wenn auch Mitleid nicht im Herzen,
So doch ein Auge hat für unsre Schmerzen.   95

VIII.

Hymnus an die Patriarchen

oder

von den Anfängen des menschlichen Geschlechts.

Von euch, der Menschheit hochberühmten Vätern,
Wird fort und fort der schmerzbeladnen Söhne
Gesang ertönen; wart ihr stets doch theurer
Dem ewgen Lenker der Gestirne, minder
5   Beweinenswerth als wir, wart ihr geboren
In einem holden Licht. Unheilbar Leiden,
Geboren sein zu Thränen und als süßres
Geschick hinnehmen Tod und Grabesnacht
Als goldnes Aetherlicht, das war nicht Mitleid
10   Noch himmlische Gerechtigkeit, die solches
Dem armen Sterblichen hat aufgebürdet.
Und wenn von eurem alten Irrthum, welcher
Der Tyrannei der Seuchen und des Elends
Preis gab den Menschen, alte Sagen melden,
15   Hat grausre Schuld der Söhn', ihr wilder Geist
Und Wahnsinn schlimmer die gekränkte Gottheit
Und die verschmähte Hand der mütterlichen
Natur bewaffnet gegen uns, so daß
Des Lebens Flamme uns verdroß, verworfen

Der Sproß des mütterlichen Schooßes war,   20
Und wild an's Licht der Erebus hervorbrach.

Du sahst, o du der Menschheit einstger Führer
Und Ahn, zuerst den Tag, die Purpurfackeln
Der kreisenden Gestirne, wie der frischen
Gefilde Sprossen und den Hauch des Windes,   25
Der über junge Triften irrend schweifte,
Als der Gebirgsstrom noch in jähem Sturz
Mit unerhörtem Brausen traf die Felsen
Und öden Thäler, und als auf den holden
Zukünftgen Stätten von berühmten Völkern   30
Und von geschäftgen Städten tiefer Friede
Noch herrschte, und der Sonne heller Strahl,
Der goldne Mond die unbebauten Hügel
Einsam und stumm hinaufstieg. O, wie glücklich,
Wie unbekannt mit Schuld, mit Noth und Jammer   25
War da die stille Erde! Welches Elend,
Unselger Vater, welch' endlose Reihe
Von herbem Leid hat Deinem Stamm das Schicksal
Bereitet! Siehe, unerhörter Wahnsinn
Besudelt nun mit Blut und Brudermord   40
Die kargen Felder, und der reine Aether
Gewahrt des Todes unheilvollen Fittich.
Es irrt umher der Brudermörder zitternd
Und flieht die stillen Schatten und das Rauschen
Des Windes in der Wälder Einsamkeit   45
Und baut zuerst gesellge Wohnungen,
Herberg' und Reich von Sorg' und Angst; es einet
Und treibt zuerst die Qual der herben Reue
Verzweiflungsvoll die blinden Sterblichen,
An gleicher Zufluchtsstätte sich zu sammeln.

Dem krummen Pflug ward so die frevle Hand
Versagt, der Schweiß des Landmanns schien verächtlich,
Und Müßiggang herrsch' an des Lasters Schwelle,
Die Urkraft welkte in den trägen Leibern,
55 Der Geist erschlaffte, und — der Uebel größtes —
Die Knechtschaft unterwarf die feige Menschheit.

Und du, dem aus dem trüben Himmel nieder
Von flutumspülten Höhn die weiße Taube
Zuerst ein Zeichen neuer Hoffnung brachte,
60 Und dem schiffbrüchig aus den Wolken stieg
Die Sonn' am Abend, mit der zarten Iris
Den düstern Himmel malend, Du erlöstest
Vom Zorn des Aethers und der Meeresflut,
Die Bergeshöhn bedeckte, das Geschlecht
56 Des Menschen. So gerettet kehrt er wieder
Zurück, erneut mit seinem wilden Streben
Sein altes Weh, verlacht die unnahbare
Gewalt des Meers und dessen Strafgericht
Und lehret seinen Jammer, seine Thränen
70 Entfernte Küsten, fremde Völker kennen.

Nun denket Dein mein Herz, du Ahn der Frommen,
Gerecht und stark, und Deines Samens Sprossen,
Der edlen. Künden will ich, wie einst heimlich,
Indeß Du um die Mittagszeit verborgen
75 Im Schatten Deiner trauten Hütte saßest,
Am sanften Ufer, Deiner Heerden Weide,
Die Gottheit mit Besuch von Himmelspilgern
Dich segnete; und wie, o Sohn der klugen
Rebekka, Abends⸱ nahe bei dem Brunnen,
80 Dem ländlichen, im milden Thal von Haran,

Belebt von Hirten und von froher Muße,
Dich Lieb' ergriff zur schönen Tochter Labans,
Ja, Liebe unbesiegbar, daß zu langer
Verbannung und zu langer, schwerer Mühsal
Und zu des Knechtedienfts verhaßter Bürde   85
Du willig Dich mit frohem Muthe weihtest.

   Gewiß, einst war — nicht speist mit leeren Reden
Und Schattenbildern der aon'sche Sang
Und alte Sage das begierge Volk —
Es war vordem befreundet unsrem Stamme   90
Und hold dies Jammerthal, und golden rann
Das flüchtge Leben hin. Nicht daß die Milch
In reiner Flut die Wand der Heimaththäler
Benetzte, oder daß der Hirt den Tiger
Mit seinen Heerden zum gewohnten Stalle   95
Zum Scherz hinführte oder hin zur Quelle
Den Wolf; jedoch unkundig seines Schicksals
Und seiner Leiden, frei von Leiden lebte
Der Mensch, sich fügend willig den geheimen
Gesetzen der Natur sowie des Himmels;   100
Der holde Wahn, der Trug, der zarte Schleier
Der Dinge nützten, und das Lebensschiff
Trieb hoffnungsfroh und ruhig in den Hafen.

   So lebt jenseits des Urwald's noch ein glücklich
Geschlecht, an dessen Herz die bleiche Sorge   105
Nicht nagt, und dem kein grauenvolles Siechthum
Die Glieder schwächt, und dem die Wälder Nahrung,
Die Felsenhöhle Zuflucht und das Thal
Zum Trank die Quelle beut, und dem der Tag
Des schwarzen Todes unerwartet naht.   110

O, wie so wehrlos ist das Reich der weisen
Natur doch gegen unser ruchlos Trachten!
Den fernen Strand, die Höhlen, stillen Wälder
Erschließet unser Wahnsinn, unbezähmbar,

115   Erzieht zu fremden Schmerzen, neuen Wünschen
Das unterworfne Volk und scheucht das flüchtge
Und nackte Glück zum fernen, fernen Westen.

IX.

Sappho's letzter Gesang.

Du stille Nacht und du, verschämter Strahl
Des Mondes, der zum Untergang sich neiget,
Und du, der aufgeht überm Walde dort,
Des Tages Herold, wie entzückte mich
Einst euer Anblick, als noch die Erinnyen,   5
Als das Verhängniß mir noch unbekannt!
Solch Schauspiel ekelt den Verzweifelnden.
Nur dann belebt mich ungewohnte Lust noch,
Wenn Regenschauer durch den Aether jagen,
Auf den erschreckten Fluren Wolken Staubes   10
Der Südwind hoch aufwirbelt, wenn der Wagen,
Zeus' schwerer Wagen über meinem Haupte
Donnernd hinrollt, die finstre Luft durchschneidend.
Mich freut's, durch Schluchten und durch tiefe Thäler
Im Sturm zu wandern, scheuer Heerden Flucht   15
Zu schaun, mich freut des wilden Stromes Toben,
Wenn siegreich seine Wellen
Hoch über die zerrißnen Ufer schwellen.

Schön ist dein Mantel, blauer Himmel, schön
Bist du, bethaute Erde! Aber, ach,   20
Von all der unermeßnen Schönheit gaben
Die Götter und das unbarmherzge Schicksal
Der armen Sappho nichts. Obwohl ein niedrer

Und lästger Gast in deinen prächtgen Reichen,
25 Natur, kehr' ich, verschmähte Liebende,
In brünstgem Flehen Herz und Aug' empor
Zu Deinen Reizgestalten. Aber, ach,
Mir lächelt nicht der sonnge Strand, der Schimmer
Des Morgens an des Aethers Pforten nicht.
30 Mich grüßet nicht das Lied der bunten Vögel,
Der Buchen Säuseln nicht, und wo im Schatten
Der Trauerweiden dort der klare Bach
Ausbreitet seinen reinen Spiegel, da
Scheint meinem ungewissen Fuß die Welle
35 Sich spröde zu entziehen
Und von dem blühnden Ufer fortzufliehen.

Welch' ein Vergehn, welch' unerhörter Frevel
Befleckte mich, schon eh' ich ward geboren,
Daß mich so feindlich traf der Blick des Schicksals?
40 Was fündigt' ich als Kind, da noch das Leben
Nichts weiß von Schuld, daß so beraubt der Jugend,
So blütenleer die unbarmherzge Parze
An ihrer Spindel dreht den Lebensfaden?
Doch unbedachte Worte spricht die Lippe.
45 Geheimnißvoller Rathschluß lenkt das Schicksal.
Geheim ist alles außer unsrem Schmerz.
Verstoßne Brut, sind wir zu Thränen nur
Geboren; das Warum — es liegt im Schooße
Der Götter. O, der Mühen, o der Hoffnung
50 Der ersten Jugend! Zeus verlieh dem Schein,
Dem holden Schein ein ewig Reich auf Erden;
Es mag im schlechten Kleid der Held, der Sänger
Um Ehr' und Ruhm sich mühen,
Es wird kein Kranz um ihre Schläfen blühen.

Ich sterbe. Der unwürdge Schleier fällt   55
Zu Boden, und der reine Geist enteilt
Zum Tartarus, das grause Loos zu sühnen,
Das mir zuwarf der blinde Schicksalsspender.
Und Du, dem lange Lieb' und lange Treue
In unbezwungner Glut umsonst ich weihte,   60
Sei glücklich, wenn ein Sterblicher auf Erden
Je glücklich war! Mir ward zu Theil kein Tropfen
Vom süßen Naß aus Jovis kargem Becher,
Seitdem die Täuschung und der Traum der Kindheit
Mir schwanden. Ach, am schnellsten stets entfliehen   65
Die frohsten Tage unsres Erdenlebens.
Es nahen Krankheit, Alter und der Schatten
Des eisigkalten Todes. Nach so manchen
Erhofften Palmen, manchem süßen Wahne
Harrt mein der Tod, nichts bleibt der kühnen Seele,   70
Als zu des Orkus Schweigen
In's finstre Schattenland hinabzusteigen.

X.

Die erste Liebe.

Mir kommen wieder in den Sinn die Stunden,
Da ich zuerst die Lieb' empfand und sprach:
Ist Liebe dies? — jetzt kenn' ich ihre Wunden!

Für alles blind folgt' ich der Einen nach,
5 Die sich zuerst die Bahn zu diesem Herzen
Und ohne daß sie's selber wollte, brach.

O Liebe, konntest so du mit mir scherzen?
Wie konnte schaffen diese süße Lust
So heiße Wünsche, so viel bittre Schmerzen?

10 Warum zogst du nicht froh, des Glücks bewußt,
Das sonst du spendest, nein, mit bangen Klagen
Und tausendfachem Weh in diese Brust?

Schwachmüthig Herz, wie konntest so du zagen,
Bei dem Gedanken leiden solche Noth,
15 Nächst welchem Ekel jegliches Behagen?

Gedanke, der sich schon beim Morgenroth,
Und bis der Tag und auch die Nacht verronnen,
Der Seele schmeichelnd stets aufs neue bot,

Du haſt aus unerſchöpflich tiefem Bronnen,
Wenn ich gebettet lag auf weichem Flaum,   20
Mir Jammer nur gereicht ſtatt Glück und Wonnen.

Und hatte durch die müden Glieder kaum
Dann Schlaf, die Schmerzen lindernd, ſich ergoſſen,
Riß mich's wie Fieberwahnſinn aus dem Traum.

Dann ſtand, obwohl ich rings von Nacht umfloſſen, 25
Das ſüße Bild lebendig vor dem Blick,
Wenn auch der Augen Vorhang feſt geſchloſſen.

O, welch' ein Strom von unnennbarem Glück
Floß mir in Wonneſchauern durch die Glieder!
Wie kehrt' ins Herz mir immmerfort zurück   30

Solch ſüße Regung doch! So tönt hernieder
Ein Flüſtern aus den Wipfeln, wenn bewegt
Vom Weſt, die Blätter wogen hin und wieder.

Und du, indeß ich ſchweige, ſprich, was regt
In dir, mein Herz, ſich, da ſie nun geſchieden,   35
Um die allein dein Puls ſo ſtürmiſch ſchlägt?

Noch fühlt' ich meine Bruſt von Gluten ſieden,
Und ſchon hat, ach, des Windes leiſer Zug,
Der kaum mich kühlte, wieder mich gemieden.

Zu ſchlafen war vergeblicher Verſuch!   40
Kaum tagt's, als das Geſpann, das ſie entführte,
Das Pflaſter vor des Vaters Hauſe ſchlug.

Und ich, besorgt, daß man mich hörte, rührte
Mich nicht, doch offen in der Dunkelheit
45   Hielt Aug' und Ohr ich, ob ich etwa spürte

Der Stimme Laut, die mir zu jener Zeit
Zum letztenmal von diesen Lippen tönte
Und mir entriß des Himmels Seligkeit.

Doch nur der Diener rohes Schreien höhnte
50   Mein Ohr, mir rieselt's durch die Glieder kalt,
Laut schlug mein Herz und meine Lippe stöhnte.

Als endlich doch mit himmlischer Gewalt
Der süße Laut in Ohr und Herz gedrungen,
Und dann der flüchtgen Räder Rasseln schallt,

55   Da schloß ich, nun verwaist, von Gram durchdrungen,
Die Augen, drückt' ins Kissen mein Gesicht,
Griff mit der Hand ans Herz, von Weh bezwungen,

Dann durch die stille Kammer das Gewicht
Des Körpers schleppend hin auf schlaffen Knieen:
60   „Es komm', was will, sprach ich, es rührt mich nicht."

Nun aber will Erinnrung nicht mehr fliehen,
Und jedes Antlitz, jeder Stimme Ton
Macht alte Schmerzen neu in mir erglühen,

Und lange Qual trug dann den Sieg davon.
65   So sendet Zeus ununterbrochen Regen
Oftmals hernieder von Olympos' Thron.

Kaum achtzehn Jahr alt stand ich dir entgegen,
O Liebe, doch von Thränen wußt' ich nur.
Was Wunder, daß ich Deinem Pfeil erlegen,

Daß ich Entsagung jeder Freude schwur,   70
Daß mich nicht rührte mehr Aurora's Glühen,
Der Sterne Glanz nicht, noch die grüne Flur.

Auch Durst nach Ruhm, um den ich tausend Mühen
Geduldig trug, erlosch in meiner Brust,
Seit sie der Lieb' als Wohnsitz ward verliehen.   75

Die Wissenschaft schien nun wie eitler Wust,
Aus welchem keine Früchte zu gewinnen,
Und einst war sie doch meine ganze Lust.

Wie war nur so verändert all mein Sinnen!
Was einst ich ernst gewollt, schien jetzt mir Scherz,   80
Die frühre Neigung thörichtes Beginnen.

Es freute mich allein mein trübes Herz,
Mit ihm zu plaudern hatt' ich nur erkoren
Und Wache halten still bei meinem Schmerz.

Gesenkt den Blick, hatt' ich, in mich verloren,   85
Jedwedes Antlitz, häßlich oder schön,
Selbst flüchtig anzuschauen streng verschworen.

Es konnte ja das reine Bild vergehn,
Das ich im Busen trug, so wie die Fluten
Sich trüben schon bei leisem Windeswehn.   90

Nun fühl' im Herzen ich der Reue Gluten
Um meiner Liebe, ach, versäumtes Glück.
Die Lust ist mir in Gift verkehrt, und bluten

95 Macht mir das Herz mein hartes Mißgeschick;
Doch hab' ich keine Thaten zu bekennen,
Von denen Schande fiel' auf mich zurück.

Die Flamme, die ich fühlt' im Busen brennen,
— Ich schwör's euch, edle Seelen, Himmel, dir —
War stets nur rein und unbefleckt zu nennen.

100 Die Flamme lebt, noch lebt die Lieb' in mir,
Stets schwebt ihr süßes Bild vor meinen Blicken,
Das spendet Himmelslust nun für und für,
Und mir genügt vollauf ein solch Entzücken.

XI.

Die Blaudroſſel.

Du ſingſt vom Gipfel jenes alten Turmes
Hinaus in's Feld, einſiedleriſcher Vogel,
Und ſingſt, bis ſich der Tag zur Ruhe neiget;
Und durch das Thal hin zieht der ſüße Wohllaut.
Vom Himmel niederſteiget   5
Der Lenz und ſchreitet jauchzend durch's Gefilde,
Ihn anzuſchaun rührt ſchon das Herz im Buſen.
Horch, Heerden blöcken, horch, die Rinder brüllen,
Und ſieh die andern Vögel um die Wette,
Den holden Frühling feiern wonnetrunken   10
Und durch den Aether auf= und niederſchweben!
Du aber ſitz'ſt abſeits, in dich verſunken
Und magſt nicht ihre Freuden
Noch ihren luſtgen Flug geſellig theilen;
Du ſingſt — und ſo enteilen   15
Der Frühling und dein eignes junges Leben.

   Mein Leben iſt verfloſſen
Und, ach, verfließt wie deines. Luſt und Lachen,
Der Jugendzeit holdſelige Genoſſen,
Und Liebe du, der Jugend Zwillingsſchweſter   20
Und unſrer ſpätren Tage herber Seufzer,
Wie's kommt, ich weiß es nicht, doch eure Spuren
Hab' immer ich gemieden.

Ich lebe abgeschieden
25 Von aller Welt und sehe,
Wie meines Lebens Frühling mir entfliehet.
Der Tag, der jetzt am Horizont verglühet,
Ein Festtag ist's, den sie im Dorfe feiern.
Horch, Glocken durch die klare Luft erschallen,
30 Horch, Eisenrohre feuern Freudenschüsse,
Die krachend fern und nahe wiederhallen!
In bunten Feierkleidern
Verläßt des Dorfes Jugend
Die Häuser, durch die Gassen hin zu wandeln,
35 Und sieht und wird gesehn und freut sich herzlich.
Nur ich allein vermeide
Die Menge, geh' allein in's Feld, verschiebend
Jedwede Lust und Freude
Auf eine andre Zeit: und wenn mein Auge
40 Dann in des Aethers Bahnen
Die Sonne schaut, die hinter fernen Bergen
Zum Untergang sich wendet
Nach diesem heitren Tag, dann will mich's mahnen,
Daß auch das selge Jugendalter endet.

45   Einsamer Vogel, dich wird nicht dein Treiben,
Wenn sich der Abend deines Lebens nahet,
Und sich dein Loos vollendet,
Gereuen; denn es folgt Naturgesetzen
All euer Thun und Streben.
50 Doch ich, wenn ich muß leben
Und kann den tausend Plagen
Des Alters nicht entgehen,
Und wenn mein Auge stumm für Andrer Herzen,
Wenn leer die Welt, und finstrer als das Heute

Das Morgen wird vor meinen Blicken stehen,   55
Was werd' alsdann ich sagen
Von meiner Jugend, meines Lebens Zielen?
Ach, Reue werd' ich fühlen
Und oft, doch trostlos werd' ich rückwärts sehen.

XII.

Die Unendlichkeit.

Stets war mir theuer jener stille Hügel
Und jene Hecke, die zum großen Theil
Den fernsten Horizont dem Blick entziehet.
Dort sitz' ich in Betrachtung oft und denke
5   Mir jenseit dieser grenzenlosen Räume
Die tiefste Ruh' und überirdsches Schweigen,
So daß das Herz mir fast erstarrt vor Schrecken.
Und wie ich nun den Wind durch diese Büsche
Hinrauschen höre, da vergleich' ich jenes
10   Endlose Schweigen diesen Lauten hier.
Und so gedenk' ich nun der Ewigkeit,
Der längst entschwundnen, todten, wie der jetzgen
Lebendgen Zeit und ihres Lärms. In dieser
Unendlichkeit versinkt mein ganzes Denken,
15   Und süß ist's mir, auf diesem Meer zu scheitern.

XIII.

Festtagabend.

Die Nacht ist mild und klar, es schweigt der Wind,
Und über Dächer, über Gärten hin
Geht still der Mond und läßt der fernen Berge
Umriß genau erkennen. Holde Frau,
Auf allen Wegen herrscht nun tiefes Schweigen,   5
Nur selten scheint ein Licht noch durch die Fenster.
Du schläfst; denn Dich umfieng gar leicht der Schlummer
In Deinen stillen Zimmern; keine Sorge
Nagt Dich, noch weißt Du oder ahnst Du
Die Wunde, die Du meinem Herzen schlugst.   10
Du schläfst; ich tret' an's Fenster, zu begrüßen
Den Himmel, scheinbar gütig allen Menschen,
Und die allmächtige Natur, die mich
Zu Leiden schuf. „Dir sei versagt, sprach sie,
Die Hoffnung, selbst die Hoffnung! Deine Augen,   15
Erglänzen sollen sie allein von Thränen.“

Es war ein Festtag heut'; nun ruhst Du aus
Von Deinen Freuden und erinnerst Dich
Vielleicht im Traum, wie vielen heute Du
Gefallen und wie viele Dir gefielen.   20
Doch mein gedenkst Du nicht (wie könnt' ich's hoffen?) —
Ich frag' indeß, wie lang noch währt dies Leben,
Und schreiend werf' ich mich zur Erd' und jammre:
O gräßlich Schicksal in so jungen Jahren! —

25   Da hör' ich auf der Straße in der Nähe
      Den Handwerksmann, der für sich singend spät noch
      Von einer Lustbarkeit nach Hause kehret.
      Und furchtbar schnürt' es mir das Herz zusammen,
      Bedenk' ich, wie hienieden alles schwindet
30   Und kaum zurückbleibt eine Spur. So ist
      Vergangen dieser Festtag, und dem Festtag
      Folgt nun der Werktag, und die Zeit entführt
      Jedwedes menschliche Begegniß. Wo
      Ist jetzt der Ruf der Alten, wo der Ruhm
35   Der hehren Ahnen, wo die Herrschaft Roms,
      Die Waffenthaten und das Kriegsgetöse,
      Das einst erklang durch Länder und durch Meere?
      'S ist Frieden, Stille, und die ganze Welt
      Regt sich nicht mehr und spricht nicht mehr von ihnen.
40   In meiner Jugend, wo man sonst mit Sehnsucht
      Des Festtags harrt, da lag ich traurig, wachend,
      Wenn er vorüber war, auf meinem Lager,
      Und hört' ich dann in später Nacht ein Lied,
      Das von der Straße so in's Ohr mir drang
45   Und in der Ferne hinstarb allgemach,
      Da preßt' es ebenso mein Herz zusammen.

XIV.

An den Mond.

O holder Mond, ich denke eben dran,
Wie ich, von Leid erfüllt — 's ist grad' ein Jahr —
Zu diesem Hügel kam, dich zu betrachten.
Auch damals hiengst du über jenem Walde,
Wie jetzt du drüber hängst, ihn ganz erhellend.   5
Doch schien dein Antlitz meinen Augen neblig
Und zitternd von den Thränen, die den Wimpern
Entquollen; denn voll Kummer war mein Leben,
Und ist es noch und wird es ewig bleiben.
Geliebter Mond! Doch freut mich's, meiner Schmerzen   10
Zu denken und ihr Alter nachzurechnen.
Wie herrlich ist's, in unsrer Jugend Tagen,
Wo vor uns weit noch liegt die Bahn der Hoffnung
Und kurz die der Erinnrung hinter uns,
Still zu gedenken der Vergangenheit,   15
Ist sie auch trüb' und währen noch die Schmerzen.

XV.

Der Traum.

Früh war's, und durch die festgeschlossnen Läden
Schlich vom Balkon her in mein dunkles Zimmer
Verstohlen sich der Sonne erster Strahl.
Da, um die Zeit, wo schwächer schon und süßer
Der Schlaf die Augenlider überschattet,   5
Stand neben mir und sah in's Antlitz mir
Das Bildniß jener, die zuerst die Liebe
Mich kennen lehrt', und dann mich ließ in Thränen.
Sie schien nicht todt, doch traurig, wie die Züge
Von solchen, die das Unglück beugt. Sie näh'rte   10
Die Hand nun meiner Stirn und: „Lebst Du? sprach sie
Mit Seufzen, und bewahrst Du in der Seele
Erinnrung noch an mich?" — „Woher, entgegn' ich,
Und wie kommst Du zu mir, o theure Schönheit?
Wie weint' ich und wie wein' ich noch um Dich!   15
Ich glaubte nicht, daß Du es je erführest,
Und um so herber waren meine Schmerzen.
Doch willst Du mich zum zweiten Mal verlassen?
Ich fürcht' es. Aber sage, was geschah Dir?
Bist Du dieselbe noch? Und was verzehret   20
Im Innern Dich?" — „Vergessenheit, sprach sie,
Verwirrt die Sinne Dir, der Schlaf umhüllt sie.
Gestorben bin ich, Du hast mich gesehen
Zum letzten Mal, schon manche Monden sind's." —

Unsäglich Weh fühlt' ich bei diesen Worten.   25
Und sie: „Ich starb in meiner Jahre Blüte,
Wenn leben ist so süß, und eh das Herz
Erkennt, daß eitel alles irdsche Hoffen.
Den Tod sich wünschen wird nicht schwer dem Kranken,
Den Tod, der ihn von allem Schmerz und Kummer   30
Erlöst. Doch für die Jugend scheint entsetzlich
Der Tod und hart das Schicksal, daß die Hoffnung
Erlischt dort unten in des Grabes Nacht.
Zu wissen, was Natur verbirgt dem Menschen,
Der noch das Leben nicht erkannt, ist eitel,   35
Um vieles besser als unzeitig Wissen
Ist blinder Schmerz." — „O Unglückselge, Theure,
Versetzt' ich, schweige, schweige, Du zerreißest
Mit diesem Wort das Herz mir. Also todt,
Geliebte, bist Du, und ich lebe noch!   40
Und droben war's bestimmt, daß dieser Leib,
So zart und hold, in bangen Todesschweißen
Vergieng, indessen diese morsche Hülle,
Noch immer aufrecht steht! So oft ich auch
Dran denken muß, daß Du nicht mehr am Leben,   45
Daß ich auf Erden nie Dich wiederfinde,
So kann ich's doch nicht glauben. Ach, was ist es,
Das sterben heißt? Wohl könnt' ich's heut' erfahren,
Und dieses schwache unbewehrte Haupt
Dem wilden Grimme des Geschicks entziehen.   50
Zwar bin ich jung, doch meine Jugend schwindet
Dahin, verzehrend sich wie Greisenalter,
Vor dem ich schaudre, wenn es gleich noch fern ist,
Doch wenig unterscheidet sich vom Alter
Die Blüte meines Lebens." — „Ach, zu Thränen,   55
Sprach sie, sind wir geboren; unsrem Leben

13

Hat nicht das Glück gelächelt, und der Himmel
Ergötzte sich an unsrem Schmerz." — „Jetzt, sprach ich,
Da mir der Blick von Weinen, da das Antlitz
60 Verschleiert mir von Blässe, da von Jammer
Mir schwer das Herz, weil Du mich hast verlassen,
Jetzt sag' mir: spürtest jemals Du im Busen,
Solang Du lebtest, einen Funken Liebe,
War je Dein Herz voll Mitleid für den Armen,
65 Der so Dich liebte? Hoffnungslos und hoffend
Verbracht' ich damals meine Tag' und Nächte.
Und jetzt ermüd' ich mich in eitlem Zweifeln.
Wenn nur ein einzges Mal in Deine Seele
Erbarmen drang mit meinem trüben Leben,
70 Verbirg mir's nicht, damit an der Erinnrung
Jetzt wo die Zukunft uns genommen ist,
Ich weiden kann mein Herz." — Und sie: „O tröste
Dich Unglückselger! Denn ich war nicht karg
Mit Mitleid gegen Dich, so lang ich lebte,
75 Und bin's auch jetzt nicht, denn auch ich war elend.
Doch klage nicht um mich, mich armes Kind!" —
„Um unsres Unglücks, um der Liebe willen,
Die mich verzehrt, so rief ich, um der Jugend
Geliebten Namens willen und des Lebens
80 Verlorner Hoffnung, reich' mir, reich', o Theure,
Mir Deine Hand!" — Und sie in süßer Trauer
Reicht mir die Hand. Indeß ich sie mit Küssen
Bedeck' und dann voll schmerzlichen Entzückens
Sie preß' an meine Brust, indeß mein Antlitz
85 Erglüht und auf den Lippen stockt die Sprache,
Da schimmert schon der Tag mir vor den Blicken.
Sie heftete die Augen zärtlich dann
Auf meine Augen: „Du vergißt, o Theurer,

So sprach sie, daß die Schönheit mir entschwunden,
Du glühst und bebst, Unseliger, umsonst   90
Von Liebe. Drum zum letzten Mal: fahr' wohl.
In Seel' und Leib sind ewig wir geschieden.
Du lebst für mich nicht, wirst für mich nicht leben,
Den Schwur der Treue, den Du mir geschworen,
Ihn riß entzwei das Schicksal." — Als in Angst ich   95
Nun aufschrein wollt', in Schmerzen zuckt', in Thränen
Die glühnden Augen trostlos sich ergossen,
Da wacht' ich auf vom Schlaf. Doch stand sie noch
Vor meinem Blick, und in dem Strahlenschimmer
Der Sonne glaubt' ich noch zu sehn ihr Bildniß.   100

XVI.

Das einsame Leben.

Es weckt mich aus dem Schlafe früh der Regen,
Der tröpfelnd leis' an meine Hütte klopft,
Indeß die Henne, mit den Flügeln schlagend,
Im noch verschloßnen Stalle munter gackert,
5   Und sacht der Landmann an das Fenster tritt
Und nach der Sonne späht, die ihre Strahlen
Hin durch die letzten Regentropfen sendet;
Und mich erhebend segne ich das leichte
Gewölk, der Vögel erstes Lied, die Kühle
10   Des Morgens und die lachenden Gefilde.
Denn euch, unselge Städtemauern kenn' ich,
Ich kenn' euch, ach, genug, wo Haß und Schmerzen
Zusammen wohnen, wo ich schmerzvoll lebe
Und so bald sterben werde. Etwas Mitleid,
15   Wenn auch nur karg, zeigt hier mir wenigstens
Noch die Natur, die einst sich mir so freundlich
Bewiesen. Doch auch du, Natur, du wendest
Hinweg den Blick von Elend und Bedrängniß
Und dienst, das Unglück und den Schmerz verachtend,
20   Der Glücksgöttin allein. Kein andrer Freund
Im Himmel und auf Erden, keine Zuflucht
Ist dem Verlassnen als das Schwert geblieben.

Zuweilen such' ich einen stillen Platz
Auf einer Höhe, an des See's Gestade,

Umgeben rings von still verschwiegnen Pflanzen.   25
Dort malt die Sonne um die Mittagsstunde
Ihr mildes Antlitz auf die stillen Fluten.
Kein Halm, kein Blatt bewegt sich da im Winde,
Kein Wellchen regt sich, keine Grille zirpt,
Kein Vogel rührt die Flügel in den Zweigen,   30
Kein Falter schwirrt, und nah und ferne schweigt
Jedweder Laut und jede Regung stockt:
Die tiefste Ruhe herrscht an diesen Ufern.
Und fast mich selbst vergessend und die Welt,
Sitz' ich bewegungslos; mir ist's, als ob   35
Die Glieder schlaff dalägen, als ob Leben,
Gefühl nicht mehr darin und ihre Ruhe
Mit dieses Ortes Schweigen sich vermischte.

O Liebe, Liebe, weit bist du entflohn
Aus diesem Herzen, warm und glühend einst.   40
Das Unglück hat mit seiner kalten Hand
Es fest gepackt und in des Lebens Blüte
Zu Eis erstarrt. Ja, wohl erinnr' ich mich
Der Zeit, da du zuerst in's Herz mir drangst.
'S war jene schöne Zeit — sie kehrt nicht wieder! —   45
Wenn sich dem jungen Blick die Schmerzensbühne
Der Welt eröffnet und ihm freundlich lächelt,
Als wär's ein Paradies. Dann klopft dem Jüngling
Von jungfräulicher Hoffnung und von Sehnsucht
Das Herz im Busen, und der Sterbliche,   50
Der unglückselge! rüstet sich, als wär's
Zu Spiel und Tanz, zur Arbeit dieses Lebens.
Doch nicht so bald ward ich dein inne, Liebe,
Als schon in Trümmer brach mein armes Leben,
So daß hinfort nur Thränen mir geziemen.   55

Nur dann und wann, sei's daß auf sonngen Höh'n,
Im ersten Frühroth, oder wenn die Dächer,
Die Au'n und Hügel in der Sonne glänzen,
Ein holdes Mädchenantlitz mir begegnet,
60 Sei's daß ich in der feierlichen Stille
Der Nacht zur Sommerzeit die irren Schritte
Vor einer ländlichen Behausung hemme,
Die stille Welt beschau' und auf das Lied
Des Mädchens horche, das im Kämmerlein
65 Einsam selbst Nachts die Arbeit fleißig fördert,
Da regt sich wohl dies Herz von Stein im Busen
Zu lautem Pochen; aber bald schon sinkt's
Zurück in seinen ehrnen Schlaf: denn fremd
Ist jede sanfte Regung ihm geworden.

70   O holder Mond, bei dessen mildem Strahle
Das Häschen tanzt im Wald, so daß der Jäger
Am Morgen klagt, daß er verwirrt die Fährten
Nun findet und auf falschen Spuren suchend
Seitab vom Lager in die Irre geht,
75 Sei mir gegrüßt, du milder Fürst der Nächte.
Feindselig fällt dein Strahl auf Wald und Felsen,
Einsam verlaßne Mauern und den Stahl
Des bleichen Räubers, der gespannten Ohrs
Auf Räderknarren horcht und Pferdetritte
80 Und lauscht, ob er nicht hört auf stillem Pfade
Den Wandrer nahn, um ihn mit Waffenklirren,
Mit rauhem Anruf und mit Mordgebärden
Das Herz im Busen plötzlich zu versteinen,
Den dann er liegen läßt in rauher Wildniß
85 Halbtodt und nackt. Feindselig trifft dein Licht
Den schnöden Buhler, der bei Nacht die Gassen

Durchschleicht und an die Mauern scheu sich drückt,
Das tiefste Schattendunkel ängstlich sucht
Und stille steht, vor brennenden Laternen
Und offnen Fenstern oft zusammenschreckend.   90
Feindselig bist du allen Bösgesinnten;
Doch mir wird freundlich stets dein Anblick sein
Auf diesen Fluren, wo du meinem Auge
Nur heitre Hügel zeigst und weite Auen.
Und doch wie hab' ich deinem holden Strahle,   95
Obwohl ich keiner Schuld mir war bewußt,
Oftmals gegrollt, wenn an bewohnten Stätten
Dem Blick der Menschen du mich preisgegeben
Und meinem Blick der Menschen Antlitz zeigtest!
Jedoch von jetzt an will ich stets dich preisen,   100
Magst du durch trübe Regenwolken segeln,
Magst strahlend du, des Aethers milder Herrscher,
Die thränenreiche Menschenwelt betrachten.
Du wirst mich oft noch sehen, wenn ich einsam
Und still durch Wald und grüne Fluren streife,   105
Zuweilen hingestreckt in's Gras, zufrieden,
Wenn Kraft und Athem mir noch bleibt zu seufzen.

XVII.

Consalvo.

Consalvo fühlte nah sein Lebensende,
Ein sonst gefürchtet, jetzt willkommnes Ziel.
Er lag auf seinem Sterbebett; ihm winkte
Schon nah' inmitten seines fünften Lustrums
5   Das heiß ersehnte Land „Vergessenheit".
So lag er da, an seinem Todestage
Von seinen liebsten Freunden längst verlassen;
Denn endlich bleibt kein Freund dem Mann auf Erden,
Der dieses Erdenlebens überdrüssig.
10   Nur Eine harrte aus an seiner Seite,
Gerührt von Mitleid, weil er so verlassen,
Sein steter und alleiniger Gedanke,
Elvira, Abbild göttergleicher Schönheit.
Sie kannte ihre Macht, sie wußte wohl,
15   Daß ein Blick, daß ein freundlich Wort von ihr,
Wohl tausendmal und abertausendmal
Im treuen Herzen wiedertönend, Nahrung
Und Halt dem armen Liebenden gewährte,
Obwohl sie nie bis jetzt ein Wort von Liebe
20   Von ihm vernommen; denn in seiner Seele
War stets von heilger Scheu die heiße Sehnsucht

Beherrſcht. Es hatte ſo zum Kind, zum Sklaven
Das Uebermaß der Liebe ihn gemacht.

Doch endlich ſprengt der Tod die alten Banden,   25
Und frei iſt nun die Zunge. Als er fühlt
Die ſichern Zeichen ſeines nahen Endes,
Und da er ſieht, wie ſie zu gehn ſich rüſtet,
Ergreift er ihre weiße Hand und ſpricht,
Sie drückend: „Ach, Du gehſt, Dich zwingt die Stunde;
Leb wohl, Elvira; niemals, niemals glaub’ ich,   30
Seh’ ich Dich wieder. Drum leb wohl! leb wohl!
Ich danke Dir für Deine treuen Sorgen,
So warm ich kann. Dir lohne, wer’s vermag,
Wenn Lohn der Himmel je gewährt den Frommen.“
Die Schöne ſtand erblaßt, es drang ein Seufzer   35
Aus ihrer Bruſt; denn immer fühlt der Menſch
Ein Weh im Herzen, wenn er ſieht den Menſchen,
Selbſt wenn er fremd ihm iſt, im Tod’ erliegen,
Und hört das letzte Lebewohl ihn ſprechen.
Verhehlend ihm ſein nahes Ende, wollte   40
Dem Sterbenden ſie widerſprechen. Aber
Er kam dem Wort zuvor und ſprach: „Der Tod,
Du weißt es, kommt erwünſcht und heiß erſehnt mir,
Und nicht gefürchtet. Dieſer Todestag
Erſcheint mir froh. Mich drückt das Eine nur,   45
Daß ich für immer Dich verliere, immer
Dich laſſen ſoll. Bei dieſem Worte ſpaltet
Sich mir das Herz. Nie werd’ ich ſehn die Augen,
Nie hören mehr der Stimme Laut! Doch ſag’ mir,
Elvira, eh Du mich verläßt auf ewig,   50
Gibſt Du nicht einen Kuß mir, einen Kuß nur
Zu meinem ganzen Leben? Man verweigert

Doch nicht dem Sterbenden die letzte Bitte.
Auch kann ich, halb entseelt, nicht des Geschenkes
55 Mich rühmen; fremde Hand wird heute noch
Auf ewig diese Lippen schließen." Seufzend
Sprach er also und drückt' inbrünstig flehend
Die kalten Lippen auf die theure Rechte.

Unschlüssig, in Gedanken stand die Schöne.
60 Die Augen, hold von tausend Reizen strahlend,
Hielt sie geheftet auf den Unglückseligen,
In dessen Blick die letzte Thräne glänzte.
Sie hatte nicht den Muth, die einzge Bitte
Ihm abzuschlagen únd den trüben Abschied
65 Durch Weigrung zu verbittern; rührte doch
Auch Mitleid sie mit seiner heißen Liebe.
Nun näh'rt sie hold ihr Himmelsangesicht
Und ihren Mund, vordem so heiß ersehnet
Und viele Jahre Inhalt seiner Träume
70 Und Seufzer, dem bekümmerten Gesicht,
Das schon erblaßt in kalten Todesschauern,
Und drückt voll Güte und erhabnem Mitleid
Nun Kuß um Kuß auf die verzückten Lippen
Des zitternden, beglückten Liebenden.

75 Wie ward Dir da? Wie stand vor Deinen Augen
Nun Leben, Tod, wie stand das Unglück da,
O sterbender Consalvo? Seine Hand,
Die noch die Hand der Heißgeliebten hielt,
Legt' er auf's Herz sich, drin die letzten Schläge
80 Des Todes und der Liebe zitterten,
Und: „O Elvira, sprach er, o Elvira,
Wohl leb' ich noch, wohl waren's Deine Lippen

Und dies ist Deine Hand, die noch ich drücke!
Mir scheint's unglaublich; ist's Vision, ist's Traum?
O, wie viel, wie so viel dank' ich dem Tode,   85
Elvira! Meine Liebe war auch früher,
Sie war zu keiner Zeit Dir unbekannt;
Nicht Dir, noch Andern; denn die wahre Liebe
Verbirgt man niemals. Offen in den Augen,   90
In den Gebärden, dem verwirrten Ausdruck
War sie zu lesen, schwieg auch meine Zunge.
Noch jetzt und immer wäre stumm geblieben
Dies mächtge Fühlen, das mich ganz beherrscht,
Wenn nicht der Tod mich kühn gemacht. Jetzt sterb' ich
Mit meinem Schicksal ausgesöhnt. Nicht klag' ich,   95
Daß ich die Augen je zum Licht geöffnet.
Ich lebte nicht umsonst, mir ward beschieden,
Zu drücken meinen Mund auf diese Lippen.
Ja, glücklich war mein Loos. Zwei holde Dinge
Hat diese Welt: die Liebe und den Tod.   100
Mir wird das Eine in der Jugend Blüte,
Und durch das Andre bin ich jetzt beglückt.
O, hättest Du nur einmal meine Liebe,
Einmal erwiedert, diese Erde wäre
Ein Paradies für immer mir geworden.   105
Ja, selbst das Alter, das verhaßte Alter —
Zufriednen Sinnes hätt' ich es erdulbet;
Denn es zu tragen, hätte mir genügt
Mich zu erinnern einer einzgen Stunde,
Genügt zu sprechen: glücklich war ich, glücklich   .110
Vor allen Glücklichen! Doch irdschen Wesen
Gewährt der Himmel nicht so hohe Wonne.
Es ward uns nicht vergönnt, so ohne Maßen
Beglückt zu lieben. Doch dafür hätt' ich

115 Von Henkers Hand geduldet Geißelschläge,
Und wär' auf Rad und Holzstoß froh gegangen
Aus Deinen Armen, ja, hinab gestiegen
Selbst zu den Schrecken ewiger Verdammniß.

Elvira, o Elvira, glücklich ist
120 Und selig der, mehr als die Götter sind,
Dem Du in Liebe lächelst; glücklich auch,
Wer für Dich Blut und Leben geben dürfte!
Dem Menschen ist vergönnt (kein leerer Traum ist's,
Wie ich vordem geglaubt) ihm ist vergönnt,
125 Beglückt zu sein auf Erden. Ich erkannt' es,
Als ich zuerst Dich sah. Wohl war's mein Tod,
Ich wußt' es, doch ich konnte jenen Tag,
Den grauenvollen Tag, mit ruh'gem Herzen,
Trotz all der Qualen, die ich litt, nie schmähen.

130 Nun lebe glücklich und die Welt verschöne
Mit Deinem Anblick, o Elvira. Keiner
Wird so Dich lieben, wie ich Dich geliebt.
Zum zweiten Male gibt's nicht solche Liebe.
Wie lange rief Consalvo Dich, der Arme,
135 Wie hat um Dich geklagt er und geweint!
Ich wurde bleich, und stille stand mein Herz,
Hört' ich, Elvira, Deinen Namen nennen;
Betrat ich Deine Schwelle, hört' den Klang
Von jener Engelsstimme, sah Dein Antlitz,
140. Wie bebt' ich da, der sonst vor'm Tod nicht bebte!
Doch schwindet mir die Kraft für Liebesworte,
Das Leben schwindet, meine Zeit ist um.
Nicht werd' ich mehr gedenken dieses Tages!
Fahr wohl, Elvira! Mit dem letzten Funken

Von meinem Leben wird erst aus dem Herzen   145
Dein liebes Bild mir schwinden.   Fahre wohl!
Bist Du nicht gram mir, weihe meiner Bahre,
Wenn morgen sinkt die Sonne, einen Seufzer!

Er schwieg; denn mit dem letzten Laut versagte
Der Athem ihm, und eh' es Nacht, versank   150
Sein erster selger Tag vor seinen Blicken.

XVIII.

Das Ideal der Geliebten.

Nach Dir steht all' mein Sinnen,
Kann ich auch nicht Dein Antlitz, Holde, schauen.
Zuweilen nur tief innen
Erscheint mir in der Seele
5   Dein Götterbild im Traume,
Dann wieder auch auf sonnenhellen Auen.
Vielleicht hast Du hienieden
Beglückt der Menschen goldnes Unschuldsalter,
Und schwebst jetzt abgeschieden
10   Als Geist um uns; vielleicht hat Dich das Walten
Des Schicksals erst der Zukunft vorbehalten.

Mir bleibt kein Hoffnungsschimmer,
Je lebend Dich zu schauen,
Wenn nicht dereinst, da ledig seiner Hülle,
15   Mein Geist hinwallen wird auf fremden Auen
Und neuer Bahn. Ich dachte Dich zu finden
Als Pilgerin in diesen öden Reichen
Schon damals, als erst trüb und grabesstille
Begann mein Leben. Aber, ach, kein Wesen
20   Fand ich auf Erden, das Dich konnt' erreichen,

Und glich Dir ein's in Antlitz und Gebärden,
An Schönheit konnt' Dir's nicht verglichen werden.

    Wenn in den bittern Leiden,
Die das Geschick dem Menschen gab hienieden,
Dich wirklich Einer liebte, wie Du vor mir   25
In meiner Seele stehst, ihm wär' im Leben
Das schönste Glück beschieden;
Und klar erkenn' ich, daß das höchste Streben
Nach Ruhm und Tugend neu in meinem Herzen,
Wie einst, durch solche Lieb' erblühen würde.   30
Doch hoff' umsonst ich Lindrung meiner Schmerzen,
Und nur mit Dir zu leben hier auf Erden,
Es hieße, hier schon Göttern ähnlich werden.

    Wo durch die Thäler ziehet
Der fleißge Landmann, seine Lieder singend,   35
Da sitz' ich oft und klage,
Daß mir der Jugendwahn gemach entfliehet;
Dann steig' ich auf die Höhen, meiner Tage
Verlornes Hoffen und verlornes Sehnen
Beweinend; muß ich Dein dann denken,   40
So beb' ich. Könnt' ich nur in meinem Jammer
Dies hohe Bild tief in mein Herz versenken!
Denn da Du lebend nie mir wirst beschieden,
So bin ich schon mit Deinem Bild zufrieden.

    Wenn Du vielleicht der ewgen   45
Ideen eine bist, die höchste Weisheit
Sich scheut mit irdscher Hülle zu umgeben,
Mit Elend zu beladen,
Dem Erbtheil für dies todgeweihte Leben,

50 Wenn dort Du wandelst, wo sich Welten drehen
Auf ferner Sphären unbekannten Pfaden,
Wo, schöner als die Sonne, hell Dir leuchtet
Der nächste Stern und mildre Lüfte wehen,
So nimm von hier, wo kurz die Jahr' und trübe,
55 Dies Hochlied an von unbekannter Liebe.

XIX.

An den Grafen Carlo Pepoli.

Wie trägst Du diesen angsterfüllten Schlaf
Voll Noth und Sorgen, den wir Leben nennen,
Mein Pepoli? Mit was für Hoffnungen
Nährst Du Dein Herz? Was für Gedanken füllen
Und was für Thaten, fröhlich oder traurig,   5
Die Muße aus, die Deine Ahnen Dir
Als schweres, mühevolles Erbtheil ließen?
In jeglichem Berufe ist das Leben
Nur Muße, denn man muß das Thun und Treiben,
Das nicht nach würdgen Zielen trachtet, oder   10
Das nie sein Ziel erreicht, doch müßig nennen.
Wenn Du die fleißge Schaar, die gräbt und pflügt
Und pflanzt und sä't und ihre Heerden weidet
Vom stillen Morgen bis zum späten Abend,
Wenn Du sie müßig nennst, weil all ihr Leben   15
Nur dazu dient, das Leben ihr zu fristen,
Das für sich selbst doch keinen Werth besitzt,
So sprichst Du wahr. Es bringt der Fährmann müßig
So Tag' als Nächte hin; nur Müßiggang
Ist all der Schweiß, der in der Werkstatt fließt,   20
So wie des Kriegers Nachtwacht und Gefahren,
Und müßig lebt der schätzegierge Kaufmann.
Denn Keiner kann für sich, noch auch für Andre

14

Mit Sorgen, Schweiß, Nachtwachen und Gefahren
25 Das schöne Glück, wonach das Menschenherz
Einzig verlangend strebt und sucht, erwerben.
Doch für den heißen Drang, womit der Mensch
Schon seit dem Tage, da die Welt erstand,
Nach Glück vergeblich schmachtend ringt und seufzt,
30 Reicht ihm Natur für dies unselge Leben
Anstatt Arznei so mancherlei Bedürfniß,
Damit er Müh' und Fleiß darauf verwende
Es zu befriedgen, daß ihm so der Tag,
Wenngleich auch freudenleer, vergieng' in Arbeit,
35 Und daß die wirre, wilderregte Sehnsucht
Ihm weniger das Herz zernagen könne.
So regt auch in der Thierwelt weitem Reiche
Das einzige Verlangen sich nach Glück,
Und ebenso vergeblich, als in uns.
40 Auf ihres Leibes Nothdurft nur gerichtet,
Verbringen sie das Leben minder trübe
Und kennen seine Last nicht so wie wir,
Da sie der Stunden Langsamkeit nicht messen.
Doch wir, die fremder Hand wir anvertrauen,
45 Für unsern täglichen Bedarf zu sorgen,
Wir haben uns nicht ohne Müh' und Ekel
Der schwerer lastenden Nothwendigkeit,
Von der kein Andrer uns befreit, zu fügen,
Der Noth, mein' ich, das Leben hinzubringen,
50 Der schnöden, starren, die nicht Haufen Goldes,
Nicht reiche Heerden oder fette Fluren,
Kein Königshof und auch kein Purpurmantel
Dem menschlichen Geschlecht ersparen können.
Wenn Jemand nun, des Lebens Leerheit hassend,
55 Und selbst dem Licht des Tages feind, den Mordstahl,

Dem ferneren Geschick zuvorzukommen,
Nicht auf sich selber richtet, dann erwählt er,
Nach allen Seiten spähend, tausend Mittel,
Die wirkungslos doch sind, für jene Wunde
Der unheilbaren Sehnsucht, die vergebens   60
Nach Glück ihn schmachten läßt, die schlecht ersetzen
Das eine Mittel, das Natur ihm bietet.

    Der wendet allen Fleiß auf schöne Kleider,
Die Pflege seines Haar's, auf Gang und Haltung,
Das eitle Müh'n um Wagen und um Pferde,   65
Um volle Säle, laute Plätz' und Gärten,
Der bringt so Tag als Nacht bei Spiel, Gelagen
Und Tanzen hin; nie weicht von seinen Lippen
Das Lächeln, aber, ach, in seinem Busen,
Im tiefsten Busen, ernst und regungslos   70
Steht aufrecht da, wie eine Demantsäule,
Die ewge Langeweile, gegen welche
Ist machtlos Jugendkraft, und die erschüttert
Selbst nicht das süße Wort von rosgen Lippen
Und nicht der Blick, der holde, schmachtende,   75
Der Blick der Liebe aus zwei dunkeln Augen,
Die höchste Wonne, werth des Himmels Freuden.

    Ein Andrer denkt dem traurigen Geschicke
Der Menschen zu entfliehn, wenn er sein Leben
Verbringt, beständig Land und Luft zu wechseln,   80
Zu sehen Berg' und Meere, zu durchstreifen
Den ganzen Erdkreis und die letzte Grenze,
Die die Natur im endlos weiten Raume
Des Alls dem Menschen steckte, zu erreichen.
Doch mit ihm stieg an Bord die schwarze Sorge,   85

Es ruft vergebens unter jedem Himmel
Sein Herz nach Glück; nur Jammer herrscht hienieden.

Der Eine wählt das grause Spiel der Waffen
Und färbt die Hände, wie zum Zeitvertreib,
90 In Bruderblut. Der Andre weidet sich
An seines Nächsten Schmerzen, wähnend, daß er
Durch Andrer Leid sein eignes mindern könne,
Und stiftet Unheil, um die Zeit zu tödten.
Wenn Einer strebt nach Tugend und nach Weisheit,
95 Die Künste liebt und übt, verbringt ein Andrer
Die ihm vom Schicksal zugemeßne Zeit,
Sein eignes oder fremdes Volk zu knechten
Und ferner Himmelsstriche alten Frieden
Mit Handel, Krieg und Lug und Trug zu stören.

100 Doch Dich beherrschen sanftre Triebe, holdes
Bestreben in der Blütezeit der Jugend,
Im schönen Mai des Lebens, Andren Wonne
Und Hauptgeschenk des Himmels, doch beschwerlich
Und bitter dem, der ohne Vaterland.
105 Du pflegst die Dichtkunst, kannst in Worte fassen
Das Schöne, das nur selten, karg und flüchtig
Erscheint auf Erden, das die Phantasie,
Die holde, gütiger als die Natur
Und als der Himmel, überreich hervorbringt,
110 Wie unser eigner Wahn. O, tausendmal
Beglückt der Mann, der die hinfällge Kraft
Der theuren Phantasie im Lauf der Jahre
Nicht einbüßt, dem das Schicksal hold verstattet,
Des Herzens ewge Jugend sich zu wahren,
115 Der in des Mannes und im Greisenalter,

Wie er gepflegt im Frühling seines Lebens,
Tief im Gemüthe die Natur verschönt,
Die Wüste, wie den Tod belebt! Dir möge
Der Himmel solches Glück bescheren, möge
Die Glut, die heute Deinen Busen wärmt,   120
Dich auch als Greis zum Freund der Dichtkunst machen!
Ich fühle schon der Jugend holden Irrthum
Entweichen und vor meinen Augen schwinden
Die schönen Bilder, die so heiß ich liebte,
Daß ich an sie stets bis zur letzten Stunde   125
In Sehnsucht und mit Thränen denken muß.
Wenn nun mein Busen ganz erstarrt sein wird
Und kalt, wenn dann das heitre stille Lächeln
Der sonngen Fluren, wenn das Frühlingslied
Der Vögel in der ersten Morgenstunde,   130
Und wenn der stille Mond, der über Hügel
Und Fluren niederlacht vom klaren Himmel,
Das Herz mir nicht mehr rühren, wenn mir leblos
Und stumm erscheint das Schöne, das Natur
Und Kunst uns offenbaren, wenn mir Hochsinn   135
Nun unbekannt und jede zarte Regung,
Dann will ich, meines einzgen Trostes bar,
Mir andre, minder süße Arbeit wählen,
Daran ich setzen kann den schalen Rest
Von diesem Jammerleben. Forschen will ich   140
Der herben Wahrheit nach und nach den blinden
Geschicken irdischer, wie ewger Dinge:
Wozu das menschliche Geschlecht geboren,
Weshalb mit Jammer und mit Schmerz beladen,
Zu welchem Ziel es drängt Natur und Schicksal,   145
Wen unser Weh ergötzt und wem es frommt,
Nach welchen Regeln dies geheimnißvolle   .

Weltall sich dreht, das weise Männer preisen,
Ich aber anzustaunen mich begnüge.

150   Mit solcher Forschung will ich meine Muße
Ausfüllen; denn erkannt, ob trostlos auch,
Hat ihren Reiz die Wahrheit. Sprech' ich dann
Von Wahrheit manchmal, und sind meine Worte
Der Menge unwillkommen, unverständlich,
155   Mich schmerzt es nicht; denn längst ist dann erloschen
In mir der heiße Wunsch nach Ruhm, dem leeren
Phantome, jenem blinden Gotte, blinder
Noch als das Glück, das Schicksal und die Liebe.

XX.

Das Wiedererwachen.

Ach, ich glaubte, daß in meinem Herzen
Nun erloschen jene süßen Schmerzen,
Die in meiner Jugend mich entzückt,
Jenes süße Weh, das hier sich regte
Tief im Busen, das ich zärtlich hegte,   5
Das mich in der Welt zumeist beglückt.

Klagen mußt' ich da, als ich empfunden,
Daß mein Herz von Eis nun, daß entschwunden,
Ach, zum erstenmal des Schmerzes Lust,
Daß dahin die Liebe, daß die Schläge   10
Meines Herzens stiller, und nur träge
Seufzer stiegen noch aus meiner Brust.

Weinen mußt' ich, daß das Leben öde,
Daß die Erde dürr und wüst und spröde
Und zu ewgem Eis erstarrt die Welt,   15
Todt der Tag sei, und der Nächte Dunkeln
Dunkler noch, und daß der Sterne Funkeln
Nun erloschen sei am Himmelszelt.

Doch die Quelle jener neuen Thränen
War doch immer noch das alte Sehnen,   20

Noch tief innen regte sich das Herz;
Es verlangte die gewohnten Bilder
Meine müde Seele, und zu milder
Trauer ward verwandelt jener Schmerz.

25   Doch dann schwand in meinen schlimmsten Tagen
Diese Spur von Schmerz auch, daß zu klagen
Es der letzten Kraft in mir gebrach;
Und so lag ich da, als wie von Sinnen,
Jeden Trost verwarf mein Herz, tief innen
30   War ich zum Verzweifeln selbst zu schwach.

    Anders war es, als in mir das Feuer
Noch geglüht, als mich ein Wahn, so theuer
Und so selig, eines Tags genährt.
Doch nun war mein Herz dem holden Sange,
35   Den die Schwalb' an meinem Fenster lange
Schon vor Tage anstimmt, abgekehrt;

    Abgekehrt der Vesperglocken Stimmen,
Die im Herbst die stille Luft durchschwimmen
Bei der flüchtgen Sonne Abschiedskuß;
40   Abgekehrt der Abendröthe Strahle
Und dem Lied der Nachtigall im Thale,
Die mir sandte ihren Klagegruß.

    Auch nicht die verstohlnen, wirren Blicke
Holder Augen, die im selgen Glücke
45   Erster Liebe üben Zaubermacht,
Noch der Druck von zarten weißen Händen,
Ein erschntes Glück sonst, konnten enden
Diesen Schlaf, der mich umfieng mit Nacht.

Freudenleer, das Antlitz ohne Regung,
Fremd dem Herzen jegliche Bewegung,   50
Lebt' ich ohne Trauer, ohne Lust;
Gerne hätt' ich dazumal gefunden
Meinen Tod, doch), ach, es war geschwunden
Selbst die Kraft zu wünschen in der Brust.

Wie der schale Rest vom Menschenleben,   55
Wie das Greisenalter schien mir eben
Meiner ersten Jugendjahre Mai;
Und die Tage, die so kurz gemessen
Uns das Schicksal, zogen unterdessen,
Die unsagbar schönen, ach, vorbei. —   60

Doch wer weckt mich jetzt aus tiefem Schlummer,
Drin ich längst vergessen Lust wie Kummer?
Welche Kraft wird mir auf's neu gewährt?
So seid ihr mir, holde Bilder, Sehnen,
Selger Wahn, des Herzens Pochen, Thränen   65
Doch für immerdar noch nicht verwehrt?

Bist du's wieder, Stern von meinem Leben,
Leidenschaft, verloren längst gegeben
Schon seit meiner ersten Jugendzeit?
Ja, wohin nur meine Augen schauen,   70
Auf zum Himmel, auf die grünen Auen,
Alles athmet Schmerz und Seligkeit.

Nun erwachen Berg' und Flur, die Bäume
Schütteln wieder ab die starren Träume,
Mit mir spricht die Quelle, spricht das Meer;   75

Wer befeuchtet mir die Augenlider
Nun mit längst vergeſſnen Thränen wieder?
Iſt die Welt verwandelt um mich her?

80 Hat ſich Hoffnung neu dir zugewendet,
Armes Herz, dir einen Blick geſpendet?
Ach, ſie ſchwand für immer mir dahin.
Meinem Herzen hat das ſüße Beben,
Hat Natur den holden Wahn gegeben,
Nur der Kummer dämpfte dieſen Sinn.

85 Doch das Schickſal und das Unglück haben
Ihn nicht ganz beſiegt und untergraben,
Ja, er trotzt ſogar der Wahrheit Licht.
Doch ich weiß, die Bilder ſind am Tage
Schatten nur, und taub für unſre Klage
90 Iſt Natur, und Mitleid kennt ſie nicht;

Iſt des Menſchen Daſein nur geborgen,
Macht ſie um ſein Wohl ſich keine Sorgen,
Spart ihn auf für ſeinen Schmerz allein.
So auch, weiß ich, ſchweiget für den armen
95 Bei den Menſchen jegliches Erbarmen,
Ja, ſie ſpotten herzlos ſeiner Pein;

Weiß auch, daß die, die nach Tugend trachten,
Dies Jahrhundert elend läßt verſchmachten,
Edlem Müh'n ſelbſt nackter Ruhm gebricht;
100 Daß die Flammen kalt ſind, die aus dunkeln
Augen bebend überirdiſch funkeln;
Nein, es ſtrahlt aus euch die Liebe nicht,

Strahlt aus euch kein herzliches Verlangen,
Kein geheimnißvolles süßes Bangen,
Keine Flamm' in diesem Busen sprüht;   105
Ja, ihr spottet, wenn mit zartem Sinnen
Euch ein warmes Herz sucht zu gewinnen,
Höhnt den, der für euch in Liebe glüht. —

Dennoch wacht jetzt auf zu neuem Leben
Der erkannte Wahn; sein eignes Beben   110
Schaut verwundert nun mein armes Herz;
Von dir selbst kommt diese letzte Regung,
Kommt dir, Herz, die eigenste Bewegung,
Kommt dir jeder Trost für deinen Schmerz.

Fühl' ich gleich, daß meiner armen Seele   115
Feind Natur und Schicksal, daß mir fehle
Was sonst Weltton beut und Schönheitszier,
Will ich dennoch glauben, daß mir Armen
Lächelt manchesmal nicht ohn' Erbarmen
Der, der mir verleiht zu athmen hier.   120

XXI.

An Sylvia.

Gedenkst Du noch der Tage,
O Sylvia, von Deinem Erdenleben,
Als Schönheit Dir im Auge
Holdselig lächelnd glänzte morgenhelle,
5   Und eben erst Dein Fuß, halb kühn, halb schüchtern
Betrat der Jugend Schwelle?

Hell tönten Deine Lieder,
Und die vorübergingen,
Sie lauschten dem Gesange,
10 Der lustig klang aus Deinem Arbeitszimmer;
Indeß, zufrieden immer,
Du Deiner Zukunft goldne Träume hegtest.
Es war im duftgen Mai, und also pflegtest
Den Tag Du hinzubringen.

15 Die Wissenschaften ließ ich
Und die geliebte Arbeit dann bei Seite,
Der ich seither mit Eifer
Den besten Theil von meinem Leben weihte,
Und vom Balkon des väterlichen Hauses
20 Horcht' ich entzückt dem süßesten der Lieder
Und sah, wie hin und wieder

Die emsge Hand hin durch die Fäden eilte.
Und schaut' ich dann die Sonne,
Das goldne Land, die Gärten
Und hier den Berg und dort das Meer, das ferne, —   25
Ach, keine Menschenzunge
Kann künden meine Wonne.

Welch seliges Empfinden,
O Sylvia, welch hoffnungsvolles Streben!
Wie schön schien uns das Leben   30
Des Menschen und sein Schicksal!
Wenn jener Hoffnung jetzt mein Herz gedenket,
In Bitterkeit versenket
Und Haß sich dann die Seele,
Und Klagen stets auf's neu das Herz mir spalten.   35
Warum willst nie du halten,
Natur, was du versprochen?
Und weshalb hast du deinen Kindern immer
Treulos dein Wort gebrochen?

Bevor im Winterfrost die Blumen welkten,   40
Erblichst Du, Holde, von versteckter Krankheit
Besiegt, und nicht mehr sahst Du
Die Blüte Deiner Jahre;
Nie lauschtest Du den Tönen,
Die schmeichelnd bald die schwarzen Locken priesen   45
Und bald der Augen schüchtern holde Blicke,
Noch dem, was Festtags sich von Liebesglücke
Erzählen sonst die Schönen.

So war dahin geschwunden,
Auch mir mein süßes Hoffen; meinen Jahren   50

Versagten finstre Götter
Die Jugend. Ach, so flüchtig
Bist Du dahin gefahren,
Genossin meiner Jugendzeit, du Hoffnung,
55   Genährt mit Thränen!
Ist dies die Welt und dieses
Das Glück, der Liebe Lust, das hohe Streben,
Von dem wir sprachen oft mit heißem Sehnen?
Ist dies der Preis von unsrem Erdenleben? —
60   Der Winter kam; da zeigtest
Gesenkten Haupt's, mit trauriger Gebärde
Du uns den frostgen Tod und in der Ferne
Ein Grab in kühler Erde.

XXII.

Erinnerungen.

Du schönes Sternbild dort am Pol, nie dacht' ich,
Dich wieder so allnächtlich anzuschauen,
Hoch über meines Vaters Garten flimmernd,
Noch aus den Fenstern dieses Hauses, wo ich
Als Kind gewohnt, und wo ich sah das Ende   5
Von meinen Freuden, so mit dir zu plaudern.
Wie manche Bilder, manche tolle Träume
Erweckte mir im Geiste nicht dein Anblick,
So wie der Anblick all' der andren Sterne,
Wenn ich, auf grünem Rasen hingestreckt,   10
Den größten Theil des Abends still verbrachte,
Den Himmel anzuschaun und in der Ferne
Zu horchen auf des Frosches Ruf im Felde,
Wenn das Johanniswürmchen um die Hecken
Und durch die Beete irrte, wenn im Winde   15
Die duftigen Alleen und die Cypressen
Im Dickicht flüsterten, und aus dem Hause
Der Diener Wechselreden bei der Arbeit
Zu mir herübertönten. Welche Träume,
Welch' unermeßliche Gedanken weckten   20
Des Meeres Anblick und die blauen Berge,
Die dort ich sah, und die zu übersteigen
Ich dachte eines Tags, geheime Welten,
Geheimnißvolle Wonnen mir verkündend.

25 Noch kannt' ich nicht mein Loos, sonst hätt' ich gerne
Dies schmerzensreiche, dieses öde Dasein
Mit Freuden um den Tod dahin gegeben.

Auch ahnt' ich nicht, daß ich verurtheilt sei,
In diesem rauhen Heimatdorf, bei diesem
30 Gemeinen Volk die Jugend hinzubringen,
Bei diesem Volk, dem fremde Namen Wissen
Und Bildung sind und oft selbst Gegenstand
Des Spottes und Gelächters, das mich haßt
Und flieht, aus Neid nicht eben (denn es achtet
35 Mich höher nicht, als sich), nein, deshalb nur,
Weil es vermeint, daß ich mich höher achte,
Obwohl ich äußerlich es Niemand zeige.
Hier bring' ich meine Jahre hin, verlassen,
Verborgen, ohne Liebe, ohne Leben,
40 Und werde roh im Schwarme roher Menschen.
Hier leg' ich Kindesliebe ab und Tugend
Und werde zum Berächter aller Menschen
Um dieser Rotte willen, drin ich lebe.
Indessen flieht dahin die theure Jugend,
45 Mir theurer noch, als Ruhm und Lorbeer, als
Das reine Licht des Tages und das Leben.
So freudlos, nutzlos schwindest du dahin
An diesem Jammerorte, unter Schmerzen,
Du einzge Blume dieses welken Daseins.

50 Da trägt der Wind vom Glockenturm des Dorfes
Den Schlag der Uhr herüber. Jener Ton —
Noch denk' ich dran — war einst in meinen Nächten
Ein Trost mir, als ich, noch ein Kind, im dunklen
Gemach vor steter Angst nicht schlafen konnte

Und nach dem Morgen seufzte. Hier ist nichts,   55
Wohin ich seh' und höre, was mir nicht
Ein süßes Bildniß in's Gedächtniß riefe.
Ein süßes, ja! Doch schmerzlich mischt sich ein
Das Bild der Gegenwart, der eitle Wunsch
Nach dem Vergangnen und das Wort: ich war!   60
Die Halle dort, den letzten Scheideblicken
Des Tages zugekehrt, die bunten Wände,
Auf denen schön gemalte Heerden prangten,
Der Sonnenaufgang über stillen Fluren —
Sie boten meiner Muße tausend Freuden,   65
Als noch in stetem Zwiegespräch mit mir
Mein mächtger Irrthum mir zur Seite gieng.
Zur Winterzeit, wenn um die hohen Fenster
Die Winde pfiffen, klang's in diesen Sälen
Von Jubelrufen meiner Kinderlust,   70
Zur Zeit, da noch das herbe, schmähliche
Geheimniß dieser Welt uns heiter lächelt,
Da unbefleckt und ungebrochen noch
Der Knabe liebt sein täuschungsreiches Leben,
Und Himmelsschönheit träumend, es bewundert,   75
Gleich einem unerfahrnen Liebenden.

   O Hoffnung, Hoffnung, holder Trug der Jugend,
Wovon ich spreche, stets sprech' ich von Dir!
Es mögen sich im jähen Flug der Zeiten
Gefühle ändern und Gedanken wandeln,   80
Du bleibst mir unvergessen. Truggebilde
Sind Ruhm und Ehre. Lust, Besitz sind eitles
Verlangen; ohne Frucht ist dieses Dasein,
Ein nutzlos Elend. Da nun inhaltsleer
Mein Leben ist und dies mein Erdenwallen   85

Verlaſſen iſt und dunkel, raubt das Schickſal,
Ich ſeh' es, wenig mir. Doch wenn ich denke
An euch, ihr meine einſtgen Hoffnungen
Und meiner Kindheit holde Phantaſien,

90 Und dann des Lebens ſchmerzensreiches Elend
Betrachte, ja, daß mir von allem Hoffen
Der Tod allein iſt heute noch geblieben,
Da fühl' ich, wie's das Herz mir preßt zuſammen,
Und wie hinfort mir jeder Troſt gebricht.

95 Und doch, wenn der erſehnte Tod nun kommt,
Und wenn ſich naht das Ende meiner Leiden,
Und wenn die Erde wie ein fremdes Land
Mir ſcheint und wenn die Zukunft nun entſchwindet
Vor meinem Blick, dann werd' ich ſicherlich

100 An euch noch denken, dann wird jenes Bild
Mir Seufzer noch entpreſſen, wird verbittern
Mein nutzlos Leben und die Süßigkeit
Der Todesſtunde mir mit Kummer miſchen.

Oftmals im erſten jugendlichen Streite
105 Von Luſt und Weh, von Sehnſucht und Verlangen
Rief ich den Tod; und lange ſaß ich da
Am Rand des Brunnens und erwog bei mir,
Ob ich in ſeinen Fluten nicht begrübe
Die Hoffnung ſammt dem Schmerz. Doch ſpäter, als ich

110 Durch dunkle Krankheit kam dem Tode nahe,
Da weint' ich um die ſchöne Jugendzeit
Und um des Lebens Blüte, die ſo früh
Gefallen. Ja, dann ſaß ich oft noch ſpät
Auf meinem Bett, das meine Leiden kannte,

115 Und bei der Lampe ſchwachem Scheine dichtend,
Beweint' ich einſam in der ſtillen Nacht

Die Flüchtigkeit des Lebens, und mir selbst
Sang ich verschmachtend meinen Grabgesang.

Wer denkt der unaussprechlich schönen Tage,
Wer denkt der ersten Jugend ohne Seufzer,   120
Wenn dem entzückten Sterblichen zuerst
Ein holdes Mädchenauge freundlich lächelt,
Wenn Alles rings ihm um die Wette lächelt,
Wenn der geschäftge blasse Neid noch schweigt,
Noch nicht erwacht ist, oder ohne Bosheit,   125
Und wenn die Welt (o unerhörtes Wunder!)
Ihm hülfreich noch die Rechte gütig leiht,
Entschuldigt seinen Irrthum, seinen Eintritt
In's Leben feiert, ja, vor ihm sich beugend,
Als ihren Herrn ihn zu empfangen scheint.   130
O diese flüchtgen Tage, gleich dem Blitze
Entschwinden sie! Und welchem Sterblichen
Ist nicht bekannt das Unglück, wenn ihm erst
Des Lebens schönste Zeit verloren, wenn
Die Jugend, ach, die Jugend ihm erloschen!   135

Nerina, hör' ich hier nicht jedes Plätzchen
Von Dir erzählen? Lebst Du nicht in meinem
Gedächtniß fort? Wohin bist Du, o Süße,
Gegangen, daß ich hier von Dir nichts finde
Als die Erinnrung? Diese Heimaterde   140
Schaut Dich nicht mehr. Das Fenster dort, aus welchem
Du oft zu mir gesprochen, und aus dem
Betrübt der Schein der Sterne wiederstrahlet,
Verlassen ist's. Wo bist Du, daß ich nicht mehr
Vernehme Deiner Stimme Klang, wie damals,   145
Als noch bei jedem Ton von Deinen Lippen,

15*

Selbst wenn er aus der Ferne zu mir drang,
Mein Antlitz sich entfärbte? Andre Zeit ist's.
Dein Leben, Holde, floh; Du zogst dahin,
150 Und Andre ziehen heut dieselbe Straße
Und wohnen nun auf diesen duftgen Hügeln.
Doch schnell zogst Du vorüber; wie ein Traum
Entschwand Dein Leben. Hüpfend froh dahin
Strahlt' auf der Stirn die Freude Dir, es strahlte
155 Dir in den Augen jene Zuversicht,
Das Licht der Jugend — da verlöscht's das Schicksal,
Und Du, Nerina, sankst dahin. Doch lebt mir
Im Busen noch die alte Liebe. Wenn ich
Zuweilen nun mich frohen Festen nahe,
160 Da sag' ich zu mir selber: o Nerina!
Du schmückst Dich nicht, gehst nicht zu frohen Festen.
Und kehrt der Mai, und bringt der Liebende
Ein Blütenreis, ein Lied der Trauten dar,
Da sprech' ich: o Nerina, niemals kehret
165 Für Dich der Lenz, niemals die Liebe wieder.
Seh' ich den Himmel hell, seh' ich die Fluren
In Blüten, fühl' ich irgend eine Freude,
Da sprech' ich: niemals freut sich mehr Nerina!
Sie sieht die Fluren, sieht den Himmel nicht.
170 Du giengst dahin, mein unabläßger Seufzer;
Und nun mischt sich in jedes heitre Bild,
In all' mein Sinnen, jede Herzensregung,
Ob trüb', ob froh, die schmerzliche Erinnrung.

XXIII.

Nachtgesang eines wandernden Hirten in Asien.

Sag' an, was treibst du, stiller Mond, da droben?
Wenn kaum der Abend nahet,
Hast du dich schon erhoben,
Beschaust die Wildniß hier und ruhst dann wieder.
Bist du's nicht satt, zu gehen   5
Und fort und fort zu gehn die gleichen Pfade
Und stets nur zu betrachten diese Höhen
Und Thäler und Gestade?
Wie ähnlich ist das Treiben
Des Hirten deinem Leben!   10
Der Morgen dämmert eben,
Da treibt er schon die Heerde aus und schauet
Nur Heerden, Gras und Quellen,
Und müde ruht er Abends dann in Frieden;
Sonst hofft er nichts hienieden.   15
Sag' an, o Mond, dies Leben
Was frommt es wohl dem Hirten?
Was dir das deine? Sag' mir, wohin führet
Mein kurzes Erdenwallen,
Dein nimmer müdes Streben?   20

Ein Greis, gebückt, die Blöße
Nur halb bedeckend, barfuß,
Die schwachen Schultern drückend schwer beladen,
Rennt hin auf Bergespfaden,

25 Durch Thäler, über Steine, Sand und Dornen,
Im Sturm, im Sonnenbrande, und wenn vom Froste
Des Eises Rinde dröhnet;
So rennt er, rennt und stöhnet,
Setzt über Ström' und Sümpfe,
30 Stürzt und erhebt sich wieder, eilet weiter,
Eilt ohne Rast und Ruhe,
Zerrissen, blutend vorwärts, bis er endlich
Den Lebenspfad durchmessen
Und anlangt, wo das Mühen hat ein Ende;
35 Zum schauervollen Abgrund,
Wo er hinabstürzt, alles zu vergessen.
O keuscher Mond, das eben
Ist dieses Erdenleben.

Zu Schmerzen wird geboren
40 Der Mensch; oft muß er die Geburt schon zahlen
Mit Todesnöthen. Qualen
Und Weh empfangen ihn; die Eltern müssen
Schon von der ersten Stunde
Ihn trösten gar, daß er zur Welt gekommen.
45 Wächst er heran, so machen
Sie immer Muth dem schwachen, müssen wieder
Ihn trösten und ihm lindern
Mit holdem Schmeichelmunde
Des irdschen Daseins Jammer, schwer und trübe.
50 Kein schönres Werk der Liebe
Erzeigen je die Eltern ihren Kindern. —
Doch weshalb wird geboren
Der Mensch und bleibt am Leben,
Wenn er bedarf des Trostes für sein Dasein?
55 Und schafft es ihm nur Plagen,

Weshalb muß er's ertragen?
O reiner Mond, das eben
Ist unser sterblich Leben.
Doch du bist ja nicht sterblich
Und wirst kaum Acht auf meine Rede geben.   60

    Du weißt vielleicht, du nimmer müder Wandrer,
Da du so sinnend durch den Aether ziehest,
Die Gründe unsrer Leiden,
Weißt, was das Leben ist und unser Seufzen,
Was sterben heißt, dies tödtliche Erblassen   65
Des Menschenangesichtes,
Was schwinden von der Erde heißt und scheiden
Aus all' den trauten Kreisen unsrer Lieben.
Ich zweifle nicht, du siehest
Auch das Warum der Dinge, siehst den Nutzen   70
Von Morgen und von Abend
Und von der Zeiten stillem, ewgen Gange.
Du weißt vielleicht auch, wem zu Liebe blühet
Der Lenz in tausend Reizen,
Für wen der Sommer glühet, weißt zu deuten   75
Des Winters trübe Zeiten;
Du weißt ja tausend Dinge, die zu kennen
Der schlichte Hirt vergebens sich bemühet.
Oft wenn dich meine Augen
So schweigend durch den Himmel wandern sehen,   80
Der ringsum scheint zu stehen auf der Erde,
Und wenn du so mir folgend
Mit mir und meiner Heerde scheinst zu gehen,
Und wenn ich schaue in des Aethers Ferne
Dann all' die Lichter, frag' ich: 85
Wozu die tausend Sterne?

Was soll dies weite Luftreich, dieses tiefe,
Endlose Blau? was soll die unermeßne,
Die tiefe Einsamkeit? und ich — was bin ich?

90 Und so mich fragend sinn' ich, doch den Nutzen
Von diesen prächtgen Räumen,
Darin so unzählbare Wesen hausen,
Von diesem ewgen Regen und Bewegen
Der himmlischen, sowie der irdschen Dinge,

95 Die sich im ewgen Ringe
So ohne Rast und Ruhe kreisend drehen,
Bin ich umsonst beflissen
Zu ahnen. Doch du, göttergleicher Jüngling,
O reiner Mond, du wirst das alles wissen.

100 Mein ruheloses Wandern,
Mein schwaches Dasein — denk' ich —
Wird Lust und Freude geben
Vielleicht wohl einem Andern;
Mir selber aber ist zur Qual dies Leben.

105 Da ruhst du, meine Heerde, bist so glücklich,
Du weißt ja nichts von deinem eignen Wehe!
Wie muß ich dich beneiden,
Da ich fast ohne Plage
Des Wegs dich ziehen sehe.

110 Da schnell du jede Klage,
Selbst Noth und Angst vergißt im Augenblicke
Und unbekannt dir Ueberdruß und Ekel!
Wenn du im Schatten lagerst hier im Grase,
Dann fühlst Du süße Ruhe,

115 Und dir entfliehn die Tage
So ohne Ueberdruß in holder Muße.
Doch streck' ich mich in's Gras im Schatten nieder,

Füllt Ueberdruß mir wieder
Sogleich das Herz, und wie von Dornenstichen
Fahr' ich empor, und augenblicks gewichen   120
Von mir sind Ruh' und Frieden.
Zwar hab' ich keine Wünsche,
Noch auch bis hieher irgend Grund zu Zähren,
Und kann mir's nicht erklären,
Wie du dich freust; doch du lebst ohne Plagen,   125
Mir ist kaum Lust beschieden.
Und nicht blos dies beklag' ich, traute Heerde;
Vermöchtest du zu sprechen, würd' ich fragen:
Sag: weshalb fühlt Behagen
Das Thier, wenn es dalieget   130
Der Ruhe hingegeben,
Und weshalb, ruh' ich, ekelt mich das Leben?

O könnt' ich mich erheben
Auf Flügeln über Wolken,
Die Sterne zählen in des Himmels Halle   155
Und gleich dem Donner schweifen durch die Berge,
Da wär' ich glücklich wohl, du traute Heerde,
Beglückt, du keuscher Mond, wohl über alle.
Doch immer nur zu trachten
Nach fremdem Glück, ist thöricht wohl zu achten,   140
Und Unglückssterne schweben,
Ach, über jedem Haupt, ob nun im Stalle,
Ob in der Wiege anhebt dieses Leben.

XXIV.

Ruhe nach dem Gewitter.

  Vorüber zog das Wetter,
Der Vögel laut Geschmetter tönt auf's neue,
Und gackernd kehrt die Henne
Nun wieder auf die Straße. Sieh, der Himmel
5 Blickt dort von Westen auf die Berge nieder;
Schon klärt die Flur sich wieder,
Und hell erglänzt des Flusses Lauf im Thale.
Nun freut sich jedes Herz. Auf allen Wegen
Wird's laut, und frisch zur Arbeit
10 Sich alle Hände regen.
Der Handwerksmann, den Himmel zu beschauen,
Tritt singend, seine Arbeit
In Händen, auf die Gasse;
Es eilt die Frau zu sammeln frisches Wasser
15 In ihrem Regenfasse;
Und schreiend durch die Straße
Zieht der Krauthändler wieder,
Wie vordem, auf und nieder.

  Sieh, wie die Sonne kommt, sieh, wie sie lächelt
20 Herab auf Höh'n und Villen! Die Bewohner
Thun wieder auf die Fenster und die Thüren;
Und horch, welch Lärmen tönt dort von der Straße!
Die Schellen läuten und die Wagen rollen,
Die seines Wegs den Wandrer weiter führen.

Jedwedes Herz ist fröhlich.   25
Wann ist so süß das Leben,
So werth uns, wie jetzt eben?
Wann wäre wohl dem Menschen
Sein Tagewerk so theuer?
Wann trieb' er sein Geschäft mit solchem Feuer?   30
Wann dächt' er weniger an seine Leiden?
Lust ist das Kind des Schmerzes;
O, eitle Freud', erwachend,
Wenn kaum die Angst verschwunden, die durchschauert
Uns doch mit Todesschmerzen,   35
Wenn auch verhaßt das Leben,
Die Angst, die wir bestehen
Mit qualerfülltem Herzen,
In stummer Noth, wenn wir gerüstet sehen
Zu unsrem Untergange   40
Blitzstrahl und Sturmeswehen.

Wie bist du mild und gütig,
Natur! Dies sind die Freuden,
Die uns bestimmt, die Gaben,
Die du uns bietest! Schon erscheint's uns Wonne,   45
Entrinnen unsren Leiden.
Mit vollen Händen spendest du uns Wehe,
Von selbst naht sich der Schmerz, und was an Freuden
Fast wunderbar aus Leid erwächst zuweilen,
Als herrlicher Gewinn scheint's uns ertheilet.   50
O Mensch, den Göttern theuer, zu beneiden,
Wenn du einmal von Leiden
Aufathmen darfst, und glücklich,
Wenn dich der Tod von allen Schmerzen heilet.

———

XXV.

Samstag Abend im Dorfe.

Der Abend naht; da lenkt die Maid vom Felde
Nach Hause ihre Schritte.
Sie trägt ein Bündel Gras und bringt von Rosen
Und Veilchen einen Strauß heimwärts zur Hütte,
5   Um nach des Volkes Sitte
Sich einen Kranz zu binden
Und morgen ihn zu winden um die Locken.
Indeß spinnt dort am Rocken
Die Alte auf der Treppe unverdrossen.
10   Sie schaut gen Abend, wo die Sonne sinket.
Und plaudert froh mit ihren Nachbarinnen
Von jener Zeit, da sie zum Fest sich schmückte
Und da sie, noch durchflossen
Von Lust und Kraft, des Abends schwang den Reigen
15   Mit ihrer holden Jugendzeit Genossen.
Schon naht die Dämmerstunde,
Der Himmel färbt sich dunkler, bis die Schatten
Im Mondstrahl wieder schwinden,
Und hell die Hügel dastehn in der Runde.
20   Nun klingt vom Turm die Glocke,
Den Festtag einzuläuten,
Und jedes Herz erlabet
Sich an den holden Klängen.
Die Kinder schrein und singen

Im Schwarm dort auf dem Platze,   25
Sie lärmen laut und springen
Umher im Abendstrahle.
Indessen kehrt der Pflüger heim in Frieden
Zu seinem kargen Mahle,
Und pfeifend denkt er seines Ruhetages.   30

Nun da jedwedes Licht in nächtger Stunde
Erloschen in der Runde,
Horch, wie der Schreiner im geschlossnen Zimmer
Den Hammer und die Säge
Noch fleißig rührt beim Schimmer der Laterne,   35
Um mit geschäftgen Händen
Die Arbeit zu vollenden, eh es taget.

Dies ist der schönste von den sieben Tagen,
Voll Hoffnung und voll Freuden:
Schon morgen drohn die Leiden,   40
Es droht die alte Noth, und in Gedanken
Sieht jeder nahen die gewohnten Plagen.

O Kind, es ist dein Alter
Die Zeit des frohen Strebens;
Gleich einem Tage, voll von Lust und Wonne,   45
Erhellt vom Glanz der Sonne,
Geht es voraus dem Feste deines Lebens.
Sei froh, mein Kind! noch kennst du nur Entzücken,
Fremd blieb dir Schmerz und Plage.
Sonst sag' ich nichts, doch deines Festes Tage,   50
Nah'n sie auch spät dir, mögen dich nicht drücken!

XXVI.

Mein einziger Gedanke.

Gewaltiger Gebieter,
Du meines tiefsten Sinnens holder Hüter,
Geschenk des Himmels, furchtbar,
Doch theuer mir; Gedanke,
5   Der du mir Trost gewähret
Und stets mir in die Seele wiederkehrest.

Wer spricht von Deines Wesens
Geheimniß nicht? Hat nicht getragen
Ein Jeder deine Ketten?
10   So oft jedoch zu sagen
Von deiner Macht der Menschen Zungen brannten,
Scheint doch zu hören neu, was sie bekannten.

Wie einsam ist geworden
Mein Herz seit jenen Tagen,
15   Da deine Wohnung du drin aufgeschlagen!
Gleich einem Blitze fühlt' ich die Gedanken
Auf einmal mir vergehen,
Versinken allesammt. Gleich einem Turme
Allein und ohne Schranken,
20   Gigantisch bliebst du einsam drinnen stehen.

Was kümmert außer dir mich noch im Leben!
Was will in meinen Augen
Dies ganze eitle irdsche Thun und Treiben!
Welch' unerträglich Leiden
Schafft Umgang und Zerstreuung   25
Und eitles Hoffen, eitler Lust entglommen,
Vergleich ich's jenen Freuden,
Den Himmelsfreuden, die von dir mir kommen!

    Wie zu den grünen Fluren,
Die lachen schon von ferne,   30
Vom Kamm des rauhen Apennin's der Wandrer
Voll Sehnsucht wendet seiner Augen Sterne,
So such' ich in dem schalen
Und eklen Weltverkehre voll Verlangen,
Gleich einem Blütengarten, deine Nähe,   35
Das Herz entzückt, sobald ich dich nur sehe.

    Fast scheint mir's unbegreiflich,
Daß ich die tolle Welt, des Lebens Elend
Schon seit so manchen Tagen
Hab' ohne dich getragen;   40
Und nicht verstehen kann ich's,
Wie anderes Verlangen
Als nur nach dir hält noch die Welt gefangen.

    Niemals zuvor bis heute
Hatt' ich, was dieses Leben sei, begriffen,   45
Und niemals hatt' ich Todesfurcht empfunden.
Jetzt will's ein Scherz mir scheinen,
Was wohl in trüben Stunden
Die Menschen preisen, dies Gesetz, das strenge,

50 Das doch mit Furcht stets füllt die feige Menge;
Doch mögen rings umstarren mich Gefahren,
Mit Lächeln kann ich nur ihr Drohn gewahren.

Den Feigling, die gemeinen
Verworfnen Seelen habe
55 Ich stets verachtet. Aber jetzt beweget
Ein niedriges Beginnen
Mich mehr; in tiefster Seele
Bin ich sofort zu Haß und Zorn erreget.
Ich fühle höher mich als dies Jahrhundert,
60 Das sich von eitlem Wahne dürftig nähret
Und, feind der Tugend, froh von Possen zehret,
Voll Thorheit, weil das Streben
Beständig nach dem Nutzen
Nur unnütz mehr und mehr macht dieses Leben.
65 Ich kann der Menschen Urtheil
Verspotten nur und kann dem großen Haufen,
Der feind dem edlern Denken,
Wie deinem Wesen, nur Verachtung schenken.

Muß nicht der Leidenschaft, die du erregest
70 Jedwede andre weichen?
Kann irgend ein Verlangen
Auf Erden diesem sich an Macht vergleichen?
Habsucht und Stolz und Haß, wie Kampf um Ehre
Und Macht sind nichtge, leere,
75 Ohnmächtge Triebe, wenn ich
Mit diesem sie vergleiche. Ein Verlangen
Lebt nur in uns: dies eine
Ward uns für unser Leben
Als übermächtiger Despot gegeben.

Es hat nicht Werth, es hat nicht Sinn das Leben   80
Als nur durch ihn, den Herrn der Menschenherzen.
Er sühnt allein das Schicksal,
Das ohn' Entgelt bestimmte
Uns armen Erdenpilgern so viel Schmerzen;
Um ihn allein erwählen   85
Selbst edle Seelen muthig und mit Freuden
Statt sichrer Ruh' im Tod des Lebens Leiden.

  Um deine Freuden, seliger Gedanke,
Zu kosten, konnt' ich tragen
Beglückt und ohne Klagen   90
Dies irdsche Dasein so viel lange Jahre;
Und gerne würd' ich, kundig,
Wie ich es bin, der Schmerzen dieses Lebens,
Doch froh erneun den Lauf nach solchem Ziele:
Denn trotz der Schlangenbisse, trotz der Schwüle   95
Des Lebens war ich niemals
So satt des irdschen Strebens,
Daß diese Wonnen alle meine Qualen
Mir nicht geschienen vollauf zu bezahlen.

  Welch eine Welt, welch neues   100
Und unbekanntes Paradies, zu dem ich,
So wunderbar durch dich bezaubert, richte
Oftmals den Flug, indessen
Ich weil' in einem unbekannten Lichte
Und habe schon die Erde   105
Und diese ganze Wirklichkeit vergessen!
Ich glaub', es sind die Träume
Der Götter so. O seliger Gedanke,
Du bist ein Traum, der mir die Welt versöhnet,

110 Die Wirklichkeit verschönet;
Zwar Traum und Täuschung nur, doch höher stehest
Als jede andre Täuschung
Du göttlich da, so stark zu jeder Stunde,
Daß trotz der Wirklichkeit du nicht vergehest,
115 Der Wirklichkeit oft gleichend,
Und oft erst weichend in des Todes Schlunde.

Und du, o mein Gedanke, einzge Nahrung
Für meines Lebens Flamme,
Du holde Quelle grenzenloser Schmerzen,
120 Wirst erst im Tod zugleich mit mir versiegen;
Denn du wirst, wenn nicht alle Zeichen trügen,
Beherrschen meine Seele bis an's Ende.
Sonst brachte wohl im Herzen
Des Truges süßen Spielen
125 Die Wirklichkeit Verderben. Wenn die Augen
Jedoch auf sie ich wende,
Die meines ganzen Sinnens einzge Speise,
Da wächst dies selge Fühlen,
Es wächst der selge Wahnsinn, drin ich lebe.
130 O engelgleiche Schönheit!
Ich kann, wohin ich auch die Blicke hebe,
Selbst in dem schönsten Antlitz
Ein Abbild nur von deiner Schönheit sehen.
Der Schönheit wahres Wesen
135 Hab' einzig ich in deinem Bild gelesen.

Seit ich zuerst dich schaute,
Warst du nicht meiner Seele einzges Sinnen?
Verging des Tages auch nur eine Stunde,
Daß ich an dich nicht dachte? Ja, im Traume

Mit deinem Bild verkehr' ich.   140
Ich mag nun, engelsüßes Antlitz, selber
Dem Traumbild zu vergleichen,
Von dieser Erde Reichen
Hin durch das Weltall meine Blicke lenken,
Was will ich, als versenken   145
Mich ganz in deine Augen, was begehr' ich
Sonst Süßres noch, als nur an dich zu denken!

XXVII.

Liebe und Tod.

Es kamen Lieb' und Tod, so geht die Kunde,
Zur Welt in gleicher Stunde.
An Schönheit ihresgleichen
Gibt's hier nicht, noch in andrer Sterne Reichen.
5   Wenn von der Liebe stammen
Die seligsten der Freuden,
Die auf des Lebens Meer das Herz beglücken,
So tilgt der Tod die Leiden,
Die je gequält uns haben.
10 Ihn seh' ich oft als Knaben,
Von holdem Reiz umgeben,
Nicht wie ihn bildet sich der feige Haufen,
Sein Schwesterchen, die Liebe,
Begleiten. Also laufen
15 Gemeinsam ihre Straße sie durch's Leben,
Zum Trost für weiser Herzen heilge Triebe.
Wenn süße Liebe rühret
Das Menschenherz, da wird es kühn und weise
Und achtet nichts das Leben;
20 Denn für die Herrin Liebe
Nimmt es getrost auf sich jedwedes Wagniß.
Wer ihrem Dienst ergeben,
Stets neuen Muth verspüret

Und Thatendrang, nicht müßge
Gedanken blos, wie sonst sie meistens pflegen,　　　　25
Im Herzen kühn sich regen.

Wenn frisch zuerst entglommen
Tief in des Herzens Grunde
Der Liebe süße Flammen,
Da bricht erschöpft der milde Leib zusammen,　　　　30
Und Sterben scheint so süß, scheint hoch willkommen.
Wie, weiß ich nicht; doch sind es
Die ersten Folgen, die der Lieb' entstammen.
Den Sterblichen erschrecket
Alsdann vielleicht der Anblick dieser Oede,　　　　35
Vielleicht scheint unbewohnbar ihm die Erde,
Sobald das Herz ihn mahnet,
Daß er umsonst nach jenem
Unsäglich süßen Glück die Arme strecket;
Und wenn er gar die schweren Stürme ahnet,　　　　40
Die ihn von dort bedrohn, da sucht er Ruhe
Und Sicherheit im Hafen
Vor jener Wetterwolke
Der Liebe, die den Himmel rings bedecket.

Und bricht nun los das Wetter　　　　45
In schrecklicher Verwüstung,
Und trifft in's Herz der unzähmbare Jammer,
Wie schmachtet da bekümmert
Der Liebende in Sehnsucht
Nach dir, o Tod, mit freudevollem Bangen!　　　　50
Wie schaut er voll Verlangen,
Wenn schlaflos er die ganze Nacht sich streckte,
Nach dir, und wäre glücklich nun für immer,

Wenn ihn nicht mehr erweckte
55   Der Tag und er das Licht nie sähe wieder!
Und oft beim dumpfen Schall der Todtenglocken,
Beim Klang der Trauerlieder,
Wie sie den Leib zur ewgen Ruh' geleiten,
Schickt Seufzer er zum Himmel
60   Aus tiefstem Herzensgrunde,
Beneidend den, der vor ihm Ruh' gefunden.
Ja, selbst der rohe Haufen
Der Menschen, die die Stärke,
Die Wissenschaft verleiht, niemals empfunden,
65   Sogar die Jungfrau, der sonst wohl geschwunden
Der Muth, hört sie von Sterben,
Sie sehn dem Tod, dem herben,
In's Antlitz, wagen auf die Trauerfahnen,
Die Gruft zu schauen, drin sie den Leib versenken,
70   An Dolch und Gift zu denken,
Und scheinen trotz der Schranken,
Die ihnen die Gedanken
Beengen, doch des Todes Lust zu ahnen.
So lernt der Mensch erwerben
75   Nur in der Liebe Zucht die Kunst zu sterben.
Oft, wenn die innre Qual so hoch gestiegen,
Daß sie im tiefsten Kern bedroht das Leben,
Da fühlt der Mensch erbeben
Zuweilen so des Leibes schwanke Hülle,
80   Daß er des Todes Macht sich muß ergeben;
Zuweilen aber bohrt der Liebe Stachel
So tief, daß der, dem fremd ist jeglich Wissen,
Daß selbst die zarte Jungfrau
Das finstre Grab nicht scheuen
85   Und kühn den Tod von eigner Hand erwählen.

Wer solches Thun verspottet,
Der mag in Ruh' sich hohen Alters freuen.

   Den muthentflammten Seelen,
Den warmen, kühnen Herzen
Mag einen von euch das Geschick gewähren!   90
Mögt nie als Freund' ihr fehlen
Und nie als Herrn und Meister
Uns armen Menschenkindern, deren Geister
In eurer Macht, der hier sich nichts vergleichet,
Und die das Schicksal nur an Macht erreichet.   95
Und du, den stets ich rief aus tiefstem Herzen
Und schon als Jüngling ehrte,
Du holder Tod, du einzig
Voll Mitleid für die Welt und ihre Schmerzen,
Wenn ich dich je gepriesen,   100
Wenn ich für Undank, den die Welt dir zollte,
Dich je entschädgen wollte
Und Ehre dir erwiesen,
Dann laß mich nicht vergebens
Dies ungewohnte Flehen   105
Zu deinem Ohr entsenden
Und schließ mein müdes Auge, Herr des Lebens!
Mich wirst bereit du finden jede Stunde,
Wann immer deine Schwingen mich umwehen,
Gerüstet, kühnen Blickes   110
Und spottend des Geschickes,
Die Hand nie preisend, welche Wund' auf Wunde
Mit wilden Geißelschlägen
Auf meinen Leib gezeichnet,
Noch segnend sie, wie sonst wohl   115
In feigem Sklavensinn die Menschen pflegen.

Hier werf' ich von mir jeden Hoffnungsschimmer,
Womit die Welt sich kindisch
Beschwichtgen läßt, verlange
120 Vom Schicksal weiter nichts auf dieser Erde
Als dich nur, jetzt und immer,
Und schaue froh entgegen
Dem Tag, da ich zur Ruhe meine Wange
An deine Brust darf legen.

XXVIII.

Der Dichter an sich selbst.

Nun magst du ruhn für immer,
Mein müdes Herz! Es schwand die letzte Täuschung,
Die ewig ich gewähnt. Sie schwand. Ich fühle
Die Hoffnung jetzt erloschen,
Den Wunsch selbst nach des holden Truges Spiele.   5
Auf immer ruh'! Du hast nun
Genug geschlagen. Würdig deines Pochens
Ist nichts, noch werth dies Dasein deiner Seufzer!
Das Leben ist nur Ekel
Und Bitterkeit, sonst nichts, und Koth die Erde.   10
Nun ruhe aus! Verzweifle
Zum letzten Mal! Das Schicksal gab den Menschen
Nichts weiter als zu sterben. Jetzt verachte
Dich, die Natur, die Macht, die finstern Webens
Auf unser aller Schaden stets nur dachte,   15
Und die endlose Nichtigkeit des Lebens.

XXIX.

Aspasia.

Es steigt Dein Bild, Aspasia, zuweilen
In meiner Seele auf. Bald strahlt es flüchtig
Im Schwarm der Menschen unter fremden Zügen
Entgegen mir; und bald erhebt sich wieder,
5   Wie aufgeweckt von sanften Harmonien,
Auf einsam stiller Flur, am hellen Tage,
Im Schweigen einer Sternennacht die stolze
Erscheinung vor der fast erschreckten Seele.
Wie hab' ich, Götter, einst sie angebetet,
10   Die meine Wonne war und war — mein Fluch!
Nie bringt zu mir der Blumen süßer Duft,
Sei's auf den Au'n, sei's in der Straßen Enge,
Daß ich Dich nicht wie damals vor mir sehe,
Als mir in jenen reizenden Gemächern,
15   Erfüllt vom Dufte frischer Frühlingsblumen,
Zum ersten Mal erschien die engelsgleiche
Gestalt, in dunkles Veilchenblau gekleidet,
Auf schimmernd weißen Teppich hingelehnt
Und ganz umflutet von geheimer Wonne;
20   Und wie sodann, o schlaue Zauberin,
Auf Deiner Kinder volle, runde Lippen
Du Küsse drücktest, heiße, schallende,
Darbietend meinem Blick den schnee'gen Nacken,
Indeß Du sie, die all' Dein Thun nicht ahnten,
25   Mit zarter Hand an den versteckten Busen,
Den heißersehnten, preßtest. Damals glänzte

Ein neuer Himmel, eine neue Erde,
Ja, fast ein Strahl von Gott in meine Seele.
So stieß in mein nicht unbewehrtes Herz
Dein Arm mit voller Kraft den Pfeil, den dann ich 30
Wehklagend trug, bis daß zum zweiten Male
Zu jenem Tag zurückgekehrt die Sonne.

Ja, wie ein Strahl vom Himmel, hehre Frau,
Erschien mir Deine Schönheit. Aehnlich wirken
Die Schönheit und die Töne der Musik, 35
Sie scheinen unbekannter Paradiese
Tiefes Geheimniß oftmals zu enthüllen.
So liebt der arme Sterbliche das Kind
Der eignen Phantasie, das holde Bild,
Das in sich schließt den besten Theil des Himmels, 40
Ganz gleich in Antlitz, Sprache und Gebärde
Der Frau, die der entzückte Liebende
Verwirrt betrachtet und zu lieben wähnt.
Doch diese ist's nicht, jenes Bildniß ist's,
Das er in seine Arme schließt und liebt. 45
Erkennt er endlich seinen Irrthum, sieht er
Verwandelt nun den Gegenstand der Liebe,
Da zürnt er und beschuldigt oft mit Unrecht
Die Frau. An jenes hohe Bild reicht selten
Ihr Geist, und das, was einflößt ihre Schönheit 50
Dem edlen Liebenden, begreift sie nicht.
Nicht fassen kann die schmale Stirn so hohen
Gedanken. Der betrogne Mann! er hofft
Umsonst beim hellen Leuchten jener Blicke,
Er sucht umsonst ein tiefes, unbekanntes 55
Und mehr als männliches Gefühl in ihr,
Die von Natur einmal steht unter ihm.

Denn wie der Bau von ihren Gliedern weicher
Und zarter ist, so gab auch die Natur
60 Den Geist ihr minder weit und minder stark.

Auch Du, Aspasia, hast nie begriffen,
Was einst Du meiner Seele eingeflößt.
Du weißt nicht, welche Liebe ohne Maßen,
Welch süße grenzenlose Schmerzen, welches
65 Unsägliche Entzücken, welchen Wahnsinn
Du einst in mir erregt, und nie wirst Du's
Begreifen. So begreift auch nicht der Künstler,
Der mit der Stimme, oder mit der Hand
Vor uns erstehn läßt süße Harmonien,
70 Was er im Hörer wirkt. Jetzt ist nun jene
Aspasia, die einst ich liebte, todt,
Für immer todt, einst Inhalt meines Lebens.
Nur dann und wann, ein theures Schattenbild,
Erscheinst Du mir, um wieder zu verschwinden.
75 Du lebst, nicht blos noch schön, nein schöner noch,
So scheint es mir, als all die andren sind.
Nur jene Glut erlosch, die Du entzündet;
Denn Dich nicht lieb' ich, sondern jene Göttin,
Die einst gelebt in meiner Brust und jetzt
80 Darin begraben ruht. Sie war's, die lange
Ich angebetet; ihre Himmelsschönheit
Umfieng mich so, daß, kannt' ich gleich Dein Wesen,
Und waren gleich mir Deine Künste klar,
Ich doch in Deinen ihre schönen Augen
85 Zu sehen glaubt' und eifrig ich Dir folgte,
So lang sie lebte. Nicht war ich betrogen,
Die Lust an jener holden Aehnlichkeit
Hat mich vermocht, so lang dies Joch zu tragen.

Jetzt rühme Dich! Du kannst es. Sage, daß Du
Die einzge bist des ganzen Frau'ngeschlechtes,   90
Vor der ich beugte dieses stolze Haupt,
Und der dies unbezwungne Herz ich weihte.
Erzähle, daß zuerst Du und zuletzt,
So hoff' ich, sahst mein Auge brünstig bitten,
Sahst furchtsam mich und zitternd vor Dir stehen   95
(Vor Zorn und Scham erröth' ich, nun ich's sage)
Nicht mächtig meiner selbst, demüthig forschend
Nach jedem Deiner Winke, Deiner Worte,
Bei Deinem stolzen Unmuth bleich, und strahlend
Bei jedem Zeichen Deiner Huld, im Antlitz   100
Bei jedem Blick Ausdruck und Farbe wechselnd. —
Der Zauber brach, und mit ihm brach in Stücke
Mein Joch und fiel zur Erde. Dessen freut sich
Mein Geist. Und seid ihr mir gleich überlästig,
Begrüß' ich doch euch froh, Vernunft und Freiheit,   105
Nach langer Knechtschaft und nach langem Wahnsinn.
Denn wenn das Leben, frei von Leidenschaft
Und holdem Irrthum, gleicht der Winternacht,
Der sternenleeren, so genügt mir doch,
Als Trost und Rache für mein Erdenloos,   110
Wenn, unbeweglich hier im Grase liegend,
Ich Himmel, Erd' und Meer beschau' und lächle.

XXX.

Auf ein antikes Grabmonument in Basrelief,

worauf ein junges Mädchen dargestellt ist im Begriff abzureisen und von
den Ihrigen Abschied zu nehmen.

Wohin? Sag' an, wer ruft Dich
Fern von den theuren Deinen?
Verläßt Du, schönes Mädchen,
Das väterliche Dach für immer? Willst Du
5 Zu dieser Schwelle niemals wiederkehren,
Und sollen fröhlich nie Dich wiedersehen
Die heute traurig weinend Dich umstehen?

Ich seh' Dich trocknen Auges muthig schreiten,
Doch scheinst Du traurig. Wer vermag zu sagen,
10 Wenn er Dich sieht in dieser ernsten Weise,
Ob fröhlich Deine Straße,
Ob traurig ist das Ziel der weiten Reise.
Vielleicht kann Niemand auf der Welt es sagen,
Ich selbst erwäg' umsonst es hin und wieder,
15 Ist Dir das Schicksal abhold, oder soll ich
Dem Himmel werth Dich achten,
Als elend oder glücklich Dich betrachten?

Es ruft der Tod Dich. In des Lebens Morgen
Der letzte Augenblick! Nie kehrst Du wieder
20 Zum Nest, von dem Du scheidest.

Du siehst die theuren Eltern
Nie mehr. Der Ort, zu welchem
Du gehst — er ist dort unten!
Und dort wirst Du von nun an ewig wohnen.
Du bist wohl glücklich, und doch kann der Zähren   52
Sich Keiner, der. Dein Schicksal sieht, erwehren.

   Niemals das Licht zu schauen,
Wär' wohl das beste. Doch einmal geboren,
Im Augenblick, da königliche Schönheit
Im Antlitz sich entfaltet,   30
Und da die Welt von ferne
Anbetend schon vor ihr die Kniee beuget;
Da Hoffnung blüht, und eh mit finstrem Walten
Der Stirn, um die noch Kränze festlich wehen,
Die Wahrheit Blitz auf Blitz entgegenschleudert,   35
Wie Wolkendunst in flüchtigen Gestalten
Am Horizonte spurlos zu vergehen,
Verschwinden unerkannt und kaum gesehen,
Und in dem dunklen Schweigen
Des Grabes enden künftger Tage Reigen —   40
Das muß mit tiefen Schmerzen,
Mag sich's als Glück enthüllen
Dem reifern Geist, erfüllen alle Herzen.

   Natur, unrühmlich Wunder,
Zwar Mutter bist du, doch ich seh's mit Zagen,   45
Dich grüßt der Säugling schon mit lauten Klagen,
Und du gebierst und nährst nur, um zu tödten.
'S ist schmerzlich zu gewahren,
Wie Menschen, kaum erblüht, doch schon verderben,
Und nun läßt du solch schuldlos Wesen sterben?   50

Und muß es sein, wie kannst du
Für den, der stirbt, für den, der bleibt am Leben,
Gleich schmerzlich diese Wunde,
Gleich trostlos machen diese Trennungsstunde?

55   Elend, wohin sie blicken,
Elend, wohin sie nur die Schritte lenken,
Sind deine schwachen Kinder.
Wie kannst du um das Leben
Auch noch die junge Hoffnung
60 Betrügen? Nichts als Jammer ist dies Dasein,
Als einzge Rettung aus dem Meer der Schmerzen
Bleibt uns der Tod; und dieses ist der Zielpunkt,
Den du uns unerbittlich
Gesetzt hast! O, nach solchen Wandermühen
65 Warum winkt uns nicht froh das Ziel der Reise?
Weshalb umgibst du so mit schwarzem Flore
Den Ort, der uns erwartet,
Den lebend stets wir vor der Seele tragen,
Und hüllst das Land mit trüben
70 Und mitternächtgen Schauern,
Das Land, das uns als einzger Trost geblieben,
Und zeigst uns schlimmer als des Meeres Wüste
Den Port an sichrer Küste,
In welchem unbekannte Schrecken lauern?

75   Und ist es hart dies Sterben,
Das du bestimmt uns allen,
Uns, die du ohne Schuld und ohn' ihr Wissen
Und ohn' ihr Wollen überläßt dem Leben,
So ist des Loos, der stirbt, mehr zu beneiden,
80 Als dessen, der das Scheiden

Von seinen Lieben hört. Denn wenn's in Wahrheit,
Wie's meines Herzens Meinung,
Ein Unglück ist zu leben,
Ein Glück zu sterben, o, so kann im Herzen
Doch Keiner ohne Schmerzen   85
Den letzten Tag ersehnen seiner Lieben,
Um dann allein geblieben
Stets dem geliebten Wesen,
Das von der Schwelle plötzlich ihm entrissen,
Vergeblich nachzuschauen,   90
Allein zu stehn den Rest von seinen Tagen,
Auf ewig Lebewohl den Lieben sagen,
Und nimmermehr hienieden
Zu sehn die theuren Seinen
Und ganz verlassen, einsam auf der Erde   95
An all' den alten Stätten einstgen Glückes
Die nun entschwundnen Tage zu beweinen.
Natur, sag' an, wie kannst du kalten Herzens
Den Freund dem Freunde rauben,
Den Bruder aus des Bruders,   100
Die Kinder aus der Eltern,
Aus des Geliebten Armen
Ohn' all Erbarmen die Geliebte reißen,
Dem Einen Leben, Tod dem Andern spendend?
Warum muß leben bleiben   105
Der Mensch, wenn stirbt, was liebend er umschlungen?
Doch kümmerst du, wie ich die Welt verstehe,
Natur, in deinem Treiben
Um unser Wohl dich nicht noch unser Wehe.

XXXI.

Auf das Bild einer schönen Frau,

ausgemeißelt auf deren Grabmonumente.

So warst Du! Jetzt dort unten
Liegst Du in Staub und Asche. Ueber Moder
Und Knochen aufgerichtet, stumm, betrachtend
Der Jahre Kommen wie der Jahre Gehen,

5   Seh' ich als Hüter stehen
Für die Erinnrung und den Schmerz dies Bildniß
Entschwundner Schönheit. Jenes holde Auge,
Das beben machte, wen es ohne Regung —
So scheint es jetzt — jemals betrachtete;

10   Der Mund, dem süß Entzücken
Entströmte, wie ein Quell aus voller Urne;
Der Hals, Verlangen weckend; jene Hände,
Die oft erstarren machten
Zu Eis die Hand, die sie zu drücken wagte;

15   Der Busen, der die Wange
Des Kühnsten bange, blaß und furchtsam machte —
Das alles war vordem: jetzt bist Du Moder
Und Knochen; solches Grauen,
Entsetzlich anzuschauen, birgt dies Denkmal.

20   Also zerstört das Schicksal
Ein Antlitz, das erschien als reinstes Abbild

Des Himmels. Unergründliches Geheimniß
Des Daseins! Heute noch ein Quell von großen
Gedanken, schrankenlosen
Gefühlen, prahlet Schönheit, scheint ein Lichtstrahl,   25
Geschleudert auf den Kampfplatz dieses Lebens,
Der niemals wird verlöschen,
Gibt Bürgschaft uns und Zeichen
Von selgen Reichen, überirdschem Glücke,
Gewährt uns sichre Hoffnung   30
Auf goldne Himmelswelten —
Und morgen dann verwandelt
Ein leichter Anstoß schon in häßlich Grauen
Das Engelsantlitz, eben
Noch lieblich anzuschauen,   35
Und all das Wunderbare,
Das es im Geist entzündet,
Mit einem Mal aus unsrer Seele schwindet.

    Die Harmonie entfesselt
Im Herzen die Gewalten   40
Der Sehnsucht, mit Gestalten
Von Pracht und Glanz wird Phantasie bethöret;
So wird des Menschen Geist hinausgezogen
Auf jenes Meer, das ihn schon oft betrogen;
Er gleicht dem kühnen Schwimmer,   45
Der wie zur Lust nur kämpfet mit den Wogen:
Doch einen Mißton höret
Das Ohr — da stürzt in Trümmer
Dies Paradies, im Augenblick zerstöret.

    O Menschengeist, dein Fühlen   50
Ist so erhaben, und doch soll versunken

17*

Ich dich in Staub, gleich einem Schatten sehen?
Wohnt noch ein Himmelsfunken
In dir, wie kann dein höchstes Denken, Sinnen
55   So ohne Spur zerrinnen,
So leicht und rasch vergehen, wie entstehen?

XXXII.

Widerruf.

An den Marchese Gino Capponi.

Es kann nichts nützen immerfort zu seufzen.
                          Petrarca.

Ich irrte, treuer Gino, irrte lange
Und irrte schwer. Ich glaubte, elend, eitel
Sei unser Leben und die Gegenwart
Vor allem abgeschmackt. Doch unerträglich
Erschien und war die Sprache dem beglückten   5
Geschlecht der Sterblichen, wenn sterblich nennen
Man kann und darf den Menschen. Halb verwundert
Und halb unwillig lachte das erhabne
Geschlecht hervor aus seinem duftgen Eden,
Hieß mich verkümmert, elend, nicht im Stande   10
Des Lebens Freuden zu genießen, haltend
Das eigne Loos für allgemein und alle
Für meines eignen Weh's Genossen. Endlich
Erglänzt im Rauch und Dufte der Cigarren,
Beim Knuspern krachender Pastetchen und dem   15
Commandogleichen Rufen nach Gefrornem
Und nach Getränken, bei dem Tassenklappern
Und Löffelschwingen lebhaft mir in's Auge
Das Licht, das täglich aus der Zeitung mir

20 Entgegenstrahlt. Da sah ich und erkannt' ich
Die allgemeine Lust, sowie die Süße
Des menschlichen Geschicks. Ich sah den hohen
Zustand und Werth der Dinge dieser Erde,
Von Blüten ganz erfüllt das Menschenleben,
25 Und wie hier nichts verdrießlich noch beschwerlich.
So sah ich auch das staunenswürdge Streben,
Die Werke und den Geist, die Tugenden
Und das erhabne Wissen des Jahrhunderts.
Auch sah ich von Marocco nach Cataï,
30 Vom Nordpol bis zum Nil und dann von Boston
Nach Goa keuchend laufen auf den Spuren
Des holden Glückes klein' und große Reiche
Und sah es fassen schon beim Schopfe oder
Beim letzten Zipfel seines Kleids. Dies sah ich
35 Und mußte mich, die großen Zeitungsblätter
Mit Ernst betrachtend, meines schweren, alten
Irrthums, wie meiner selbst dann herzlich schämen.

Ein goldnes Alter spinnen jetzt, o Gino,
Der Parzen Spindeln. Jedes Zeitungsblatt
40 In Sprachen und Formaten jeder Art
Berichtet's so der Welt einmüthiglich
Aus allen Landen. Allgemeine Liebe
Und Eisenbahnen, leichterer Verkehr,
Dampf, Presse, Cholera — sie werden alle
45 Getrennten Völker schon zusammenzwängen.
Kein Wunder wird's mehr sein, wenn Ficht' und Eiche
Von Milch und Honig triefen, oder wenn sie
Beim Klange eines Walzers tanzen werden.
So wuchs seither der Kolben und Retorten
50 Und der Maschinen Kraft, die mit dem Himmel

Wetteifern, ja wird immerfort noch wachsen,
Denn ohne Ende eilt zum Beßern hin
Und wird demnächst noch mehr zum Beßern eilen
Was stammt von Sem's, von Ham's und Japhet's Samen.

Zwar Eicheln wird die Welt gewiß nicht essen,   55
Wenn Hunger sie nicht zwingt, auch nicht ablegen
Das harte Eisen. Aber manchesmal
Wird Gold und Silber sie verschmähn, zufrieden
Mit Wechselscheinen. Auch des theuren Blutes
Der Seinen wird das herrliche Geschlecht   60
Der Menschen sich nicht ganz enthalten, vielmehr
Wird mit Gemetzel sich Europa decken,
So wie der Strand jenseits des Oceans,
Die frische Amme lauterer Gesittung,
Sei's daß ein Streit um Pfeffer oder Zimmet   65
Und anderes Gewürz, um Zuckerrohr
Und was sonst hat Bezug auf Gold, zum Kampfe
Auf's Schlachtfeld treibt die brüderlichen Schaaren.
Stets werden wahrer Werth und Tugend, Treue,
Bescheidenheit, Rechtslieb' in jedem Staate   70
Dastehen fremd und fern den öffentlichen
Geschäften, oder immer unglückselig,
Gekränkt sein und im Kampfe unterliegen;
Denn ihnen gab Natur, im Hintergrunde
Zu stehen. Freches Wagen, Trug, vereint   75
Mit Mittelmäßigkeit — sie herrschen ewig,
Stets obenauf zu schwimmen auserlesen.
Herrschaft und Macht, vereinigt oder einzeln,
Wird stets mißbrauchen, wer sie hat und unter
Beliebgem Namen. Dies Gesetz schrieb voreinst   80
Natur und Schicksal in demantne Tafeln,

Und Volta nicht, noch Davy werden's tilgen
Mit Blitzen und ganz England nicht mit seinen
Maschinen, noch mit einer Gangesflut
85   Politscher Schriften diese neue Zeit.
Stets wird der Gute elend sein, im Glanze
Der Schuft und der Gemeine, alle Welt
Wird gegen edle Seelen stets verschworen
In Waffen dastehn; wahrer Ehre folgt
90   Verleumdung, Haß und Neid; stets wird der Schwache
Des Starken Beute sein, des Reichen Bauer
Und Knecht der Bettler, in jedweder Staatsform;
Ob nah' wir wohnen oder fern den Polen
Und dem Aequator, ewig wird's so bleiben,
95   Solang' als Aufenthalt uns dient die Erde
Und uns des Tages Fackel nicht verlischt.

Und diese goldne Zeit, die jetzo anbricht,
Muß jene schwachen Reste, jene Spuren
Vergangner Zeiten eingeprägt noch tragen.
100   Denn tausend Kämpfe, widerstreitende
Prinzipien und Partei'n hat von Natur
Die menschliche Gesellschaft, und in Frieden
Die beizulegen haben nie vermocht
Vernunft noch Macht der Menschen seit dem Tage,
105   Da dies vortreffliche Geschlecht erstand,
Noch werden's je Vertrag noch Zeitung können,
So weis' und klug sie sind. — In wichtgern Dingen
Jedoch wird voll wie nie zuvor gesehen
Das Glück der Menschen sein. Die Kleider werden
110   Von Wolle oder Seide alle Tage
Nun weicher werden. Handwerksmann und Bauer,
Ablegen werden sie ihr grobes Tuch,

Baumwolle wird die rauhe Haut umschließen,
Und Zephyrtuch wird ihren Rücken decken.
Es werden, besser ihrem Zweck entsprechend   115
Und sicher anzuschauen zierlicher,
Die Teppiche und Decken, Stühl' und Tische
Und Sopha, Schemel, Betten, jeder Hausrath
Mit wechselvollem Schmuck die Zimmer zieren,
Und neu geformte Kessel, neue Töpfe   120
Wird in der heißen Küche man bewundern.
So reißend von Paris hin nach Calais,
Von da nach London, dann nach Liverpool
Wird sein die Reise, nein, der Flug, daß man sich's
Nicht denken kann, und unterm weiten Bette   125
Der Themse (ein kühn unsterblich Werk!) wird sich
Ein Durchgang öffnen, der seit Jahren schon
Sich hätte öffnen sollen. Besser werden
Als jetzt bei nächtger Zeit beleuchtet sein,
Wenn auch nicht sichrer drum, die weniger   130
Betretnen Straßen in den großen Städten,
Vielleicht die größern auch der kleinen Städte.
Ja, solche Herrlichkeiten, solches Glück
Beschert dem künftigen Geschlecht der Himmel.

O glücklich die, die, da ich dieses schreibe,   135
Als kleine Schreier erst die Badmutter
Empfängt in ihren Armen; ihrer harren
Die schönen Tage, da durch lange Studien
Bekannt sein wird und da schon mit der Milch
Das Kind von seiner theuren Amme lernet,   140
Wie viele Centner Salz und wie viel Fleisch
Und wie viel Malter Mehl in jedem Monat
Verschlingt das Vaterstädtchen, und wie viele

Geburts= und Todesfäll' in jedem Jahre
145 Der alte Pfarrer einträgt; da, vermittels
Des mächtgen Dampfs millionenfach gedruckt
In der Secunde, Berg' und Thal bedecken
Und selbst des Meers endlose Weiten, glaub' ich,
Gleich einem Schwarme luftger Kraniche,
150 Der plötzlich raubt des Tages Licht den Fluren,
Die Zeitungen, die Seele und das Leben
Des Weltalls und des Wissens einzge Quelle
In dieser, wie in allen künftgen Zeiten.

Gleich wie ein Kind mit eifrigem Bemühen
155 Von Blättchen und von Spänchen ein Gebäude
In Form von Tempel, Palast oder Turm
Aufführt, und wenn es kaum vollendet dasteht,
Es wieder umzustürzen sich beeeilet,
Weil ihm dieselben Spänchen oder Blättchen
160 Zu einem neuen Werke nöthig sind,
So sieht Natur keins ihrer Werke fertig,
Daß sie's nicht wieder zu zerstören trachtet,
Die losen Theile anderweit verwendend.
Vergebens sucht der Mensch sich selbst und andre
165 Vor diesem grausen Spiele, dessen Gründe
Stets dunkel sind, zu schützen, tausend Mittel
Mit kluger Hand in tausendfacher Weise
Verwendend; denn, verspottend alle Mühe,
Vollführt Natur, ein unlenksames Kind,
170 Erbarmungslos ihr launenhaftes Spiel
Und freut sich zu zerstören wie zu schaffen.
So auch bedrängt ein bunter, banger Schwarm
Von Qualen und von Leiden, nicht zu heilen,
Den schwachen Sterblichen, geweiht unrettbar

Dem Untergange; so bedroht von außen,   175
Von innen und von allen Seiten ihn
Rastlos ein feindlich Heer seit jenem Tage,
Da er geboren, und ermüdet ihn,
Selbst nie ermüdend, bis er todt daliegt,
Ruchlos erdrückt von seiner eignen Mutter.   180
Die letzten Leiden unsrer Sterblichkeit,
O edler Geist, das Alter und der Tod,
Beginnen schon, wenn noch des Säuglings Lippe
Den Busen preßt, daraus ihm Leben quillt.
Sie kann dies lust'ge neunzehnte Jahrhundert   185
Nicht mehr verbessern, glaub' ich, als das zehnte
Und als das neunt' es konnten, und als künftge
Zeitalter jemals es vermögen werden.
Doch ist's einmal erlaubt, beim rechten Namen
Die Wahrheit nennen: jeder Sterbliche   190
Ist kurzweg — unglückselig jederzeit
Und nicht allein in bürgerlicher Hinsicht,
Nein, auch in jeglichem Bezug des Lebens,
Nothwendig unheilbar, nach allgemeinen
Gesetzen, die beherrschen Erd' und Himmel.   195
Doch neuen Rathschlag, ja fast göttlichen
Ersannen die erhabnen Geister meines
Jahrhunderts: da sie einzeln keinen glücklich
Hienieden machen können, wollten sie,
Den Menschen ganz vergessend, aller Menschen   200
Glückseligkeit mit einemmal begründen.
Sie fanden diese leicht und machen nun
Aus jenen, traurig oft und elend immer,
Ein glücklich heitres Volk. Und solches Wunder,
Das keine Zeitung, Monatschrift, Broschüre   205
Erklärt, bestaunt nun diese Menschenheerde.

O Geist, o Einsicht, überirdscher Scharfsinn
Der Zeit, in der wir leben! Welches sichre
Philosophiren, welche Weisheit, Gino,

210   Lehrt in noch höhern und verborgnern Dingen
Den künftgen Zeiten mein und Dein Jahrhundert!
Wie standhaft betet's heute, hingeworfen
Auf's Knie, das an, was gestern es verhöhnte,
Und stürzt es morgen wieder, sucht zusammen

215   Die Scherben, stellt es wieder auf, um's dann
Den nächsten Tag mit Weihrauch zu beräuchern.
Wie muß man schätzen dieses Denkens Eintracht,
Und wie vertraun dem jetzigen Jahrhundert,
Ja, diesem Jahr nur! und wie sorgsam müssen

220   (Wenn wir vergleichen unsre eigne Ansicht
Mit der von diesem Jahr, von der das nächste
Schon ganz verschieden ist) wir uns nicht hüten,
Daß beide je in einem Punkt' verschieden!
Und wie ist im Vergleich zum Alterthume

225   Jetzt unser Wissen weit vorangeschritten!

Der Deinen Einer sonst, gepriesner Gino,
Ein wackrer Verseschmidt, ja allen Wissens
Und aller Künste, aller Facultäten
Und aller Geister Doctor, die da waren,

230   Sind oder werden sein, ein Weltverbesser —
Sprach so zu mir: „O laß doch Deine eignen
Gefühle, drum dies männliche Jahrhundert,
Den ernsten ökonomschen Studien und
Der Politik ergeben, sich nicht kümmert!

235   Was nützt es Dir, daß Du den eignen Busen
Durchforschst? Such' nicht nach Stoff zu Deinen Liedern
In Dir! Sing lieber dieser Zeit Bedürfniß

Und die gereifte Hoffnung!" — Prächtge Phrasen!
In lautes Lachen brach ich aus, als mir
In dem profanen Ohr der Name „Hoffnung"   240
Erklang, ein komisch Wort, fast wie ein Laut
Von einer Zunge, kaum der Milch entwöhnet.
Jetzt kehr' ich um und schlage einen Weg
Entgegen dem vergangnen ein, belehrt
Durch zweifelloses Beispiel, daß dem eignen   245
Jahrhundert der nicht widersprechen darf,
Der bei ihm Ruhm und Ehre sucht, nein, treulich
Ihm schmeichelnd muß gehorchen: also steigt man
Auf kurzem, leichtem Wege zu den Sternen.
So will auch ich, verlangend nach den Sternen,   250
Zwar das Bedürfniß des Jahrhunderts nicht
Besingen, denn für diese, immer wachsend,
Sorgt reichlich schon der Kaufmann und die Werkstatt,
Jedoch die Hoffnung — ja, die will ich singen,
Womit ein sichtbar Unterpfand die Götter   255
Uns schon gewährt; des neuen Glücks Beginn
Zeigt auf des Jünglings Lipp' und Wange sich —
Enormer Haare unverkürzter Wuchs.

O sei gegrüßt, Du Zeichen neuen Heiles,
O erster Strahl der großen Zeit, die nahet!   260
Schau um Dich, wie sich Erd' und Himmel freuen,
Wie schon der Mädchen Augen leuchtend strahlen,
Und wie bei Festen und Gelagen laut
Der bärtigen Heroen Ruhm ertönet!
O wachse, wachse für das Vaterland,   265
Du junges, wahrhaft männliches Geschlecht!
Im Schatten Deines Haares wird Italien,
Wird ganz Europa von des Tajo Mündung

Zum Hellesponte wachsen, und getrost
270 Kann ruhn die Welt. Und Du begrüß' mit Lächeln
Den rauh behaarten Vater, zartes Kind,
Für goldne Tage auserwählt, erschrick nicht
Vor diesem theuren, harmlos schwarzen Antlitz!
Ja, lächle, zartes Kind! Dir ist beschieden,
275 Die Frucht so vielen Redens nun zu schauen,
Zu schaun der Freude Reich in Stadt und Land,
Zufrieden Alt und Jung in gleicher Weise
Und Bärte, wallend, von zwei Spannen Länge!

XXXIII.

Der Untergang des Mondes.

Die Nacht ist still und einsam,
Es leuchten Land und Meer im Silberschimmer,
Und Zephyr senkt die Schwingen.
Wo tiefre Schatten walten,
Da regen sich Gestalten   5
Und tausend holde Bilder
In Busch und Wald und Hügeln,
Die in der stillen Flut sich wiederspiegeln.
Nun sinkt des Mondes Scheibe
Allmählich nieder an des Himmels Bogen   10
In der Tyrrhenerwogen
Geräumgen Busen. Da entfärbt die Welt sich;
Die Schatten rings zergehen,
Und eine Finsterniß deckt Thal und Höhen.
Die Nacht ist wie erblindet,   15
Und da dem Wandrer schwindet in die Ferne
Das Licht, das ihn, wenn er die Nacht durchschreitet,
Auf seinem Pfad geleitet,
Singt er sein Klagelied dem holden Sterne.

So sind der Jugend Stunden   20
Uns, ach, wie bald! entschwunden.
Es fliehet fern und ferner
Dahin vor unsren Blicken
Der Traum voll schöner Täuschung, und die Bilder,

25   Die unjer Herz umstricken,
      Verlieren ihren Schimmer und erblassen,
      Und dunkel und verlassen
      Bleibt nun das Leben.   Irrend sucht der Wandrer
      In dieser Finsterniß, die ihn umnachtet,
30   Das Ziel des Weg's, der ihm noch bleibt zu wandern.
      Mit ihrem Thun und Treiben
      Ihm fremd die Menschen bleiben,
      Als fremd wird von den Andern er betrachtet.

        Zu glücklich schien's dort oben,
35   Sei unser Loos auf Erden,
      Dies Jammerleben, wenn das Jugendalter,
      Wo Lust doch nur aus tausend Leiden sprießet,
      Die ganze Lebenszeit des Menschen währte;
      Zu mild der Spruch, durch welchen
40   Die Wesen all' zum Tod verurtheilt werden,
      Wenn uns nicht fast inmitten
      Der Bahn, die wir durchschritten,
      Ein härtres Loos noch als der Tod beträfe.
      Als würdige Erfindung
45   Unsterblich hoher Geister
      Bescherten uns als aller Uebel größtes
      Die Götter dann das Alter,
      Wo noch die Wünsche leben, todt die Hoffnung,
      Der Quell der Lust versiegt ist, wo die Leiden
50   Sich häufen stets, und wo verblüht die Freuden.

        Ihr Hügel und ihr Fluren,
      Ihr werdet, ob im Westen auch versunken
      Der Schimmer, der das Kleid der Nacht mit Silber
      Umsäumte, doch nicht lange

Verwaist mehr bleiben; denn bald wird in Osten   55
Der Himmel sich erhellen
Auf's neu und neu die Morgenröthe strahlen;
Und ihr wird auf dem Fuß die Sonne folgen,
Und blitzend in die Runde,
Wird sie mit ihren Fluten   60
Von mächtgen Strahlengluten
Euch sammt dem weiten Aether überschwemmen.
Doch wenn die schöne Jugend erst entschwunden,
Da muß in Nacht das Leben uns vergehen,
Kein Frühroth wird mehr, keine Sonn' erstehen.   65
Oed' ist das Leben; und als Ziel des Dunkels,
Das uns umhüllt hienieden,
Ward von den Göttern uns das Grab beschieden.

XXXIV.

Der Ginster oder die Blume der Wildniß.

Καὶ ἠγάπησαν οἱ ἄνθρωποι μᾶλλον τὸ σκότος ἢ τὸ φῶς.
Und die Menschen liebten mehr die Finsterniß als das Licht.
Evang. Joh. III. 19.

     Hier auf dem dürren Rücken
Des schauervollen Berges
Vesuvius, des Vernichters,
Den sonst kein Baum und keine Blume schmücken,
5   Da stehen einsam ringsum deine Sträuche,
O dufterfüllter Ginster,
Der Wildniß Freund! So sah ich deine Blüten
Die stillen Pfade schmücken und beleben,
Die rings die Stadt umgeben,
10   Die einst die Herrscherin der Welt gewesen.
Sie scheinen zu gemahnen
Den Wandrer ernst mit ihrem stummen Anblick
An das versunkne Heldenreich der Ahnen.
Ich seh dich wieder jetzt auf diesem Boden!
15   Du liebst die trüben, weltverlaßnen Orte
Und magst dich gern dem Mißgeschick gesellen.
Wo jetzt ringsum die Felder,
Bedeckt mit unfruchtbarer Asche, liegen
Und steingewordner Lava,
20   Die unterm Tritt des Wandrers wiederhallet,
Wo Schlangen nisten und im Sonnenscheine
Sich ringeln, wo Kaninchen
Im wohlbekannten Lager sich verstecken,

Da lagen Villen, Fluren,
Und Aehren reiften, und der muntern Heerden   25
Gebrüll ertönte ringsum,
Und Gärten und Paläste,
Den Mächtigen ersehnte
Wohnstätten, und gar viele prächtge Städte,
Die der gewaltge Berg mit Feuerströmen,   30
Die seinem Schlund entquollen, niederbrannte
Sammt den Bewohnern. Jetzt ist alles, alles
Im gleichen Schutt begraben,
Auf dem du, zarte Blume, wächst und gleichsam
Erfüllt von Mitleid für der Menschen Schmerzen,   35
Zum Himmel deine süßen Düfte sendest,
Zum Trost für diese Wildniß. Hieher komme
Zu diesen Fluren der, der unser Dasein
Zu preisen liebt, und seh', mit welcher Liebe
Natur uns armen Wesen   40
Zum Glück erlesen! Hier kann er nicht minder
Mit rechtem Maße messen
Des menschlichen Geschlechts gewaltge Stärke,
Die die Natur, mißachtend ihre Werke,
Mit leichtem Stoß im Nu zum Theil zerstöret,   45
Und die ganz zu vernichten
Sie eines kaum bemerkbar stärkren Stoßes
Und kurzer Zeit bedürfte.
So zeigen diese Fluren
Ein Bild des Menschenlooses,   50
Des „allgemeinen Glücks und Fortschritts" Spuren.

    Hier spiegle dich, du stolzes
Und thörichtes Jahrhundert!
Du hast die Bahn nach vorwärts,

55 Die freie Denker kühnen Muths dir weisen,
   Verlassen, wendest Dich zurück und wagst es,
   Den Rückschritt laut zu preisen
   Und Fortschritt ihn zu nennen!
   Es schmeicheln deinem kindischen Beginnen
60 Die Geister, welche widrige Geschicke
   Zu deinen Kindern machen,
   Doch im Geheimen lachen
   Sie über dich. Nur ich will
   Mit solcher Schmach nicht in die Grube fahren.
65 Leicht wär's, in solchen Sachen
   Es jenen gleich thun und, wie jene schwatzend,
   Mit meinen Liedern deine Ohren kitzeln;
   Doch lieber will ich die Verachtung, die ich
   Im Busen ungemessen
70 Für dich bewahre, laut der Welt verkünden,
   Obwohl des harrt Vergessen,
   Der seine eigne Zeit zu sehr verachtet.
   Doch über dieses Schicksal,
   Das mir mit dir gemein ist, kann ich lachen.
75 Von Freiheit träumst du, und aufs neue willst du
   Geknechtet den Gedanken,
   Durch den wir doch theilweise
   Der Barbarei entrissen, und Gesittung
   Allein erblüht, die einzig führt zum Bessern
80 Und zum Gedeihn die Staaten.
   Ha, dir mißfiel die Wahrheit
   Von jenem harten Loos und tiefen Standpunkt,
   Den anwies uns Natur! Ha, deshalb wandtest
   Du niederträchtig nun dem Licht den Rücken,
85 Das sie beleuchtet; nennest, selbst ein Flüchtling,
   Die, die ihr folgen, feige,

Und voll erhabnen Muthes
Die, sich zum Hohn und andern, unser Leben
Schlau oder thöricht zu den Sternen heben.

   Ein armer Mann von schwachem Gliederbaue,   90
Im Fall daß seine Seele groß und edel,
Nennt sich nicht reich an Golde,
Noch hält er sich für kräftig,
Auch will er nicht im lächerlichen Scheine,
Als ob er Glanz vereine   95
Mit Macht, sich sehen lassen.
Er zeigt sich ohne Scheu an Kraft und Schätzen
Als Bettler, wie er ist, und nennt sich offen
Nicht anders, wenn er spricht, und liebt's, die Wahrheit
In allem zu bekennen.   100
Doch kann ich groß nicht nennen,
Nein, thöricht muß ich heißen
Den, der dem Tod' geweiht, in Leid genähret,
Ausruft: Zur Freude bin ich
Geboren! und mit eklem   105
Stolz das Papier besudelt, hohe Dinge
Und neues Glück, wie nicht es kennt der Himmel,
Geschweige diese Welt, verspricht hienieden
Den Völkern, die die Wogen
Des aufgeregten Meeres,   110
Ein böser Lufthauch, in der Erde Gründen
Ein Zucken schon vernichtet,
Daß man von ihnen kaum demnächst berichtet.
Doch der ist wahrhaft edel,
Der seine irdschen Augen   115
Dem allgemeinen Loose
Entgegen kühn erhebt und frei bekennet,

Verkleinernd nicht die Wahrheit,
Das schlimme Schicksal, das uns ward beschieden,
120 Sammt unsres Daseins Schwäche;
Der groß sich zeigt hienieden
Im Dulden, und der nicht im wilden Hasse
Und Bruderkrieg, dem schlimmsten
Von allen Uebeln, mehret
125 Sein eignes Leiden, seinen Nebenmenschen
Ob seinem Leid verklagend, nein, beschuldigt
Die, welche wirklich schuldig, seine Mutter
Zwar von Natur, doch eine Rabenmutter.
Sie nennt er Feindin, doch in Treu' verbunden
130 Scheint ihm die ganze Menschheit,
— Sie ist's ja auch und war's zu allen Zeiten, —
Um gegen sie zu streiten;
In allen Menschen sieht er nur Genossen,
Die er mit wahrer Liebe
135 Umarmet alle, leistet
Und hoffet selbst auf Hülfe rasch und kräftig
In beiderseitger Noth und in dem Jammer
Des allgemeinen Krieges. Gegen Kränkung
Des Nächsten gleich die Rechte waffnen, Schlingen
140 Und Hinterhalt bereiten,
Scheint ihm so thöricht als mit Freunden streiten,
Als bittre Zwietracht ohne Noth erheben,
Wenn Feinde uns umdrängen,
Und wenn im offnen Kampfe wir mit Mühe
145 Kaum unsren Stand behaupten,
Und als im eignen Lager Flucht verbreiten
Und Freunde zu verwunden.
Hat diese Ansicht Eingang erst gefunden
Beim Volke, wie es sonst der Fall gewesen,

Und ist die Furcht, die vordem 150
Die Sterblichen vereinte
Zum Staatsverband, um der Natur zu trotzen,
Der grausen, erst vermindert
Durch wahres Wissen, alsdann haben echte
Und rechte Bürgertugend, 155
Gerechtigkeit und Mitleid andre Wurzeln,
Als jetzo diese prächtgen Possen haben,
Sofern darin die Redlichkeit der Menschen
So festen Boden findet,
Als das, was jetzt auf Irrthum ist begründet. 160

　　Auf diesen öden Fluren,
Die die erstarrte Welle,
Die noch zu wogen scheint, in Braun gekleidet,
Da sitz' ich oft des Nachts und seh' die Sterne
Auf diese wüste Fläche 165
Herab vom klaren blauen Aether schimmern,
Und seh' sie sich von ferne
Im Meere spiegeln und die Welt im Kreise
Hin durch die klare Luft in Funken schimmern.
Und wend' ich dann die Augen auf die Lichter, 170
Die nur ein Punkt mir scheinen,
Und sind doch unermeßlich,
Daß im Vergleich mit ihnen Meer und Erde
Doch wahrlich nur ein Punkt sind,
Auf sie, die nicht den Menschen 175
Noch auch die Kugel kennen,
Darauf der Mensch ein Nichts ist; blick' ich wieder
Zu jenen dann empor, die noch entfernter,
Ich möcht' sie Sternenknoten
Benennen, die ein Nebel scheinen, denen 180

Nicht Mensch und Erde blos, nein, alle Sterne,
So grenzenlos sie sind an Zahl und Größe,
Sind unbekannt, zusammt der goldnen Sonne,
Und ihnen höchstens nur also erscheinen,
185 Wie sie der Erb', ein Punkt nur
Von nebelhaftem Lichte: — wie erscheinst du
Mir da in meinem Geiste,
O Menschheit! Und gedenk' ich
Dann deiner Macht hienieden, deren Sinnbild
190 Der Boden ist, den ich betrete, denk' ich,
Wie du dich meinst als Herrscher
Und Zweck des All's bestellt, und wie viel Male
Es dir gefiel zu fabeln, daß die Götter,
Die Schöpfer dieser Welt, um deinetwillen
195 Auf dieses Sandkorn, das wir Erde nennen,
Herniederstiegen, um mit deinesgleichen
Freundlich zu plaudern, denk' ich, wie die lange
Verlachten Träum' erneuernd, dieses Alter,
Das scheint in Wissen und Gesittung alle
200 Zu überragen, also
Der Weisen Lehre höhnt: — o welche Regung,
Du unglückselge Menschenbrut, o welche
Gedanken fühl' ich da in mir erwachen!
Ich weiß nicht, soll ich weinen oder lachen.

205   Wie wenn vom Baume stürzt ein kleiner Apfel,
Den spät im Herbste fället
Nicht fremde Kraft, nur seine eigne Reife,
Und dann zerstört, zerquetscht, im Nu vernichtet
Den zarten Wohnplatz, welchen
210 Im losen Erdreich wühlte
Mit großer Müh' ein Völkchen von Ameisen,

Mit ihrer Arbeit auch zugleich zerstörend
Die Schätze, die das emsge Volk mit Vorsicht
Und Fleiß zur Zeit des Sommers
Gesammelt: — so verschüttet' und zerstörte   215
Ein düstres Regenschauer
Von Asche, Bims und Steinen,
Mit Donnertönen erst emporgerissen
Zum Himmel aus dem Bauche
Der Erde, dann hernieder   220
In Flammenbächen stürzend
Und wild hin durch die Gräser
In ungeheuren Flüssen
Von glühndem Sand, geschmolznen Felsenstücken
Und von Metall den Rücken   225
Des Berges niederströmend, alle Städte,
Die dort mit seinen Wellen
Vordem das Meer bespülte.
Auf diesen weiden jetzo Ziegenheerden,
Und neue Städte wachsen   230
Empor nun über jenen, die den neuen
Als Schemel dienen, da sie längst zertrümmert,
Und die der grimme Berg nun tritt mit Füßen.
Es kümmert die Natur sich
Um uns, wie sie sich kümmert   235
Um jenen Haufen von Ameisen, und wenn
Uns seltner trifft Vernichtung,
Der Grund ist nur, daß minder
Fortpflanzungsfähig sind die Menschenkinder.

Verflossen sind wohl achtzehn   240
Jahrhunderte, seitdem der Macht des Feuers
Erlagen jene reichbewohnten Stätten;

Und noch erhebt der Bauer,
Der mit genauer Noth auf diesen Fluren
245   Den Weinstock zieht in einem todten Boden,
Den Asche nur bedecket,
Den Blick empor voll Argwohn
Zu dem verhängnißvollen Gipfel, welcher
Nicht milder ward im Lauf der Jahre, immer
250   Noch dasteht drohend Untergang den Seinen
Und seiner kargen Habe.
Und oftmals springt der Arme
Empor, wenn er auf seiner Hütte Dache
Die Nächte schlaflos unter freiem Himmel
255   Zubringt, erforscht der glühnden Masse Richtung
Und Lauf, wenn aus dem unerschöpften Schooße
Sie auf den sandgen Rücken
Des Berges sich ergießt, von deren Flammen
Erleuchtet Capri's Höhen,
260   Neapel's Golf und Mergellina stehen.
Und sieht er dann sie nahen, hört er wallend
Das Wasser dann in seines Brunnens Grunde
Aufkochen, dann erweckt er Weib und Kinder
In eilger Hast, flieht fort von seiner Heimat
265   Mit dem, was sie mit Noth zusammenraffen,
Und sieht, wie seine Hütte,
Und wie sein kleiner Acker,
Der ihn vor Hungersnoth allein bewahrte,
Bald wird erfaßt vom Feuer,
270   Und jetzt schon steht in wilder Flammen Mitte,
Die drüberhin nun unerbittlich schreiten. —

Es kehrt zum Licht des Himmels
Zurück aus langer Ruhe das erloschne

Pompeji, eine Leiche,
Die wieder ausgegraben —   275
War's Geiz, war's Mitleid, die an's Licht es zogen? —
Und von dem öden Forum
In grader Richtung zwischen
Den Reihn von Säulenstümpfen schaut der Wandrer
Oft lang hinauf zu dem gespaltnen Bergjoch   280
Und zu dem Rauch des Gipfels,
Der jetzt noch diesen Trümmern scheint zu drohen.
Und in der stillen Nacht geheimen Schauern
Durch die verfallnen Tempel,
Durch der Theater umgestürzte Mauern,   285
Wo Fledermäuse ihre Brut verbergen,
Fällt, einer Todesfackel
Vergleichbar, die in öden Sälen umgeht,
Herein das Licht der todesschwangren Lava,
Das röthlich durch die Schatten   290
Hereinbricht, alles rings in Gluten tauchend.
So weiß Natur vom Menschen nichts, von Zeiten,
Die alt er nennt, und nichts von jener Folge
Von Eltern, Kindern, Enkeln,
Sie grünet fort und fort, scheint still zu stehen,   295
So lang ist ihre Straße,
Und sieht nicht, daß indessen Völker sterben
Und Sprachen schwinden, Reiche rings vergehen —
Der Mensch nur will die Ewigkeit erwerben.

Und du auch, zarter Ginster,   300
Der du die wüsten Fluren
Hier wie mit duftgen Wäldern überziehest,
Auch du wirst bald der mitleidslosen Herrschaft
Des unterirdschen Feuers hier erliegen,

305   Wenn es in giergen Zügen
       Zurück sich wendet zur bekannten Stätte,
       Um diese zarten Wälder zu verschlingen.
       Du beugst schuldlos dein Haupt, das todesbleiche,
       Dann unter seinem Streiche:
310   Doch noch hast du's nicht nutzlos
       Gebeugt vor deinem künftgen Unterdrücker
       Mit seigem Flehn; noch hast du's zu den Sternen
       In übermüthgem Stolz emporgehoben,
       Noch auch gesenkt zur Erde,
315   Wo du emporgeschossen
       Nach Schicksalsspruch und nicht durch eignes Streben,
       Nein, weiser als die Menschen
       Und stärker, weil du nicht glaubst deine Sprossen
       Bestimmt zu höhrem Leben,
320   Noch von dem Glanz der Ewigkeit umflossen.

XXXV.

Das Blatt.

Getrennt von deinem Aste, welkes Blatt,
Sag', wohin gehst du? — Mich entriß dem Zweige
Der Buche, welche mich geboren hat,
Der Wind. Auf seinen luftgen Flügeln steige
Vom Wald ich nun hinab in's Feld und wieder   5
Vom Thal den Berg hinan. So auf und nieder
Zieh' ich mit ihm, ein Fremdling, durch das Land;
Sonst ist mir nichts auf dieser Welt bekannt.
Es theilet alles hier die gleichen Loose,
Das Blatt des Lorbeers wie das Blatt der Rose.   10

Erläuterungen und Bemerkungen.

Als Einleitung zu diesem Abschnitte, der theils Recht-
fertigungen meiner Uebersetzung Leopardi's, theils Erklärungen
schwieriger Stellen in sachlicher und sprachlicher Hinsicht
enthalten soll, scheint es mir erforderlich, die Grundsätze,
welche ich bei dieser Arbeit befolgt habe, darzulegen, von
den hier in Betracht kommenden Formen der italienischen
Poesie zu sprechen und mein Verhältniß zu den schon vor-
handenen Uebersetzungen Leopardi's zu erörtern.

Als obersten Grundsatz für eine jede Uebersetzung aus
einer fremden Sprache sehe ich das Erforderniß einer richtigen Wiedergabe des Sinnes an. Mißverständnisse und
Fehler in dieser Hinsicht sind rücksichtslos zu tadeln. Die
Art nun, wie der Sinn in der eigenen Sprache wieder-
zugeben ist, steht dem Ermessen des Uebersetzers frei; eine wort-
gemäße Treue ist jedoch in den meisten Fällen unthunlich, da
der Geist der eigenen Sprache ein anderer ist, als der der
fremden. Derartige „treue" Uebersetzungen machen deshalb
auch stets einen unbeholfenen, schülerhaften Eindruck und
können keinen Begriff von dem geben, was nun einmal
die Poesie von der Prosa unterscheidet, von der Form, die
von dem Inhalt unzertrennbar ist, wie von dem poetischen
Hauche, jenem unerklärlichen Etwas, welches unmittelbar

19

auf die Seele wirkt. Die Uebersetzung darf diesen Hauch
mit unzarten Händen nicht abstreifen, sie nimmt dem Werke
sonst die Seele, das Leben und läßt nur einen kalten Leich-
nam zurück. Daß diesem Grundsatze in Bezug auf Wört-
lichkeit und strenge Wiedergabe des Gedankens Opfer
gebracht werden müssen, ist einleuchtend. Es kommt ja
darauf an, daß die Uebersetzung dem Geiste der eigenen
Sprache genügt und den Eindruck der Unmittelbarkeit, der
Originalität macht. Dieser Grundsatz ist jetzt überall an-
erkannt, und der Befolgung desselben ist es zuzuschreiben,
wenn wir an manchen neueren deutschen Uebersetzungen
aus fremden Sprachen Gefallen finden.

Unter den poetischen Formen, welche Leopardi anwendet,
steht in seinen ersten Gedichten die strengere petrarkische Canzone
(Nr. I—VII und XVIII) obenan, dann zunächst die Terzine
(Nr. X); später bedient er sich einer freieren, nicht zu gleichen
Strophen gebildeten Canzone (Nr. XI, XXI, XXIII,
XXVIII, XXX, XXXI, XXXIII—XXXV), sowie des
Verso sciolto (Nr. VIII, XII—XVII, XIX, XXII,
XXIX, XXXII) und einer eigenthümlichen Art des letz-
teren, in welchem ein Reimpaar, bestehend aus einem
Settenario und einem Endecasillabo, eine nicht unter
sich reimende Strophe von 18 Versen schließt (Nr. IX),
endlich einer besonderen Strophenform von je 8 Versen,
aus sdruccioli, piani und tronchi gemischt, von welchen
nur die piani und tronchi reimen (Nr. XX). Um den
Leser nicht zu ermüden, vermeide ich es genauer auf diesen

Gegenstand einzugehen, über welchen in der italienischen Metrik und Prosodie (z. B. in Fernow's oder Blanc's Grammatik) leicht genügende Auskunft zu haben ist. Nur über den Reim will ich noch bemerken, daß derselbe bei Leopardi (mit einer einzigen Ausnahme in Nr. XX) stets weiblich oder zweisilbig (piano), daß der Binnenreim (rimalmezzo) in der freieren Canzonenform sehr oft angewandt ist, und daß eine Wiederholung desselben Reimes am Ende jeder Strophe, eine Art Refrain (l'intercalare), in dem Gedichte Nr. XXIII vorkommt.

Ich habe mich bei der großen Formengewandtheit der deutschen Sprache und der anerkannten Nachahmungsfähigkeit der fremdartigsten Metra streng an den italienischen Dichter gehalten, indem ich nicht nur die Form der Metra, sondern selbst in den freien Canzonen genau den Wechsel des Settenario mit dem Endecasillabo, sowie die Reimstellung und den Binnenreim beibehalten habe. So allein ist es möglich, sich eine Vorstellung von dem Klang und Tonfall der Originale zu machen. Nur in zwei Fällen bin ich von der Form derselben abgewichen, in Nr. XX und XXXV, indem der Versuch, mich in dem ersteren genau an das von dem Dichter gewählte Versmaß zu halten, mich nicht befriedigte und der Wechsel von gereimten und nicht gereimten Verspaaren, namentlich aber von tronchi, piani und sdruccioli im Deutschen einen fremdartigen Eindruck machte und den Zauber, der grade in diesem Gedichte liegt, vollkommen verwischte. So habe ich eine andere strophische Form gewählt, wobei ich indessen den Vorwurf, eine Erleichterung meiner Aufgabe gesucht zu haben, nicht verdienen würde, da ich den Reim durchgehend angewandt habe. Möge der Leser urtheilen, ob ich die Farbe des Originals so besser getroffen habe, als wenn ich dasselbe Strich für Strich nachgezogen hätte. In Nr. XXXV liegt eine Nachahmung des bekannten Gedichts von Arnault vor, wobei ich mich schon deshalb glaubte von einer genauen Nachbildung dispensiren zu dürfen, weil Leopardi in diesem Falle selbst nachahmte. Auch hier hoffe ich, bei durchgängiger Anwendung des Reimes die Harmonie des kleinen Gedichts eher gesteigert als abgeschwächt zu haben. —

Wenn ich von den bisher vorliegenden Uebersetzungen Leopardi's (Kannegießer, Gesänge des Grafen Giacomo Leopardi nach der in Florenz 1831 erschienenen Ausgabe. Leipzig 1837 und G. Leopardi's Gedichte, verdeutscht in den Versmaßen des Originals von R. Hamerling. Hildburghausen 1866 und einzelne von Schulz, K. Meyer, Bothe, Henschel, Ebeling, P. Heyse) keine große Meinung habe, so mag der Leser dieses Urtheil vorläufig als einen Ausfluß der erklärlichen Vorliebe für mein eigenes Kind hinnehmen. Hier will ich nur sagen, daß Kannegießer's Arbeit alles das trifft, was ich oben von schülerhafter Uebersetzung gesagt habe; außerdem ist seine Arbeit nach der Ausgabe von 1831 gefertigt, und fehlen somit alle die schönen, nach jener Zeit veröffentlichten Gedichte darin;

aber auch mit der von Kannegießer in Anspruch genommenen „Treue seiner Uebersetzung“ ist es schlecht bestellt, da er manches nicht verstanden hat, wie er denn selbst in der Vorrede sagt: „in einigen Stellen ist mir sogar der Sinn nicht ganz klar geworden.“ Hamerling's Uebersetzung liegt dagegen die letzte von Ranieri veranstaltete Ausgabe zu Grunde. Wenn Hamerling aber behauptet, nach den Versmaßen des Originals verdeutscht zu haben, so geht er in vielen Fällen mit dieser Behauptung neben der Wahrheit her. Er hat bald (Nr. IX, XX) das Metrum gar nicht erkannt, hat den Reim in den freieren Canzonen angebracht oder fortgelassen, oder an andere Stellen gesetzt, den Binnenreim, wie den Refrain ganz und gar nicht berücksichtigt, ein Gedicht Leopardi's der Reime beraubt (Nr. XXVIII), zuweilen einen Vers zu viel angebracht, willkürlich die Settenare mit den Endecasillaben vertauscht, außerdem manches mißverstanden, ja Druckfehler nicht erkannt u. s. w. Wenn dies hart klingt, so verweise ich, um mein Urtheil zu rechtfertigen, auf die Anmerkungen zu den einzelnen Gedichten, wo in sparsamer Auswahl einige der auffallendsten Irrthümer vorgeführt werden. Von den zerstreuten Uebersetzungen, deren ich oben erwähnt habe, ist ebenfalls nicht viel Lobenswerthes zu melden. Was Schulz (in dem Leben Leopardi's in der Italia) und Ebeling (in Unsere Zeit. Neue Folge. 2. Jahrg. 1866. 17. Heft. S. 367) gebracht haben, genügt nicht; von Henschel liegt nur die Uebersetzung des Traumes

(Nr. XV) vor (in Hesperus, Jahrg. 1832. Nr. 57. S. 227); K. Meyer (in der Augsb. Allg. Zeitung 1840. Beilage Nr. 251—254.) bringt nur Bruchstücke einzelner Gedichte; P. Heyse hat die drei Stücke Nr. I, XXVIII und XXXIII übersetzt (Blumen aus der Fremde. Stuttgart 1862. S. 105 ff.), von welchen ich nur sagen will, daß diese nicht zu seinen besten Uebersetzungen gehören. Eine französische Uebersetzung von Valery Bernier (Paris 1867) ist in Prosa, wird aber so weder dem Geiste, noch dem Sinne nach dem Dichter gerecht und wimmelt von auf mangelhafter Kenntniß der Sprache beruhenden Irrthümern. Einige Uebertragungen in französische Alexandriner finden sich in dem Artikel Sainte-Beuve's in der Revue des deux mondes. Septemberheft 1844, S. 910 ff.

Ich bemerke noch, daß ich ein Gedicht (Nr. XXXVI Scherzo), als zum Tone des Ganzen nicht passend und unbedeutend, außerdem die Fragmente (3) und die Uebersetzungen nach Simonides (2) fortgelassen habe.

Erläuterungen zu den einzelnen Gedichten.

I. An Italien.
Zum erstenmal veröffentlicht 1818.

V. 18—20.   . . . Italia mia,
    Le genti a vincer nata
    E nella fausta sorte e nella ria.

Italien, du bist dazu geboren, die Völker zu übertreffen, sowohl an Glück, wie an Unglück, d. h. so groß und glücklich du einst warst, so elend und unglücklich bist du jetzt im Vergleich zu andern Völkern. Kannegießer übersetzt:

> Geboren du zum Loos
> Der Weltherrschaft im Glück und Mißgeschick.

Hamerling:

> . . . einst zu schlagen
> Gewohnt die Völkerschaaren,
> Italia, in Glücks- und Unglückstagen. (!)

V. 80. Simonides von Kos, geb. 559, gest. 469 v. Chr., einer der größten lyrischen Dichter Griechenlands, der hier von Leopardi eingeführt wird, verherrlichte nach dem Zeugniß der Alten die Schlacht bei Thermopylä in einem melischen Siegesgesange, aus dem Diodor einige Worte anführt, welche Leopardi in der letzten Strophe benutzt hat. Dieser Siegesgesang ist nicht mit den bekannten Grabschriften, die er für die bei Thermopylä gefallenen Peloponnesier und besonders für die Spartaner anfertigte, zu verwechseln.

II. Als man beabsichtigte, Dante ein Monument zu errichten.
Zuerst veröffentlicht 1818.

Das Monument, worauf sich dies Gedicht bezieht, wurde 1829 in der Kirche Sta. Croce in Florenz enthüllt, ein zweites 1865 auf dem Platze vor der genannten Kirche.

V. 18. Leopardi hat hier besonders Byron im Auge,

der im vierten Gesange seines Childe Harold, Strophe 56, die Frage aufwirft:

> But where repose the all Etruscan three,
> Dante, and Petrarch, and, scarce less than they,
> The Bard of Prose u. s. w.

und Strophe 57:

> Ungrateful Florence! Dante sleeps afar,
> Like Scipio, buried by the upbraiding shore u. s. w.

V. 137. 138. Padre, se non ti sdegni,
              Mutato sei da quel che fosti in terra.

„Padre“ wird Dante als Begründer der italienischen Literatur oft genannt, so schon oben V. 75. Auch die Griechen sprachen von „Vater Homer“.

Der Sinn ist übrigens folgender: Wenn dies (nämlich daß die Italiener nicht für ihr eigenes Vaterland, sondern für ihre Würger, die Franzosen unter Napoleon I., starben) dich nicht in Zorn versetzt (sdegnarsi), so bist du nicht mehr derselbe, der du auf Erden warst. Hamerling macht aus dem se non ti sdegni eine Höflichkeits-phrase: „wenn es ist erlaubt zu sagen“ (!)

III. An Angelo Mai.
Zuerst veröffentlicht 1820.

V. 49 ff. . . . . so daß mich's will gemahnen
          An jene Zeit u. s. w.

Der Dichter hat hier die Zeit des Rinascimento, der sog. Wiedergeburt der Wissenschaften im Auge, die bald nach Dante's Tode begann, deren Förderer Petrarca war und die das Zeitalter der Mediceer ausfüllte. Da-

mals wurden die alten Schriftsteller in den Klosterbiblio-
theken entdeckt und edirt.

V. 53.　Die Seher, denen die Natur gesprochen,
　　　　Wenn auch verhüllt.

Der Sinn ist: Die Dichter des Alterthums, zu denen
die Natur gesprochen hatte, wenn auch die Naturwissenschaften noch in der Kindheit waren.

V. 54. 55.　Die um die Mußestunden
　　　　Athens und Roms so holden Zauber woben.

Der Dichter erinnert an das sg. goldne Zeitalter der
griechischen und römischen Literatur, wo nach Beendigung
der Perserkriege zur Zeit des Pericles einerseits und nach
Beendigung der Bürgerkriege zur Zeit des Augustus anderer-
seits eine Ruhe (magnanimo riposo) eintrat, so daß die
Griechen, bezw. die Römer sich der Dichterwerke ihrer Zeitgenossen erfreuen konnten.

V. 61. Leopardi führt in den folgenden Versen die großen
Italiener der Renaissance nach Dante's Tode vor: Petrarca,
Columbus (Liguriens — Genua's — kühnen Sprossen, V. 77)
und Tasso und kommt dann auf Vittorio Alfieri aus Asti
(L. nennt ihn Allobrogo feroce, was ich nicht wörtlich über-
setzt habe — Asti liegt im Gebiete der alten Allobroger —)
den Verfasser der Schrift della Tirannia, einen der frühsten
Kämpfer für die nationalen Ideen. Er starb 1803.

V. 79.　Wo man's hört zischen, wenn die Flammenrosse
　　　　Apoll's am Abend tauchen in die Wogen.

Die Alten behaupteten, an der Küste des Oceans in Por-
tugal höre man ein Zischen, wenn die Sonne am Abend

ins Meer hinabtauche, ähnlich dem Geräusche, welches entsteht, wenn man ein glühendes Eisen in's Wasser taucht.

V. 132. — Zu spät wollt' man dich ehren.
Tasso starb bekanntlich, während man damit umgieng, ihn
als Dichter auf dem Capitol zu krönen.

V. 155. ... dem wohl vom fernen Norden (dal polo)
Ein Strahl der Kühnheit in die Brust gefallen.
Leopardi meint hier offenbar England, wo Alfieri lange
Zeit weilte und Land und Literatur studirte, ehe er anfieng
zu schriftstellern. Alfieri sagt in seiner Selbstbiographie
von England: „Das Land gefiel mir außerordentlich, und
die Harmonie, welche in allen Dingen auf dieser Insel
herrscht, entzückte mich täglich mehr. Da entstand in mir
der Wunsch, mich für immer dort niederzulassen, nicht
etwa, weil mir die Individuen besonders gefallen hätten,
sondern weil die Physiognomie des Landes, die Einfachheit
der Sitten, die Schönheit und Bescheidenheit der Frauen
und der jungen Mädchen, vor allem aber die Gerechtigkeit
der Regierung, und deren Tochter, die wahre Freiheit, mich
die Unannehmlichkeiten des Klimas, die Melancholie, die
sich der dortigen Bewohner immer bemächtigt, und das
außerordentlich theure Leben gänzlich vergessen ließen."

IV. Zur Vermählung meiner Schwester Paolina.
Zuerst veröffentlicht 1824.
Beiläufig sei bemerkt, daß die Vermählung nicht statt
fand.

B. 22. Al ciel ne caglia = ſtell' dem Himmel dies anheim! Kannegießer überſetzt: „Mißtrau' dem Himmel"(!)

B. 38. Ragion di nostra etate
        Jo chieggo a voi.

Wegen unſerer Zeit verlange ich Rechenſchaft von euch. K. überſetzt: „Von euch fordr' unſrer Zeit Vernunft ich"(!)

B. 52. .... e fiede le montagne il rombo; fiede = fiere von ferire treffen. Kannegießer und Hamerling leiten es irrthümlich von ſendere ab. Manche andere ſonderbare Irrthümer finden ſich bei Kannegießer in dieſem Gedichte.

B. 97. 98.   ... ecco di polve
            Lorda il tiranno i crini.

Hamerling überſetzt:

.... Sieh ſtaubbeſudelt
Die Locke, die die Krone
Geſchmückt.

Aber Appius Claudius, der Verfolger der Virginia, war nur Decemvir und trug alſo keine Krone.

V. Auf einen Sieger im Ballonſpiel.
Zuerſt veröffentlicht 1824.

Das Spiel mit großen luftgefüllten Bällen (pallone), zu welchem Kraft und Gewandtheit in hohem Grade erforderlich ſind, gehört zu den Nationalvergnügungen der Italiener. In vielen Städten Italiens gibt es beſondere Plätze und Gebäude für dieſen Zweck. Eine anſchauliche

Beschreibung dieses Spiels siehe im Globus von K. Andree. 14. Bd. 3. Liefrg. Braunschweig 1868. S. 73: „Das Ballspiel in Rom von Hugo Schuchardt."

B. 11. . . . dell' età novella = gioventù, kommt öfter in Leopardi vor, z. B. im Passero solitario:

Sollazzo e riso,
Della novella età dolce famiglia,

wo es dann den provetti giorni entgegengesetzt wird, und in: A Silvia: cara compagna dell' età mia nova. Hamerling übersetzt: „auf neuen Alters Blühen vertrauend" (!)

B. 16. Elis, die Provinz, in welcher Olympia lag. Kannegießer übersetzt: Elea's Kampfbahn (!) Elea lag in Unteritalien.

B. 64. 65. Beata (nostra vita) allor che il piede
Spinto al varco leteo, più grata riede.

Soll heißen: Das Leben hat erst Werth, wenn wir nahe daran waren es zu verlieren (spinto al varco leteo) und es glücklich bewahrt haben. Schiller sagt:

Und setztest du nicht das Leben ein,
Wird das Leben dir nicht gewonnen sein.

Kannegießer wie Hamerling haben die Stelle gänzlich mißverstanden.

VI. Brutus der jüngere.
Zuerst veröffentlicht 1824.

B. 1. Philippi, wo die Entscheidungsschlacht zwischen den Republikanern und der cäsarischen Partei geschlagen wurde, lag eigentlich in Macedonien; Leopardi sagt, daß jedoch die Alten sich oft die Freiheit genommen, die Gegend von Philippi zu Thracien zu rechnen.

B. 16. Was die Stelle:

> Stolta virtù, le cave nebbie, i campi
> Dell' inquiete larve
> Son le tue scole,

zu bedeuten habe, geht meiner Meinung nach klar aus dem Ausspruche hervor, welchen Brutus im Augenblicke des Todes nach dem Zeugniß der Alten gethan haben soll: „O, elende Tugend, du warst ein nacktes Wort, und ich folgte dir, als ob du wirklich etwas wärest." Leopardi hat sagen wollen, die Tugend habe ihr Reich nur in der Einbildung, sie sei ein Phantom, wer ihr folge, den treffe die Reue. In der ersten Ausgabe seiner Gedichte (Bologna 1824) veröffentlichte er unmittelbar hinter der vorliegenden Canzone einen Aufsatz: Comparazione delle sentenze di Bruto minore e di Teofrasto, vicini a morte, der in den 2. Band seiner gesammelten Werke über-gegangen ist. Vergl. diesen. Eine wörtliche Uebersetzung kann den Sinn nicht treffen, Kannegießer und Hamerling haben denselben gänzlich verfehlt.

B. 19 ff. Manches in den folgenden Versen erinnert an Goethe's Prometheus.

B. 91—100 können keine Schwierigkeit haben, wenn man quel und quella richtig, jenes auf l'augello und dieses auf la fera bezieht.

B. 103. Non gli ululati spechi u. s. w.; ululati

spechi ist ein Latinismus, Nachbildung von Antra ululata
bei Statius Theb. 1, 328 und ululata tellus bei Valer.
Flacc. 4, 608 = von Geheul, Jammer, Klagen erfüllte
Schlünde und Höhlen. Solche Latinismen und Reminiscenzen
aus den alten Schriftstellern finden sich manche in den ersten
Canzonen Leopardi's, z. B. sudata virtude (sudatus
labor, Statii Theb. 5, 189, vgl. auch Hesiod. Opera
et dies v. 289) i celesti danni ristori il sole (damna
tamen celeres reparant coelestia lunae, Horat.
Od. IV. 7, 13), letto conscio (= consapevole), (conscia silva, Ovid. Metam. 2, 438, antra conscia, Ovid.
Her. 15, 138), diurna luce (Lucret. 6, 848), curvo
etra (curvus Olympus, Valer. Flacc. Argonaut. 5,
413): curvo aratro (curvum aratrum, Ovid. Metam.
3, 11), chiomato bosco (silva comata, Catull. 4, 11), la
quercia suderà latte (quercus sudabunt mella, Virg.
Eclog. IV, 30) u. s. w. Hamerling hat die ululati spechi
durch „Höhlen, wo die Eule krächzt" übersetzt und, ebenso
wie Kannegießer, die ganze Strophe mißverstanden.

Vielfach hat Leopardi denselben Gedanken an anderen
Stellen seiner Werke ausgedrückt, z. B. Nr. XX:

> ... taub für unsere Klage
> Ist Natur und Mitleid kennt sie nicht.

oder Nr. XXXIV:

> .. Es kümmert die Natur sich
> Um uns, wie sie sich kümmert
> Um jenen Haufen von Ameisen;

ebenso in dem oben erwähnten „Gespräche zwischen der Natur und einem Isländer."

VII. Der Frühling oder von den Mythen der Alten.

Zuerst veröffentlicht 1824.

Hat manche Verwandtschaft mit Schiller's: Die Götter Griechenlands. Auch viele Anklänge an lateinische Dichter, namentlich Beziehungen zu Ovid finden sich gerade in dieser Canzone.

B. 47 ff. . . . Che se gl' impuri
Cittadini consorzi e le fatali
Ire fuggendo etc.

Hamerling übersetzt:

Wenn ausgetrieben
Von Zwietracht, und entflohn der Schmach, dem Grolle
Der Bürger, irrend Einer
Den Busen wund sich stieß im starren Dickicht
Pfadloser Wälder u. s. w.

Großes Mißverständniß! Die Verse sind in Berücksichtigung des Eingangs der Strophe: Vissero i boschi un dì leicht zu verstehen.

VIII. Hymnus an die Patriarchen.

Zuerst veröffentlicht 1824.

Der Dichter spricht hier von Adam, Kain und Abel, Noah, Abraham und Jakob.

B. 19. . . . . la viva
Fiamma n' increbbe
übersetzt Kannegießer: „Die Flamme loderte empor" (!) increscere = rincrescere — verdrießen.

V. 46. 1. Buch Mosis 4, 17 erscheint Kain als Städtegründer: „und er erbauete eine Stadt" u. s. w.

V. 52.   . . . e vili
                  Fur gli agresti sudori

= verächtlich war der Schweiß des Landmanns (dem Städter). Hamerling übersetzt: „vernichtet ward das Schweißbemühn des Landmanns" (!)

V. 67.   . . . verlacht die unnahbare
            Gewalt des Meers und dessen Strafgericht.

Leopardi nennt das Meer mit Recht: mare vendicatore (wie vindex flamma vom strafenden Blitze Jupiters, bei Ovid. Metam. I, 230), da sowohl die Noachische, wie die Deucalionische Flut als Strafgericht der Gottheit erscheint (Ovid. Metam. I, 260: Poena placet diversa. genus mortale sub undis perdere u. s. w.). Hamerling macht den Menschen zum Rächer!

V. 69. Und lehret seinen Jammer, seine Thränen
       Entfernte Küsten, fremde Völker kennen.

Während im goldenen Zeitalter die Schifffahrt unbekannt war (Nullaque mortales praeter sua litora norant, Ovid. Metam. I. 96; Tibull. I. 3, 37), erscheint die Erfindung derselben nicht bloß als ein kühnes und verwegenes Unternehmen (Horat. Od. I. 3, 9; Propert. I. 17, 13; Senec. Med. 301), sondern geradezu als eine Ueberschreitung der den Menschen von den Göttern gesteckten Grenzen, als ein Ausfluß seiner Habsucht, eine Erfindung des eisernen Zeitalters (Ovid. Metam. I, 132).

B. 88. Aonischer Sang — das Gedicht: „Werke und Tage", für dessen Verfasser Hesiod gilt, der aonische = böotische Sänger, weil Hesiod in Askra in Böotien lebte und als Haupt der böotischen Sängerschule — der ionischen oder homerischen entgegengesetzt — angesehen wird, schildert das goldene Zeitalter folgendermaßen:

> Erst ein goldnes Geschlecht der vielfach redenden Menschen
> Schufen die Götter hervor, der olympischen Höhen Bewohner.
> Jen' izt wurden von Kronos beherrscht, da dem Himmel er
> vorstand;
> Und sie lebten wie Götter, mit stets unsorgsamer Seele,
> Von Arbeiten entfernt und Bekümmerniß. Selber des Alters
> Leiden war nicht; nein, immer sich gleich an Händen und Füßen,
> Freuten sie sich der Gelage, von jeglichem Uebel entäußert,
> Reich an Heerden der Flur, und geliebt den seligen Göttern;
> Und wie im Schlaf hinsinkend, verschieden sie u. s. w.
>
> (J. H. Voß.)

Siehe auch Ovid's Schilderung des goldenen Zeitalters in Metamorph. I. 89—112; namentlich hatte Leopardi bei B. 92 ff. die Stelle Ovid's im Sinne (Metam. I. 111, 112):

> Flumina jam lactis, jam flumina nectaris. ibant,
> Flavaque de viridi stillabant ilice mella.

B. 102. Valse l'ameno error ....

Valse von valere = ebbe un valore agli uomini, der holde Wahn hatte einen Werth, nützte. Hamerling scheint volse gelesen zu haben.

IX. Sappho's letzter Gesang.
Zuerst veröffentlicht 1824.

Der Dichter schildert sich selbst in der verschmähten Sappho. Siehe die oben angeführte, von ihm selbst herrührende Recension der ersten Ausgabe seiner Canzonen.

B. 62.   Mir ward zu Theil kein Tropfen
          Vom süßen Naß aus Jovis kargem Becher.

bezieht sich auf Ilias 24. 527, 528, wo es heißt:

Denn zwei Krüge stehen bereit an der Schwelle Kronions,
Voll ist der eine von Gaben des Schmerzes, der andre der
                                                    Freuden.

X. Die erste Liebe.
Zuerst veröffentlicht 1831.

B. 40. Ich lese: senza sonno statt senza senno, wie es auch in der ersten von Ranieri besorgten Ausgabe von 1845 heißt.

XI. Die Blaudrossel.
Zuerst veröffentlicht 1836.

Die Ueberschrift (il passero solitario) hat die Ueber=setzer (Schulz, Hamerling und Ebeling) verleitet, an den Sperling zu denken und aus dem Passero solitario einen „einsamem Sperling" zu machen. Aber der Hang zur Einsamkeit widerstreitet bekanntlich der Sperlingsnatur. Mit dem Volksnamen: passero solitario wird in Italien die Blaudrossel belegt, Turdus cyanus, s. solitarius, eremita. Ueber den Aufenthalt und die Eigenschaften der Blaudrossel sagt Schinz (Naturgeschichte und Abbildungen der Vögel. Leipzig 1836. S. 65): „Nur in Europa jenseits der Alpen, Griechenland, Afrika, in der Levante und den wärmeren Theilen Asiens zu Hause. Man findet

fie nur in felfigen Gegenden, auf kahlen Klippen ober auf
alten Schlöffern, Kirchtürmen, hohen Mauern, niemals im
Walde. Jedes Paar lebt einfam in dem einmal gewählten
Bezirke, aus welchem jedes andere Paar verjagt wird.
In den Städten fieht man fie nur auf den Abfätzen der
Türme, auf den hohen Feuermauern und Kaminen der
Häufer und auf den Dachfirften, außer den Städten auf
Felfenabfätzen und Klippen u. f. w. Sie find unruhig und
fingen nur auf den höchften Gipfeln ihres Aufenthaltsorts.
Ihr Gefang ift fehr mannichfaltig, fanft, flötend, und be-
fteht aus fehr abwechfelnden Strophen. Sie fingen fchon
vor Sonnenaufgang, auch des Nachts und fehr anhaltend."
In der Poefie der füdlichen Völker gefchieht des Vogels
öfter Erwähnung. So fingt fchon der Pfalmift (Vulgata
Ps. 101, v. 8): Vigilavi et factus sum sicut passer
solitarius in tecto. — Petrarca, Son. 191, offenbar
in Erinnerung an diefen Pfalm, fagt:

> Passer mai solitario in alcun tetto
> Non fu quant' io.

Pulci, Morgante maggiore, 14, 60 fagt:

> Poi in altra parte si vedea soletta
> La passer penserosa e solitaria,
> Che sol con seco starsi si diletta,
> A tutte l'altre nature contraria.

XII. Die Unendlichkeit.
Zuerft veröffentlicht 1831.

V. 7.
> . . . ove per poco
> Il cor non si spaura

so daß davor (ove) das Herz beinahe (per poco) sich erschreckt. Kannegießer und Hamerling haben die Stelle gänzlich mißverstanden u. s. w.

XIII. Festtagabend.
Zuerst gedruckt 1831.

XIV. An den Mond.
Zuerst gedruckt 1831.

XV. Der Traum.
Zuerst gedruckt 1831.

V. 10. 11.   . . . . Al capo
Appressommi la destra

Appressare ist dasselbe wie avvicinare, nicht auflegen, wie Kannegießer und Hamerling übersetzen.

V. 29. 30.   A desiar colei (la morte)
Che d'ogni affanno il tragge, ha poco andare
L'egro mortal; ma . . . .

ha poco andare = ha poca fatica a fare. Der Sinn ist klar. Kannegießer und Hamerling haben denselben völlig mißverstanden.

XVI. Das einsame Leben.
Zuerst gedruckt 1831.

Ich habe die ersten sieben Verse in ihrem Zusammenhange etwas geändert, um den Anforderungen des deutschen Satzbaus gerecht zu werden.

V. 5. 6.   . . . . fra le cadenti
Stille.

Hamerling hat cadenti stelle gelesen und übersetzt: „flieh'nde Sternenschaaren." Aber cadenti stelle wären Sternschnuppen!

XVII. Consalvo.
Zuerst gedruckt 1836.

V. 114.   — E ben per patto
heißt unter dieser Bedingung, dafür.

XVIII. Das Ideal der Geliebten. (Alla sua donna)
Zuerst publicirt 1824.

Man hat dies Gedicht verschieden erklärt, namentlich auch politisch aufgefaßt, indem man in der auf Erden nicht weilenden Geliebten die Freiheit zu erkennen glaubte, ähnlich wie Schenckendorf von der Freiheit singt: Magst du nie dich zeigen der bedrängten Welt, führest deinen Reigen nur am Sternenzelt? Aber Leopardi spricht selbst in der humoristisch gehaltenen anonym geschriebenen Recension seiner ersten Gedichte bestimmt darüber: „Die Geliebte des Dichters ist eines von jenen Bildern von Schönheit und himmlischer, unaussprechlicher Tugend, welche sich der Phantasie im Schlafe oder im Wachen oft darstellen, wenn wir kaum mehr als Kinder sind, und später selten einmal im Schlafe oder in einer Art Geistesabwesenheit, so lange wir jung sind; kurz, es ist die Geliebte, die sich nirgends findet. Der Verfasser weiß nicht, ob seine Geliebte schon geboren ist oder ob sie je geboren werden wird; er weiß, daß sie augenblicklich auf der Erde nicht lebt und daß wir ihre Zeitgenossen nicht sind; er sucht sie unter den Ideen des Plato, er sucht sie auf dem Monde, auf den Planeten des Sonnensystems, oder auf denjenigen der übrigen Sterne. Wenn man diese Canzone ein Liebeslied nennen will, so kann sie doch keine Eifersucht erwecken, da, den Verfasser ausgenommen, kein irdischer Liebhaber Lust haben wird, mit dem Telescope in der Hand zu lieben."

XIX. An den Grafen Carlo Pepoli.
Verfaßt und veröffentlicht 1826; zuerst in der Akademie in Bologna vorgelesen.

C. Pepoli, ein Freund Leopardi's, auch Dichter, aus dem alten berühmten Geschlechte der Pepoli stammend, das im Mittelalter sich eine Zeit lang zum Herrn von Bologna aufwarf. Darauf bezieht sich V. 6. u. 7. Als Anhänger der nationalen Idee von den Oesterreichern verfolgt, in den Kerker geworfen, dann befreit, lebte er, da seine Güter confiscirt waren, in den dürftigsten Verhältnissen als Flüchtling in London. Jetzt zurückgekehrt, hält er sich als Reichssenator abwechselnd in Florenz und Bologna auf. Unter Leopardi's Briefen finden sich viele an C. Pepoli, die von der innigen Beziehung beider Dichter Zeugniß geben.

V. 65.   . . . i vani studi
                    Di cocchi e di cavalli.

Die Aehnlichkeit des französischen Wortes verleitet Kannegießer cocchi durch „Hähne" zu übersetzen.

B. 119 ff.   .... möge
> Die Glut, die heute Deinen Busen wärmt,
> Dich auch als Greis zum Freund der Dichtkunst
> machen.

Hamerling hat den Druckfehler favella statt favilla nicht
erkannt und legt der Stelle so einen ganz falschen Sinn unter.

XX. Das Wiedererwachen.
Entstanden 1829—30, veröffentlicht 1831.

Ueber das Gedicht siehe oben. Hier habe ich eine
andere Strophe gewählt, worüber ich mich glaube schon
gerechtfertigt zu haben. Kannegießer und Hamerling haben
das Versmaß in seinem Wechsel von sdruccioli, piani
und tronchi nicht richtig wiedergegeben.

XXI. An Sylbia.
Veröffentlicht 1831.

B. 60.   All' apparir del vero ist offenbar ein Druckfehler, es muß verno heißen, das sich auch in der Ausgabe
von 1831 und in der Brockhaus'schen Ausgabe findet, gerechtfertigt namentlich auch durch B. 40. Hamerling übersetzt:

> Die Wirklichkeit, die grelle,
> Hinwarf sie Dich!

XXII. Erinnerungen.
In derselben Zeit entstanden wie das vorige (siehe oben); publicirt 1831.

XXIII. Nachtgesang eines wandernden Hirten in Asien.
Veröffentlicht 1831.

Die Idee dazu kam Leopardi aus Meyendorff, Voyage
d'Orenbourg à Boukhara, fait en 1820, wo es an

einer Stelle heißt: Plusieurs d'entre eux (nämlich von
den Nomaden Asiens) passent la nuit assis sur une
pierre à regarder la lune, et à improviser des
paroles assez tristes sur des airs qui ne le sont
pas moins.

Am Ende einer jeden Strophe kehrt derselbe Reim
wieder, ein Refrain, der dem Gedichte den melancholischen
Reiz eines Volksliedes gibt. Auch die letzte Strophe beginnt mit demselben Reime. Um den Reiz des Originals
ahnen zu lassen, ist es unerläßlich ,in der Uebersetzung
ebenfalls dieselben Reime wiederkehren zu lassen.

XXIV. Ruhe nach dem Gewitter.
Zuerst veröffentlicht 1831.

XXV. Samstag Abend im Dorfe.
Desgleichen.

XXVI. Mein einziger Gedanke. (Il pensiero dominante.)
Zuerst gedruckt 1836.

XXVII. Liebe und Tod.
Zuerst veröffentlicht 1836.

Als Motto setzt Leopardi darüber den Vers von
Menander: "Ὸν οἱ θεοὶ φιλοῦσιν, ἀποθνήσκει νέος. Es
stirbt als Jüngling, wen die Götter lieben (Geibel). Derselbe Gedanke findet sich in „Consalvo“:

.... due cose belle ha il mondo:
Amore e morte.

XXVIII. **Der Dichter an sich selbst.**
Zuerst veröffentlicht 1836. S. das Leben des Dichters.

V. 3.　Ch' eterno io mi credei.

Credersi ist dasselbe wie credere. So auch in Il Sogno.
V. 99. 100.

> .... e nell incerto raggio
> Del Sol vederla io mi credeva ancora.

Die obige Stelle könnte sonst leicht zu einem schweren Irrthum Veranlassung geben.

XXIX. **Aspasia.**
Zuerst veröffentlicht 1836. S. das Leben des Dichters.
V. 20. 21.　tu, dotta allettatrice ....

Allettare ist dasselbe wie dilettare. Leopardi Epistolario II. S. 71 sagt: finalmente perchè mi allettano
assai quella malinconia dolce e quella imagina-
zione u. s. w.　Allettatrice heißt hier soviel wie affa-
scinatrice, sedutrice. Hamerling übersetzt: „kluge Er-
zieherin" (!)

XXX. **Auf ein antikes Grabmonument u. s. w.**
Zuerst veröffentlicht 1836.

XXXI. **Auf das Bild einer schönen Frau u. s. w.**
Desgl. publicirt 1836.

XXXII. **Widerruf (Palinodia),**
an den Marchese Gino Capponi gerichtet; zuerst publicirt 1836.

Gino Capponi, aus einer der ältesten und reichsten
Adelsfamilien von Florenz stammend, der Mittelpunkt der

liberalen Bestrebungen der 20. und 30. Jahre in Toscana, im Leben des Dichters oft erwähnt, lebt jetzt alt und blind, der letzte seines Namens, als Reichssenator in seiner Vaterstadt.

B. 97—100. Queste lievi reliquie e questi segni
Delle passate età, forza è che impressi
Porti quella che sorge età dell' oro.

Unser jetziges Zeitalter muß nothwendig noch die Spuren der vergangenen Zeiten an sich tragen. Hamerling über-setzt: „Einprägen muß sich diese Ueberreste" u. s. w. (!)

B. 219—223. Der Dichter sagt (natürlich ironisch): wenn auch in jedem Jahre die Ansichten wechseln, wir müssen uns dennoch hüten, mit den Zeitansichten in Wider-spruch zu gerathen. Fuggire ist hier so viel wie evitare, scansare. Hamerling hat den Sinn mißverstanden.

B. 226. Un già de' tuoi ....
bezieht sich auf Niccolò Tommaseo, einen bekannten Dichter und vielseitigen Gelehrten, einen der fleißigsten Mitarbeiter der Antologia, Herausgeber der Canti popolari d'Italia, verschiedener Wörterbücher, namentlich aber einer Schrift: Delle nuove speranze d'Italia, worauf B. 238, 240 zu beziehen.

B. 268. Dalle foci del Tago all' Ellesponto.
Foci ist Mündung = bocca, nicht Quellen (Hamerling).

Manches in diesem Gedichte erinnert an Lenau: „Die Poesie und ihre Störer" und zeigt zugleich den verschiedenen

Standpunkt der beiden, sonst in manchen Punkten überein=
stimmenden Dichter.

XXXIII. Der Untergang des Mondes.

In der Zeit zwischen 1834—37 entstanden, zuerst bekannt gemacht nach des
Dichters Tode in der von Ranieri besorgten Ausgabe 1845.

Ich habe die erste Strophe in mehrere Sätze zer=
schnitten, da eine solche Einschachtelung wie im Original
der deutschen Sprache nicht angemessen ist und selbst von
den Italienern nicht gebilligt wird. Vgl. zur Bekräftigung
dieser Ansicht die Uebersetzungen von Hamerling, Ebeling
und P. Heyse, die wegen Nichtbeachtung dieses Umstandes
theils unverständlich, theils ungenießbar sind.

B. 15. Orba la notte resta.
Orbo heißt verwaist und blind; hier meiner Ansicht nach
das letztere, indem der Mond, das Auge der Nacht, unter=
gegangen ist. Uebrigens wird orbo grade wie Cieco ge=
braucht für das, was nicht sieht (blind im eigentlichen
Sinne), und für das, was nicht gesehen wird (dunkel),
grade wie caecus im Lateinischen.

B. 44—50. Erinnert an Sophocles' Oedipus auf
Kolonos, wo der Chor singt:

> Ja, nie geboren werden ist von allen
> Das beste Glück! — Doch wer das Licht erblickte,
> Wohl thut er schnell dahin zurückzukehren,
> Von wo er kam. Denn wenn noch Jugend uns
> Mit ihrem leichten Thorensinn umflattert,
> Wer kann der Noth entrinnen? Welches Leid

Ergreift ihn nicht? Mord, Haber, Aufruhr, Krieg
Und Neid — und hinterdrein, der Reihe Schluß,
Verachtet, kraftlos, öde, freudenleer
Naht sich das Alter,
Dem jedes Weh der Erde sich gesellt.

Viele ähnliche Stellen siehe bei Stobaeus, Florilegium,
Sermo 116.

XXXIV. Der Ginster oder die Blume der Wildniss.
In der Zeit von 1834—37 entstanden; zuerst publicirt 1845.

V. 148. .... fulminar col brando
Infra i propri guerrieri.

Brando ist spada, ferro, nicht Brand (Hamerling).

V. 260. Mergellina, Vorstadt von Neapel, die sich
zwischen dem Meere und dem Posilipp hinzieht, grade dem
Vesuv gegenüber.

XXXV. Das Blatt.
Zuerst gedruckt 1836.

Der Dichter überschreibt sein Gedicht: Imitazione; es
ist aber weniger eine Nachahmung, als vielmehr eine Ueber=
setzung und zwar aus dem Französischen des Arnault
(1766—1834). Das Original lautet:

La feuille.

De ta tige détachée,
Pauvre feuille desséchée,
Où vas tu? — Je n'en sais rien.
L'orage a brisé le chêne
Qui seul était mon soutien.
De son inconstante haleine

Le zéphyr ou l'aquilon
Depuis ce jour me promène
De la forêt à la plaine
De la montagne au vallon.
Je vais où le vent me mène,
Sans me plaindre ou m'effrayer;
Je vais où va toute chose,
Où va la feuille de rose
Et la feuille de laurier.

www.ingramcontent.com/pod-product-compliance
Lightning Source LLC
Chambersburg PA
CBHW060514030726
47498CB00004B/945